Stefan Wollschläger
Ankertod

W9-BGB-551

Das Buch

In einem Feld bei Pilsum liegt die Leiche eines nackten Mannes, auf seiner Brust prangt ein geheimnisvolles Symbol. Der Tote wird als Journalist identifiziert, der an einem Buch über Verschwörungstheorien schrieb.

Die junge Kommissarin Kira Jensen und ihr alteingesessener Vorgesetzter Tilmann Baer sind guten Willens, ihre unterschiedlichen Ansichten beiseitezulassen, und nehmen gemeinsam die Ermittlungen auf. Doch die Zusammenarbeit gestaltet sich schwieriger als gedacht.

Der Fund einer weiteren Leiche erhöht den Druck auf die Polizei. Finden die beiden Kommissare einen Weg zusammenzuarbeiten und die richtige Spur?

Der Autor

Stefan Wollschläger ist in Berlin geboren und hat evangelische Theologie studiert, was ihn nach Freiburg und Osnabrück führte. Er liebt die Nordsee und erkundet gerne die vielfältige ostfriesische Landschaft. Schon als Jugendlicher hat er mit Leidenschaft geschrieben und gezeichnet. Die Ergebnisse hat er stets am Ende eines Jahres gebunden, kopiert und als Weihnachtsgeschenke unter die Verwandten gebracht. Seit 2016 veröffentlicht er die beliebte Krimireihe »Diederike Dirks ermittelt« mit bisher acht Bänden.

Sein Krimi »Friesenkunst« war einer der beiden Gewinner beim e-ditio Independent Selfpublishing Award 2016 und alle Diederike-Dirks-Bücher wurden »Bild-Bestseller«.

STEFAN WOLLSCHLÄGER

ANKER
TOD

KIRA JENSEN ERMITTELT

KRIMINALROMAN

EDITION **M**

Deutsche Erstveröffentlichung bei
Edition M, Amazon Media EU S.à r.l.
38, avenue John F. Kennedy, L-1855 Luxembourg
September 2021
Copyright © der deutschsprachigen Ausgabe 2021
By Stefan Wollschläger
All rights reserved.

Umschlaggestaltung: zero-media.net, München
Umschlagmotiv: © Mega Pixel / Shutterstock; © Gilmanshin / Shutterstock;
© Duet PandG / Shutterstock; © Susan Fox / ArcAngel
Lektorat: Rotkel Textwerkstatt
Gedruckt durch:
Amazon Distribution GmbH, Amazonstraße 1, 04347 Leipzig /
Canon Deutschland Business Services GmbH, Ferdinand-Jühlke-Str. 7,
99095 Erfurt /
CPI books GmbH, Birkstraße 10, 25917 Leck

ISBN 978-2-49670-613-0

www.edition-m-verlag.de

1. Der frühe Vogel

Er würde heute etwas Außergewöhnliches sehen, da war er sich ganz sicher. Voller Vorfreude folgte Raphael Scholz dem Hinweisschild zum Pilsumer Leuchtturm und bog auf eine schmale Straße ab. Auf der Windschutzscheibe hingen noch Tropfen vom Morgentau und im Rückspiegel leuchteten die Wolken rot in der aufgehenden Sonne. Es war noch zu früh für die normalen Touristen, die sich gerade erst auf das Frühstücksbüfett freuten, doch er war später dran, als er geplant hatte. Die erste Nacht in einem Hotelzimmer war selten erholsam, aber morgen würde er früher aufstehen, um den Sonnenaufgang an diesem schönen Ort zu erleben.

Sein Ziel war nicht der markante gelb-rote Leuchtturm. Zu seiner Linken erstreckten sich weite Felder und rechts kam ein großer Teich in Sicht, der von Röhrichtflächen umgeben war. Dieser naturbelassene Bereich gehörte zum Naturschutzgebiet Leyhörn. Raphael fuhr noch etwas weiter und parkte vor der NABU-Beobachtungshütte. Sein Auto war das einzige, aber irgendwann würde er bestimmt Gesellschaft bekommen, mit der er fachsimpeln konnte.

Er stieg aus und schloss den Reißverschluss seiner Jacke. Wenn man lange an einem Ort ausharrte, ohne sich groß zu bewegen, durfte man auf keinen Fall auskühlen. Seine weitere Ausrüstung bestand aus einem hochwertigen Fernglas, einem Notizblock und einem Bestimmungsbuch. Raphael ging über den Holzplankenweg zur Hütte, von der aus man die Wasserflächen besser überblicken konnte. Er hörte aufgeregtes Quaken und sah einen Entenschwarm im Teich landen.

Die Tiere hatten sofort seine volle Aufmerksamkeit. Raphael setzte sein Fernglas an die Augen und stellte die Entfernung ein. Sobald das Bild scharf war, machte sein Herz einen Sprung. Was für ein herrlicher Anblick!

Um was für eine Art handelte es sich genau? In diesem Gebiet konnte man Löffelenten, Pfeifenten, Spießenten, Krickenten und Stockenten sehen. Raphael achtete auf die Flügelbinden, den Augenring und die Augenbinde. Dies hier waren eindeutig Löffelenten. Er schwenkte das Binokular über die Wasseroberfläche und wurde von einem Graureiher in den Bann gezogen. Und das dort, waren das etwa Säbelschnäbler? Aufgeregt zählte Raphael die Vögel.

Er hörte einen Vogelruf, der ihm gänzlich unbekannt war, und versuchte, die Richtung auszumachen, aus der er kam. Dabei bemerkte er einen Wasserläufer. Ohne den Blick abzuwenden, fischte er sein Bestimmungsbuch aus der Tasche. Erst als der Vogel verschwand, setzte Raphael das Fernglas ab, um sich genauer mit der Art zu beschäftigen. Den Zeichnungen nach musste es sich um einen Rotschenkel handeln.

Raphael lächelte breit. Es war stets ein wundervoller Moment, wenn ihm klar wurde, dass er die Zeit vergessen hatte. Bei keiner anderen Tätigkeit entspannte er sich mehr und erlebte eine Freude, die ihn zurück in seine Kindheit entführte.

Er wollte seine Beobachtungen notieren, solange die Erinnerungen frisch waren. Dann erinnerte er sich an die mit Kaffee gefüllte Thermoskanne, die in seinem Auto stand.

Raphael ging zum Wagen zurück und goss sich eine Tasse ein. Beim zweiten Schluck schaute er auf die andere Seite der schmalen Straße. Hinter dem Feld sah man den Deich und ganz klein den Pilsumer Leuchtturm. Auch auf dem Acker waren Vögel zu sehen. Möwen und Krähen sammelten sich an einer Stelle und flatterten immer wieder auf. Ihr Kreischen und Krächzen drangen zu ihm hinüber. Die Tiere stritten sich um etwas, das auf dem Boden lag, wahrscheinlich irgendein Tierkadaver.

Er stellte die Tasse auf dem Autodach ab und schaute durch seinen Feldstecher, um den Leuchtturm genauer zu betrachten. Noch spazierte kein Mensch über den grünen Deich, aber auf dem Besucherparkplatz hielt gerade ein Auto.

Er schwenkte das Fernglas auf den Acker, über dem die Krähen und Möwen kreisten. Was war das wohl für ein Tier, um das sie da kämpften? Raphael stellte das Bild scharf und ein kalter Schauer lief ihm den Rücken hinunter. Was dort lag, war eindeutig tot. Aber es war kein Tier.

* * *

Kira Jensen saß am Küchentisch und hielt sich an ihrer Kaffeetasse fest. Auf dem Stuhl gegenüber saß ein großer Teddybär und leistete ihr Gesellschaft. Das Plüschtier stammte von einer Stiftung, für die ihr Vorgesetzter sich einmal engagiert hatte. Diese Stofftiere wurden von Krankenwagen und Polizeistreifen bereitgehalten, um sie Kindern zu geben, die von Unfällen oder Verbrechen traumatisiert waren. Mehrere Teddys fristeten ihr Dasein allerdings in der Dunkelheit des Wandschranks in ihrem Büro und es fiel bestimmt nicht auf, dass sie einen davon mitgenommen hatte. Kira würde dafür auch einen ordentlichen Betrag an die Deutsche Teddy-Stiftung in Bensersiel spenden.

Wenn Kira die Augen schloss, war sie sofort wieder in ihrem Traum und fiel endlos in die Tiefe. Sie hatte diesen Traum schon öfter gehabt, aber sie wusste nicht, wo sich der Abgrund befand, in den sie gestürzt war, und sie war noch nie irgendwo aufgeschlagen. Sie fiel nur immer weiter und es herrschte eine beängstigende, hoffnungslose Atmosphäre. Kira hasste das frostige Gefühl von Machtlosigkeit, aber mittlerweile war es ihr auch auf eine seltsame Weise vertraut. Sie hatte gelernt, trotzdem stark zu sein und vorwärtszugehen. Würde sich das heute ändern?

Kira hatte Angst vor dem Termin bei Doktor Ulrike Sternberg. War er überhaupt nötig? War nicht schon alles wieder besser geworden? Mittlerweile hatte sie ihren ersten Kriminalfall gelöst und sich ihre Position in der Kriminalpolizei von Aurich erarbeitet. Sicher, es war nicht alles gut, insbesondere die Beziehung zu Hauptkommissar Tilmann Baer, aber die grobe Richtung stimmte, oder nicht? Warum sollte man das denn aufs Spiel setzen, nur weil man einen Quacksalber in der Vergangenheit herumstochern ließ? Der Boden hatte sich verfestigt. Es wäre keine gute Idee, ihn künstlich aufzubrechen. Sie würde das schon alleine schaffen. Bisher hatte sie immer alles alleine geschafft.

»Was sagst du dazu?«, fragte Kira den Teddybären.

Er sagte nichts, sondern schaute sie nur mit seinen schwarzen Knopfaugen an.

Kira erinnerte sich an all die Tränen, die sie in das Plüschtier geweint hatte. Es war nicht alles gut, nur weil der Lack glänzte. Ihr Motor war ins Stocken geraten und konnte jederzeit den Dienst versagen. Sie sollte froh sein, so schnell einen Termin für eine Probesitzung bei einer Psychiaterin bekommen zu haben. Trotzdem wünschte sich Kira insgeheim, dass irgendwas dazwischenkommen würde.

Sie trank den inzwischen lauwarmen Kaffee aus und erhob sich. Wenn sie schon wach war, konnte sie sich auch für den Tag fertig machen. Aktionismus war die beste Taktik, um unliebsamen Gedanken zu entkommen. Weil sie sich damit selbst austricksen wollte, konnte sie alles nur mit halber Kraft machen. Ihre Seele war erschöpft davon, gegen sich selbst zu arbeiten.

Kira band ihr langes blondes Haar zu einem strengen Pferdeschwanz, sie wollte möglichst seriös erscheinen. Trotzdem wusste sie, dass ihr Aussehen bei vielen Männern zur Kurzatmigkeit führte. Sie hatte allerdings keine Lust, sich deswegen die Haare abzuschneiden.

Das Klingeln des Smartphones unterbrach ihre Vorbereitungen. Auf dem Display sah Kira sofort, dass sie jemand vom Revier anrief.

»Kriminalkommissarin Kira Jensen«, meldete sie sich kurz angebunden, »was gibt es?«

»Es wurde eine Leiche in der Nähe des Pilsumer Leuchtturms gefunden«, antwortete der Kollege aus der Zentrale.

Augenblicklich strömte Adrenalin durch ihren Körper. »Alles klar, ich komme sofort.«

* * *

Es hatte etwas Magisches, auf dem Deich zu joggen. In der Ferne glitzerte das Meer, der blaue Himmel war endlos und die Welt lag ihr zu Füßen. Eilika Helmerich fühlte sich frei – ein Gefühl, das sie gar nicht mehr kannte. So sollte es mit zweiunddreißig Jahren eigentlich nicht sein.

Sie rannte weiter, an mehreren Schafen vorbei, die zufrieden das frische Gras und die Sonne genossen. Dahinter verließ sie den Deich und joggte an den ersten Häusern von Norddeich entlang. An einem Backsteinhaus blieb sie stehen. Über dem

Eingang hing ein großes Schild mit der Aufschrift »Hotel Seemöwe«. Als Kind war Eilika dabei gewesen, wie ihre Eltern es angeschraubt hatten. Es war ein unvergesslicher Augenblick gewesen und Eilika würde nie vergessen, wie stolz ihre Eltern darauf gewesen waren, sich selbstständig zu machen und auf eigenen Füßen zu stehen. Es war nur ein kleiner Betrieb, aber er hatte sich etabliert. Wahrscheinlich hatte sie auch deshalb geglaubt, es selbst schaffen zu können.

Eilika dehnte sich neben der weißen Holzbank. Ihr Atem beruhigte sich, aber gleichzeitig spürte sie wieder die Sorgen, die ihr Herz wie eiserne Klemmen einschlossen. Sie war immer noch eine Gefangene, auch wenn sie mittlerweile in ihrer Zelle ein Fenster entdeckt und ein bisschen Tageslicht erhascht hatte. Es war eine gute Entscheidung gewesen, nach Hause zurückzukehren.

Sie trocknete sich den Schweiß mit einem Taschentuch ab und ging hinter das Haus, wo man in die privaten Räume kam. Die Morgensonne strahlte durchs Küchenfenster und weckte viele gute Erinnerungen. Ihre Mutter hatte den Frühstückstisch reichhaltig gedeckt und Eilika freute sich darüber, mal wieder frische Brötchen und Käse und Wurst zum Abschneiden zu haben, nicht nur abgepackte Scheiben. »Moin, Mama, moin, Oma.«

Ihre Mutter umarmte sie liebevoll. Eilika war erst gestern Abend gekommen und so mussten eine Menge Herzlichkeiten nachgeholt werden. Ihre Großmutter saß lächelnd am Tisch, sie besaß ein inneres Leuchten, das man durch ihre pergamentartige Haut fast sehen konnte.

»Ich komme gerade vom Joggen, Mama. Ich stinke und mache deine Kleidung nass.«

»Ist doch egal.« Eilikas Mutter rümpfte die Nase und ließ ihre Tochter dann doch frei. »Setz dich, iss was.«

Eilika nahm sich Butter und Marmelade. Während sie sich ein Mehrkornbrötchen schmierte, spürte sie förmlich, wie alle sie anstarrten.

»Hast du gut geschlafen?«, fragte ihre Mutter.

»Sehr gut.« Eilika genoss jeden Bissen.

»Hast du schon ausgepackt?«

»Das Wichtigste.«

»Brauchst du noch irgendwas?«

»Nein, Mama, es ist alles gut. Aber kann ich dir was helfen?« Eilika hatte schon früh gelernt, dass es in einem Familienbetrieb immer etwas zu tun gab. Als Kind hatte sie sich deshalb oft versteckt, aber nun wollte sich nicht mehr vor der Verantwortung drücken.

»Nein, nein, genieß deine freien Tage. Du hast dir deinen Urlaub verdient.«

Eilika fühlte sich nicht so, als ob sie irgendetwas verdient hätte. Aber sie hatte ihren Eltern auch noch nicht die Wahrheit über ihre Situation erzählt.

Ihre Großmutter lächelte weiterhin. Die alte Frau stand auf und wurde dadurch nicht viel größer. Sie schlurfte zur Küchentheke und streckte sich so weit aus, dass sie gerade so an die Zuckerdose kam. Einen Moment lang war sich Eilika sicher, dass das Porzellangefäß in tausend Scherben zerbrechen würde, doch die zierliche Dame balancierte die Dose sicher zum Küchentisch. Großmutter lächelte breit, während sie das Gefäß öffnete und einen zerknitterten Zwanzigeuroschein herauszog. »Mach dir einen schönen Tag, Eilika.«

Eilika wusste, dass es Großmutter über die Maßen kränken würde, wenn sie dieses Geschenk ausschlug, also nahm sie den Schein an und genoss die Berührung der kühlen, verletzlichen Hände. Sie würde ihn später zurück in die Zuckerdose stecken, so hatte sie es bei jedem ihrer Besuche gehalten.

»Vielen Dank!« Eilika stand auf und küsste ihre Großmutter auf die Stirn. »Ich werde mir etwas Schönes kaufen.«

»Weißt du schon, was du heute machst?«, fragte ihre Mutter.

»Erst mal duschen«, antwortete Eilika. »Und dann werde ich Stinus besuchen.«

Ihre Mutter lächelte. »Der wird sich freuen.«

2. SYMBOL

Das Naturschutzgebiet mit seinen Schilfpflanzen bot einen untypischen Anblick für Ostfriesland, war aber eine schöne Abwechslung. Am Straßenrand standen zwei Polizeiautos, ein Krankenwagen und ein Notarzt.

Um möglichst schnell am Fundort zu sein, hatte Kira darauf verzichtet, sich einen Dienstwagen beim Revier abzuholen. Mittlerweile hatte sie sich doch ein eigenes Fahrzeug gekauft, das war auf dem Land einfach nötig. Aufgrund ihres knappen Budgets war sie dabei nach rein praktischen Kriterien vorgegangen und war nun Besitzerin eines weißen VW up!, mit dem man das Flachland besser nicht verlassen sollte. Außerdem hatte der Vorbesitzer einen seltsamen Geruch im Wagen hinterlassen, den man nur unterschwellig wahrnahm, sich aber jedes Mal freute, wenn man ausstieg und frische Luft einatmete.

Beim Einparken bemerkte Kira im Rückspiegel den schwarzen VW Tiguan von Hauptkommissar Tilmann Baer. Sie grinste, weil sie vor ihm angekommen war. Natürlich war das der Situation nicht angemessen. Das hier war keine Konkurrenz, sondern sie arbeiteten zusammen – hoffentlich. Wie sich bei ihrem letzten Fall gezeigt hatte, war Baer alles andere als ein Teamplayer, aber er hatte Kira versprochen, dass es diesmal anders sein würde. Sie war gespannt, was das wohl in der Praxis bedeutete.

Baer fuhr so dicht an ihren Wagen heran, wie es ging. Kira nickte ihrem Chef zu. Er nahm Kenntnis von ihr, aber eine Begrüßung blieb aus.

Sein Nachname passte nicht wirklich zu ihm, wenn man damit ein großes, dickes Tier verband, das es jeden Tag mit Gemütlichkeit probierte. Tilmann Baer war höchstens durchschnittlich groß und für einen Mittfünfziger ziemlich schlank. Kira betrachtete ihn eher als einen Wolf, der von seinem Rudel verstoßen worden war. In dieser erzwungenen Isolation lag auch der Grund für seine eigenbrötlerische Verbitterung. Er war gefürchtet unter den Kollegen und wer nicht unbedingt etwas mit ihm zu tun haben musste, mied ihn. In seiner Gegenwart verschwand jegliche gute Laune und es war wahrscheinlicher, von einem Drill-Sergeanten nett behandelt zu werden als von ihm. Trotzdem glaubte Kira, mit ihm zurechtkommen zu können. Jemand, der keinerlei Interesse an ihr hatte, war ihr viel lieber als jemand, der zwar lächelte, aber andauernd ihre Nähe suchte. Freundliche Worte waren nur Fesseln, um sie an sich zu binden, und riefen in ihr das Gefühl hervor, zu einer Gegenleistung verpflichtet zu sein. Ruppigkeit und Abweisung dagegen gaben ihr die Freiheit, sich nicht verstellen zu müssen. Nette Menschen reagierten mit der Zeit immer mit Enttäuschung auf sie und das war verletzender als die Beleidigung eines zynischen Vorgesetzten.

Heute war Baers Laune doppelt schlecht, wahrscheinlich weil durch die frühe Tageszeit seine eingefahrene Morgenroutine durcheinandergebracht worden war. Im Büro hatte er seine außergewöhnlich kräftige Kaffeemischung, die bei einem Profisportler wohl als Doping gelten würde.

Sie stapften über den Acker. Die Leiche lag wahrscheinlich dort, wo eine Gruppe von Polizisten und Sanitätern stand. Um sie herum lauerten Möwen und Krähen wie hungrige Geier. Hatten die Vögel etwa bereits …? Kira stellte sich auf einen äußerst unappetitlichen Anblick ein.

Zuerst ging Baer allerdings zu einem Mann, der etwas abseits stand und so konzentriert durch sein Fernglas glotzte wie andere auf ihr Smartphone.

Der Hauptkommissar schaute auf seinen Notizzettel. »Sie sind Raphael Scholz?«, fragte er. »Sie haben die Leiche gefunden?«

»Ja.« Der Mann setzte den Feldstecher nicht ab, aber auf seiner Stirn bildeten sich Schweißtropfen.

»Was schauen Sie sich gerade an?«

»Einen Säbelschnäbler.«

»Und das macht Spaß?«

»Das Beobachten von Vögeln bringt mir innere Ruhe. Probieren Sie es mal aus. Oh nein, der Säbelschnäbler fliegt gerade weg. Aber warten Sie, ich werde Ihnen einen Vogel zeigen.«

»Bitte lassen Sie das bleiben, das wäre Beamtenbeleidigung.« Baer ließ den Zeugen weiter zu seiner inneren Ruhe finden und peilte die Gruppe an. »Treten Sie nur dorthin, wo ich langgehe, Jensen, die Spurensicherung soll schließlich auch noch etwas finden können.«

Kira unterdrückte den Impuls, wie ein Kind in Gummistiefeln herumzuspringen.

Als die Kollegen Baer kommen sahen, wichen sie zur Seite. Auf dem Boden lag bäuchlings ein nackter Mann. Der Anblick der Leiche war weniger schrecklich, als Kira erwartet hatte. Der Leichenfraß hielt sich in Grenzen, wahrscheinlich lag der Tote noch nicht allzu lange dort.

Es fiel Kira schwer, sein Alter zu schätzen. Vom Körper her müsste er Mitte dreißig sein, aber sein Gesicht konnte sie nicht sehen. Das Haar war kurz geschnitten, dunkel und verklebt von Blut.

»Hauptkommissar Tilmann Baer«, stellte sich Baer dem Notarzt vor. »Dieser Mann wurde erschlagen?«

Der Arzt nickte. »Von hinten, mit einem stumpfen Gegenstand. Allerdings nicht hier, dazu gibt es zu wenig Blut.«

Kira zeigte auf den Ackerboden in der Nähe. »Dort sind Reifenspuren. Der Täter hat die Leiche hierhergebracht.«

Baer wandte sich an einen der Polizisten. »Sperren Sie das Gebiet bis zur Straße ab und schicken Sie die Schaulustigen zum Leuchtturm, da gibt es mehr zu sehen.«

»Warum ist er nackt?«, fragte Kira.

»Vielleicht damit wir es schwerer haben, ihn zu identifizieren.« Baer blickte sich um. »Sehen Sie hier irgendeinen persönlichen Gegenstand?«

»Leider nicht. Aber vielleicht erfahren wir mehr, wenn wir die Leiche umdrehen.«

Mittlerweile trafen auch die Kriminaltechniker ein. Erst wenn die Spezialisten in ihren weißen Anzügen Fotos vom Leichnam gemacht hatten, konnte der Körper des Toten bewegt werden.

»Können Sie schon etwas zum Todeszeitpunkt sagen?«, fragte Kira den Notarzt.

»Leider nichts Genaues. Ich würde vermuten, dass der Mann irgendwann gestern Abend erschlagen wurde und ihn der Täter vielleicht gegen Mitternacht hergebracht hat.«

Das ergab Sinn. Zu dieser Jahreszeit war es noch bis spät am Abend relativ warm und es gab noch Besucher am Leuchtturm.

Die Spurensicherung gab die Leiche frei und der Notarzt wies die Sanitäter an, den Toten auf eine Tragbahre zu legen. Kira wollte das Gesicht des Mannes sehen, doch ihr Blick blieb auf seiner Brust hängen. »Was ist das?«

Die anderen waren genauso erstaunt. Auf der rasierten Haut prangte eine Art Symbol: ein Kreis, auf dem ein nach oben geöffneter Halbkreis ruhte. Die Formen waren schwarz und der Kreis braun ausgefüllt.

»Ist das ein Tattoo?«, fragte jemand.

»Es wäre das einzige am ganzen Körper«, antwortete ein anderer.

Der Notarzt betrachtete das Bild genauer. »Das Zeichen wurde aufgemalt«, sagte er. »Mit schwarzer Farbe. Und das Braun ist getrocknetes Blut.«

»Hat irgendjemand eine Idee, was das bedeutet?«, fragte Baer. »Kennt jemand dieses Symbol?«

Kira hatte das seltsame Gefühl, dieses Zeichen schon einmal gesehen zu haben, aber sie kam nicht darauf, wo. Sie hörte das leise Klicken des Fotoapparats der Kriminaltechnik und betrachtete den ganzen Körper. Das Gesicht des Toten sah gepflegt aus und trotz der leblosen Augen war Kira sicher, dass er ein freundliches Lächeln gehabt haben musste. Ihr erster Eindruck seines Alters bestätigte sich. Ein attraktiver brünetter Mittdreißiger. Was hatte er wohl für einen Beruf gehabt? Hatte er eine Frau und Kinder? Kira spürte einen Stich im Herzen, weil dieser Mensch gewaltsam aus seinem Leben gerissen worden war, und verurteilte sich selbst für dieses unprofessionelle Verhalten.

Baer folgte den Sanitätern, die den Leichnam über das Feld zum Krankenwagen trugen. Raphael Scholz, der Vogelbeobachter, hatte sein Fernglas abgesetzt und stand Spalier. Die Krähen und Möwen flogen enttäuscht fort, um sich ihr Futter woanders zu suchen.

Wie würde Baer wohl an diesen Fall herangehen? Im Augenblick hatten sie nichts, bei dem sie ansetzen konnten. Die einzige Spur war dieses geheimnisvolle Symbol.

* * *

Als Kind hatte Eilika die Strecke mit dem Fahrrad zurückgelegt, heute fuhr sie mit dem Auto. Die Farbe ihres Peugeots war vor Urzeiten wohl irgendein Blauton gewesen. Der Klapperkasten drohte, jederzeit auseinanderzufallen, und Eilika hoffte inständig, sich zu diesem Zeitpunkt nicht gerade auf der Autobahn zu befinden.

Genau wie alles andere, was sie bisher von der Heimat gesehen hatte, schien auch der ehemalige Bauernhof unverändert. Auf den ersten Blick wirkte er wie ein Fahrradverleih, von denen es mehrere in Norddeich gab, aber das wetterfeste Banner auf dem Dach verriet, dass es hier noch mehr zu sehen gab. Der Trödelfriese war schon seit Jahrzehnten eine regionale Institution.

Eilika fuhr in den Innenhof und parkte neben einem massiven schwarzen Mercedes, der bei ihr den Eindruck erweckte, als wäre er einst für einen Diktator gebaut worden. Sie stieg aus und atmete die Erinnerungen ein.

Etwas abseits befanden sich ein Haufen Altmetall und ein Schrottcontainer, in dem Dinge aus Haushaltsauflösungen lagen, mit denen man wirklich gar nichts mehr anfangen konnte. Alles Übrige stapelte sich in der großen Scheune.

Eilika wusste, wie man hineinkam, ohne die automatische Türklingel auszulösen. Der muffige Geruch, der wahrscheinlich auch in einem Pharaonensarkophag herrschte, war für sie nur mit Positivem verbunden. Das hier war ein großartiger Ort, um sich vor der Welt zu verstecken. Zwischen all diesen Dingen fühlte es sich an, als ob die Zeit in jede Richtung laufen konnte, und sie verspürte den Drang, nach Aladins Wunderlampe zu suchen. Eilika scharwenzelte durch das zauberhafte Gerümpel und blieb an einer Kiste mit alten Langspielplatten stehen.

Schon damals hatte sie durch die Platten gestöbert und sich über die Outfits der Schlagerstars auf den Covern gefreut.

»Das kann doch nicht wahr sein!« Die dröhnende Stimme ließ das Glas in der nahen Vitrine vibrieren. »Eilika! Wie schön, dich zu sehen.« Stinus Helmerich tauchte wie aus dem Nichts auf und umarmte seine Nichte. Er hatte eine Kampftrinkerstatur und seine Umarmungen waren fast so kräftig wie sein Händedruck, sodass Eilika kurz unter Sauerstoffmangel litt, doch das nahm sie gerne auf sich. Bei ihm war alles möglich und sein unerforschbares Hirn heckte immer irgendetwas aus.

Während ihr Vater äußerst bodenständig war, war sein Bruder ein Visionär. Mit ihm konnte man fantasieren und Träume spinnen. Er nahm nichts ernster als notwendig und langweilte sich nie. Immer auf der Suche nach dem großen Geschäft war er felsenfest davon überzeugt, dass das Leben für ihn etwas Besonderes bereithielt. Mit dieser Illusion hatte er sie wohl damals angesteckt.

»Du hast dich vergrößert«, stellte Eilika fest.

»Seit es Trödelshows im Fernsehen gibt, wächst auch mein Geschäft.« Stinus grinste. »Ist das Blechhäufchen da draußen dein Auto?«

Eilika nickte.

»Wenn du willst, dass da mal jemand die Schrauben festdreht – ich kenne einen Mechaniker, der mir noch einen Gefallen schuldet.« Stinus sammelte Leute, die ihm einen Gefallen schuldeten, er hielt sich für so etwas wie den Paten von Norddeich.

»Zeigst du mir deine Schatzkammer?«, fragte Eilika.

Stinus strahlte noch breiter. »Komm mit.«

Eilika folgte ihrem Onkel in sein Büro, das gleich mit zwei Schlössern gesichert war. An einer Wand lehnten mehrere alte Gemälde und es gab zwei goldene Kaminuhren. Für die erlesensten Stücke war Ostfriesland kein geeigneter Marktplatz,

Stinus verkaufte sie an befreundete Händler oder versteigerte sie.

Er ging zu einem großen, aufwendig verzierten Tresor, der auch in Al Capones Büro hätte stehen können. »Von den Gemälden erwarte ich einiges und das Geschmeide dürfte auch für einen guten Preis weggehen.« Er öffnete die schwere Eisentür und holte eine Schatulle heraus. »Leg mal dieses Diamantcollier um, das steht dir bestimmt ausgezeichnet.«

Es war wirklich traumhaft, Eilika fühlte sich wie eine Piratenprinzessin.

»Weißt du noch, wie wir damals auf diesem verwilderten Grundstück den alten Keller gefunden haben?«, fragte Stinus.

Eilika konnte sich sehr gut daran erinnern. Sie waren durch einen löchrigen Zaun gestiegen und hatten zwischen Gestrüpp ein Loch entdeckt, in dem Stufen nach unten führten. Sie wäre am liebsten sofort runtergegangen, aber ihr Onkel hatte darauf bestanden, dass sie sich zunächst Ausrüstung holten: Taschenlampen, Handschuhe, Werkzeug, Fahrradhelme. Klein Eilika hatte auch Getränke und Kekse eingepackt, falls es eine längere Expedition werden würde. Sie hatte sich ausgemalt, eine Schatzhöhle mit Edelsteinen und Goldmünzen gefunden zu haben. Die Vorfreude auf dieses Abenteuer war wundervoll gewesen. Ganz im Gegensatz zu der herben Enttäuschung, nachdem sie in ihrer Schutzkleidung hinabgestiegen waren und nur einen kleinen Raum mit Konservendosen gefunden hatten, deren Haltbarkeitsdatum längst abgelaufen gewesen war.

»Mein ganz großer Moment kommt noch.« Stinus zwinkerte ihr zu. »Irgendwann kommt für jeden die große Chance.«

»Ich hatte meine schon.« Eilika gab ihm seufzend das Collier zurück.

»Wie tief sitzt du denn in der Gülle? Riechst du den Schiet noch oder schmeckst du ihn schon?«

Eilika schluckte, Stinus hatte schon immer eine sehr direkte Art gehabt. »Woher weißt du …«

»Eine glückliche Gastronomin sieht anders aus und fährt auch nicht einfach während der Hochsaison in die Heimat.« Stinus schloss den Schmuck wieder weg. »Also bist du entweder schwanger oder pleite. Und wenn du schwanger wärst, hätte mich deine Mutter schon längst angerufen.«

Eilika setzte sich auf einen abgenutzten Vitra-Stuhl. »Ich fühle mich, als müsste ich mit sieben Bällen jonglieren.«

»Was ist passiert? Kommen keine Kunden mehr in dein Café?«

Eilikas Stimme zitterte. »Es ist nicht mehr mein Café. Und wie sich herausgestellt hat, war es auch nie meins. Die Frau, die ich mal für meine beste Freundin gehalten habe, hat mich übers Ohr gehauen. Ich glaube, ich habe jeden Fehler gemacht, den man machen kann.«

»Wie viel Schulden hast du?«

»Ich habe lange keine Briefe mehr geöffnet.«

»Das ist schlecht. Den Kopf in den Sand zu stecken macht die Sache immer schlimmer.«

»Ich schaff das schon.« Eilika schaute ihn flehend an. »Erzähl Mama nichts davon, ja?«

»Mach dich nicht lächerlich, Eilika. Wenn ich schon merke, dass es dir nicht gut geht, merkt es deine Mutter erst recht. Sie wartet nur, bis du von dir aus mit ihr sprichst.«

»Ich kann noch nicht mit meinen Eltern reden. Als das Café von mir eröffnet wurde, habe ich alle guten Tipps von Papa in den Wind geschlagen.«

»Du wolltest unabhängig sein, das ist nicht verwerflich.«

»Aber ich habe diese Fehler gemacht und ich will nicht, dass jemand anders mit seinem hart erarbeiteten Geld dafür einsteht.«

»Das machen Eltern nun mal. Und ich natürlich auch. Es ist keine Schande, Hilfe anzunehmen, wenn man sie braucht. Im Gegenteil, wenn man wieder auf die Beine gekommen ist, wird man anderen helfen. So wird die Welt ein bisschen besser.«

Natürlich wusste Eilika, dass ihr Onkel recht hatte. »Gib mir noch ein paar Tage Zeit, bis ich wirklich angekommen bin.« Insgeheim hoffte sie, dass sie es doch alleine schaffen konnte, auch wenn sie drei Jobs gleichzeitig annehmen musste.

3. BLINDES HUHN

Im Büro schaltete Baer als Erstes die Kaffeemaschine ein. Es begann zu knacken und zu knistern und ein verführerischer, beißender Duft, der jede Eintagsfliege töten konnte, breitete sich aus. Der Hauptkommissar setzte sich auf seinen Schreibtischstuhl und holte sein gewohntes Frühstück nach, das aus einem knackigen Apfel bestand. Zur Mittagspause würde er dann mit Leidenschaft Haferflocken mit H-Milch essen, die er dort aufbewahrte, wo andere Geheimdokumente verstecken würden. Kira hatte selbst noch eine Tüte Karottensticks in der Schublade, aber die würde sie erst knabbern, wenn Baer sie das nächste Mal ärgerte, denn er hasste das mahlende Geräusch.

»Was machen wir jetzt?«, fragte Kira ihren Chef.

»Wir warten.« Baer faltete die Tageszeitung auf. »Auf die Berichte der Gerichtsmedizin und der Spurensicherung. Und natürlich darauf, dass die Identität des Toten geklärt wird.«

»Wie können wir die Leiche denn identifizieren?«

»Die Kollegen durchforsten die Vermisstenmeldungen und prüfen, ob wir seine Fingerabdrücke schon in unseren Akten haben. Außerdem schickt die Gerichtsmedizin ein Bild seines Zahnprofils an die umliegenden Zahnarztpraxen. Die Ärzte können oft schon beim ersten Blick sehen, ob der Gesuchte bei ihnen Patient ist. Daneben favorisiere ich noch eine weitere Methode: Wir fragen in den umliegenden Hotels und Pensionen nach, ob alle Gäste vollzählig sind. Solange wir keine Rückmeldung bekommen, können wir nichts tun.«

Kira wollte nicht glauben, dass sie zum Nichtstun verdammt waren.

»Wer ungeduldig ist, macht Fehler, Jensen. Wenn man entspannt ist, funktioniert auch der Denkapparat besser.« Baer legte die »Ostfriesen-Zeitung« zur Seite. »Aber wenn Sie unbedingt das Gefühl haben wollen, etwas Sinnvolles zu tun, können wir ja mal die Grundregeln unserer Zusammenarbeit festlegen.«

Kira spitzte die Ohren.

»Also«, begann Baer, »so wie ich das sehe, hatten Sie beim letzten Fall einfach nur Glück. Auch ein blindes Huhn findet mal ein Korn, also bilden Sie sich nichts darauf ein.«

So wie ich das sehe, habe ich Ihnen den Arsch gerettet, dachte Kira empört und war sich einen Moment lang nicht sicher, ob sie das laut gesagt hatte.

Baer räusperte sich. »Ich werde es einfach formulieren. Regel Nummer eins: Sie sind meine Assistentin. Das bedeutet: Ich treffe die Entscheidungen. Keine Diskussionen. Ist das klar?«

Kira nickte widerwillig.

»Regel Nummer zwei: keine Einzelaktionen. Wenn Sie irgendetwas tun wollen, was mit dem Fall zu tun hat, will ich vorher darüber informiert werden.«

Dagegen hatte Kira tatsächlich nichts. Sie wollte ja mit Baer zusammen ermitteln und von ihm lernen.

»Regel Nummer drei: Bevor Sie mir eine Frage stellen, überlegen Sie genau, ob diese Frage wirklich notwendig ist. Ich finde es anstrengend, etwas zu erklären, und wenn ich das schon mache, muss es die Sache auch wert sein.«

»Das war's?«

»Denken Sie an Regel Nummer drei: keine überflüssigen Fragen.«

»Dann möchte ich wenigstens noch einen Vorschlag machen. Wenn wir schon zusammenarbeiten, sollten wir uns auch duzen.«

Baer versuchte, mit einem bohrenden Blick herauszufinden, ob sie das wohl ernst meinte oder ob sie ihn veralbern wollte. »Nein. Betrachten Sie diesen Fall als Probezeit. Erst mal sehen, wie es läuft.« Er widmete sich wieder seiner Zeitung.

Kira öffnete ihre Schreibtischschublade und nahm sich einen Karottenstick heraus. Bei jedem Bissen raschelte die Zeitung hörbar. »Wir können noch mehr tun«, sagte sie. »Wir können herausfinden, was das für ein Symbol auf dem Leichnam ist.«

»Dafür brauchen wir mehr Fakten.«

Kira schürzte die Lippen. »Ich werde das Gefühl nicht los, dass ich dieses Zeichen schon mal gesehen habe.«

»Sie und Ihre Intuition. Es geht nicht um Gefühlsduselei, sondern um Tatsachen. Neunundneunzig Prozent aller Fälle werden durch Logik aufgeklärt.«

Damit wollte sich Kira nicht zufriedengeben. Sie malte das Zeichen auf einen Zettel und legte ihn in den Scanner. »Vielleicht ist die Sache ja ganz einfach.« Kira speicherte das Bild auf dem Desktop und öffnete den Browser.

Baer lugte hinter seiner Zeitung hervor. »Was machen Sie da?«

»Eine Inverssuche für Bilder.«

Baer stellte seine Kaffeetasse ab und beugte sich vor. »Und das bedeutet?«

»Wissen Sie, was Google ist?«

Er grunzte empört.

»Normalerweise tippt man ein Stichwort ein und kann sich dazu Bilder anzeigen lassen. Sie geben zum Beispiel ›Maybrit

Decker‹ ein und die Suchmaschine zeigt Ihnen das neueste Albumcover und ihre Pressefotos an. Die Sache funktioniert allerdings auch andersrum: Ich lade einen Bildausschnitt von ihrem neuesten Albumcover hoch und die Suchmaschine zeigt mir an, dass es von Maybrit Decker ist.«

In Baers Gesichtsausdruck spiegelte sich eine Mischung aus Skepsis und Neugierde. Kira spürte, dass er ihr gerne über die Schulter schauen würde, aber sein Stolz hielt ihn zurück.

Sie war überrascht, wie viele Ergebnisse für ihre Bildersuche angezeigt wurden. *Natürlich*, dachte sie. *Darauf hätte ich auch wirklich früher kommen können.*

»Und?« Baers Schreibtischstuhl quietschte gequält, als er sich erhob. »Haben Sie was gefunden?«

»Es handelt sich um das Symbol für das Sternzeichen Stier.« Kira schaute auf die anderen Bilder. Die Hörner waren mehr oder weniger ausgebildet, aber die Grundform war jeweils dieselbe.

»Horoskophumbug. Typisch, dass das eine Frau herausfindet.«

Die Freude darüber, etwas entdeckt zu haben, wog für Kira stärker als Baers sexistischer Kommentar. Trotzdem reizte es sie, ihn aufzuziehen. »Welches Sternzeichen sind Sie denn?«

»Das ist doch vollkommen egal«, maulte er. »Warum hat der Mörder seinem Opfer das Symbol für das Sternzeichen Stier auf die Brust gemalt, darum geht es.«

»Vielleicht ist der Tote im Sternzeichen Stier geboren worden«, mutmaßte Kira und schaute im Computer nach dem Zeitraum, für den das galt. »Also zwischen Ende April und Ende Mai.«

»Und wie soll uns das bitte schön weiterhelfen?«

»Ich lese nur die Basisinformationen über das Tierkreiszeichen vor. Das ist das Einzige, was wir bisher haben.«

»Also gut. Was für Unsinn steht denn da noch?«

»Stiere sind wertebewusst, pragmatisch, genießerisch und verführerisch. Berühmte Persönlichkeiten, die im Sternzeichen Stier geboren wurden, sind zum Beispiel George Clooney und Dwayne Johnson.«

»Nie gehört.«

»Aber von Queen Elisabeth II. haben Sie schon mal gehört, oder? Ich glaube, Sie sind etwa im selben Alter.«

»Wenn das ein Witz sein sollte, müssen Sie noch gewaltig üben.« Baer zeigte auf die Bilder. »Bei all diesen Zeichnungen ist der Kreis leer. Warum hat der Täter sein Symbol braun ausgemalt?«

Kira schaute sich wieder die Informationen an. »Die Geburtssteine vom Stier sind Granat, Saphir, Diamant, Smaragd. Könnte das mit der braunen Farbe zu tun haben?«

»Ein Granat ist rot, ein Saphir blau und ein Smaragd grün. Ergibt also nur Braun, wenn man alle Farben miteinander vermischt.«

»Vielleicht sollte es ja rot sein«, überlegte Kira. »Der Täter hat frisches Blut verwendet. Erst wenn es trocknet, wird Blut braun, weil die Eisenteilchen darin rosten.«

Baer seufzte. »Wir brauchen mehr Fakten, um das sinnvoll zu klären. Genießen Sie die Ruhe vor dem Stress.«

* * *

Eilika saß auf der Terrasse vom Haus des Gastes in Norddeich und schaute über die Wiese zum Meer. Sie hörte Kinder kichern und fröhlich kreischen, weiter rechts flatterten bunte Drachen am blauen Himmel. Sonnenschein und Meer wurden nur noch übertroffen von Sonnenschein, Meer und einem eisgekühlten Pils.

Stinus hatte recht, sie musste sich mit ihrer Situation ernsthaft auseinandersetzen. Aber noch stieß sie innerlich an eine Mauer.

Sie hatte gewusst, dass man scheitern konnte, auch wenn sie diese Möglichkeit nie durchgespielt hatte. Und selbst wenn sie das getan hätte, wäre sie nicht auf die Idee gekommen, auf diese Weise unterzugehen. Da war nicht nur die bittere Enttäuschung über sich selbst, sondern auch der stechende Schmerz, ihre Freundin verloren zu haben. Wenn sie ehrlich war, wog das Zweite sogar noch schwerer.

Schon in der Schule hatte sie mit Angela alle Kurse gemeinsam belegt, obwohl das nicht gerade vorteilhaft für den Notenschnitt im Abitur gewesen war. Aber sie hatten sowieso immer davon geträumt, zusammen ein Café zu eröffnen, und irgendwann hatten sie diesen Traum verwirklicht. Allerdings waren sie nicht gemeinsam untergegangen. Am Ende musste doch jeder an sich selbst denken – war das etwa die Lektion, die sie aus alledem lernen konnte?

Eilika nippte an ihrem Bier. Sie wollte sich kein zweites leisten, deshalb sollte dieses hier so lange wie möglich halten. Ihr Blick schweifte ziellos über die Strandkörbe.

Das Vibrieren ihres Smartphones schreckte sie auf. In letzter Zeit waren Anrufe selten angenehm gewesen, aber es konnten schließlich auch ihre Eltern sein. Überrascht stellte sie fest, dass es ihr Onkel war.

»Moin, Stinus.«

»Moin, Eilika. Ich hoffe, ich störe dich nicht bei etwas Wichtigem.«

»Nein, gerade geht es.«

Stinus schien etwas unsicher zu sein. »Ich habe da eine Idee.«

Eilika stutzte. Stinus' Ideen konnten genial sein, aber auch zu Katastrophen führen. »Was für eine Idee?«

»Es fühlt sich an wie eine Chance. Wenn du mir hilfst, dann bekommst du deinen Anteil ab.«

»Ich helfe dir auch so.«

»Das weiß ich, aber diese Sache könnte wirklich etwas abwerfen.«

»Klingt ziemlich mysteriös. Was soll ich denn machen?«

»Das erkläre ich dir morgen früh. Kannst du um acht hier sein? Deine Rostlaube fährt doch noch, oder?«

»Noch hält sie.«

»Sehr gut. Und erzähl deiner Mutter nichts davon, okay?«

»Alles klar.« Eilika fühlte, wie ihr Abenteuersinn wieder erwachte. »Wir sehen uns morgen.«

4. ÜBERLEBENDE

Es ergab sich tatsächlich nichts weiter bei dem Fall und Kira dachte wieder an ihren Termin bei der Psychiaterin. Den Einsatzanruf heute Morgen hatte sie eigentlich als Zeichen interpretiert, um den Arztbesuch abzusagen. Jetzt hatte sie trotzdem Zeit, ihn wahrzunehmen, und ihr war bewusst, dass sie es nie tun würde, wenn sie heute nicht hinging.

Sie verabschiedete sich und fuhr los. Doktor Ulrike Sternberg hatte ihre Praxis in Emden, das war Kira wichtig gewesen. Kein Kollege in Aurich sollte sie zufällig dabei beobachten können, wie sie eine Psychiaterin aufsuchte.

Ihr Smartphone lag auf dem Beifahrersitz und sie war bereit, sofort umzukehren, falls der Tote heute noch identifiziert werden würde. Allerdings bekam sie keinen Anruf vom Revier.

Die Praxis von Doktor Sternberg befand sich in ihrem Privathaus am Rande der Innenstadt. Das Haus selbst war grau und nichts Besonderes, aber im Vorgarten stand eine lebensgroße Skulptur eines Alpakas mit einer bunten Decke und farbenfrohen Troddeln. Kira spielte erneut mit dem Gedanken, einfach nach Hause zurückzufahren, aber der Anblick der Skulptur hielt sie davon ab. Ihre Erfahrung hatte sie gelehrt, dass alles, was gut war, unglaubliche Anstrengung kostete, und deshalb musste sie jetzt diesen Klingelknopf drücken.

Kiras Herz klopfte so laut, dass sie fast den Türsummer überhört hätte. Sie öffnete die Gartenpforte und ging auf das Haus zu, dabei merkte sie selbst, wie ihre Schritte immer zögerlicher wurden.

Die Haustür öffnete sich und eine große, schlanke Frau in einem curryfarbenen Hosenanzug erschien. Sie trug eine goldene Brille mit einer Brillenkette. Ihr Haar dagegen glänzte silbern und fiel ihr weit über die Schultern. Ihr Lächeln war wie ein warmes Kaminfeuer, vor dem man an einem stürmischen Herbsttag zur Ruhe kam.

»Ich bin Ulrike Sternberg, schön, dass Sie da sind, Frau Jensen.«

Kira entfleuchte ein kaum hörbares »Moin«.

Auch im Haus bewies Doktor Sternberg viel Mut zu Farben und es gab noch mehr Figuren von Alpakas, klein, groß, mal realistisch, mal wie aus einem Cartoon.

»Sie wissen vielleicht, wie das ist«, erklärte Doktor Sternberg, »die Leute entdecken einmal, dass man solch eine Figur im Schrank stehen hat, und fortan bekommt man andauernd welche geschenkt.«

Im Praxisraum gab es allerdings kein einziges Alpaka mehr. Die Wände waren dunkelgrün gestrichen und es gab eine gemütliche Sitzecke mit einem grauen Sofa. Auf dem Couchtisch stand eine Kanne mit frisch gebrühtem Tee auf einem Stövchen und alles, was man sonst für eine Teetied brauchte. Kira setzte sich und freute sich auf das warme Getränk.

Eine alte Wanduhr tickte gleichmäßig und beruhigend. An der gegenüberliegenden Wand hing ein großes, eingerahmtes Poster. Es zeigte Demonstranten vor der Berliner Mauer und darunter stand: »Wenn die äußere Freiheit kleiner ist als die innere Freiheit, begehrt man auf. Was tut man, wenn die äußere Freiheit größer ist als die innere Freiheit?«

31

»Sie brauchen keine Angst zu haben, Frau Jensen.« Doktor Sternberg tat den Kluntje in die Tassen und goss den Tee darüber, was zu einem wohligen Knistern führte. »Heute ist eine Probesitzung, in der wir herausfinden, ob wir zueinanderpassen. Ob die Chemie zwischen uns stimmt.«

Kira träufelte sich Sahne in den Tee und beobachtete die Wölkchenbildung, während sie Doktor Sternbergs freundlicher Stimme zuhörte.

»Stellen Sie sich einfach vor, ich wäre ein Arzt in einem Krankenhaus und Sie kommen mit einer körperlichen Wunde zu mir. Ich sehe mir an, wie Sie Ihre Wunde bisher selbst behandelt haben, und mache Ihnen Vorschläge, wie wir sie zukünftig besser behandeln können. In jeder Sitzung werden wir den alten Verband abnehmen, uns die Wunde ansehen und einen frischen Verband umlegen.«

Kira nippte an ihrem Tee, ohne die Ärztin anzusehen.

»Es gibt keine Menschen ohne Verletzung«, fuhr Doktor Sternberg fort. »Man kann auch mit einer schweren Verletzung weit kommen, wenn man richtig damit umgeht. Es gibt allerdings auch diejenigen, bei denen sich die Wunde im Laufe der Zeit durch falsche Behandlung entzündet, und dann wiederum gibt es auch Menschen, die ihren rechten Arm im Gips haben, obwohl ihr linkes Bein gebrochen ist. Zunächst muss man die eigene Wunde richtig erkennen, dann muss man begreifen, welche Auswirkungen sie auf das eigene Leben hat, und schließlich kann man lernen, mit der Wunde zu leben.« Nun widmete sich auch die Ärztin ihrer Teetasse.

Kira empfand ihre Worte als ermutigend, trotzdem wehrte sich alles in ihr dagegen, dieser Frau von ihrer eigenen Wunde zu erzählen. Ihr Hals war staubtrocken und Tränen quollen aus ihren Augen, die sie auf der brennenden Haut jedoch kaum spürte. Sie hatte sich geschworen, niemals darüber zu sprechen, aber gleichzeitig wusste sie, dass es ihr nur besser gehen konnte, wenn sie den Mund jetzt aufmachte. »Als ich vierzehn Jahre alt war, hat mich mein Vater sexuell missbraucht. Nicht nur einmal, sondern immer wieder. Und meine Mutter hat mir nicht geglaubt. Sie hat gesagt, ich würde mir das nur einbilden und ich hätte eine rege Fantasie.« Die Worte sprudelten immer weiter aus Kira heraus, so als hätten sie nur darauf gewartet, sich irgendwann Bahn zu brechen. »Ich habe versucht, stark zu sein und mein Leben trotzdem zu leben, aber seit ich zurück nach Ostfriesland gezogen bin, kann ich das nicht mehr. Ich habe Albträume und immer wieder drängen Erinnerungen an die Oberfläche, wie mein Vater mir schmeichelt und mir Geschenke macht, damit ich wieder lächle.« Kira wischte sich das Gesicht mit den Ärmeln trocken und goss sich mit zitternden Händen eine weitere Tasse Tee ein. Sie fühlte sich erleichtert, aber gleichzeitig machte sich in ihr die Angst breit, dass ihr Doktor Sternberg auch nicht glauben würde. »*Du hast eine blühende Fantasie, Kleines*«, hörte sie die bittersüße Stimme ihrer Mutter in ihrem Kopf.

»Ich glaube Ihnen«, sagte Doktor Sternberg, als könnte sie Gedanken lesen.

Das tat Kira unendlich gut. Es war viel mehr wert als Mitleid.

»Wissen Sie, wie man Missbrauchsopfer in der Psychotherapie nennt?«, fragte die Ärztin.

Kira schüttelte den Kopf.

»›Überlebende.‹ Und diese Bezeichnung trifft es sehr gut. Sie haben etwas Furchtbares durchgemacht, das Ihre normale Entwicklung beschädigt hat. Sie haben sich durch einen Krieg gekämpft, den Sie sich nicht selbst ausgesucht haben.«

Kira schluckte.

»Menschen können eine Menge aushalten – aber nur für einen begrenzten Zeitraum. ›Sich zusammenreißen‹ ist immer nur eine Strategie für Ausnahmesituationen. Sie haben eine

Menge erreicht, Sie haben eine Ausbildung gemacht und sind Kriminalkommissarin geworden, das ist eine unglaubliche Leistung, die Sie sehr viel Kraft gekostet haben muss.« Die Therapeutin schaute Kira freundlich, aber fest an. »Sie sind nicht mehr vierzehn Jahre alt. Der Krieg ist vorbei. Sie waren ein Soldat – wer wollen Sie jetzt sein?«

Stimmt das?, überlegte Kira. *Ist es wirklich vorbei?*

»Jetzt ist es an der Zeit, Kraft zu schöpfen, Frau Jensen. Menschen, denen so etwas passiert ist, haben oft nicht gelernt, Grenzen zu setzen. Sie lassen andere Leute zu sehr an sich heran und nehmen auf sich selbst keine Rücksicht. Betrachten Sie Ostfriesland als Möglichkeit zur Heilung. Hier ticken die Uhren langsamer als woanders. Seien Sie nett zu sich selbst! Gehen Sie ans Meer, atmen Sie durch.«

»Aber ich muss arbeiten«, erwiderte Kira. »Ich muss einen Mörder fassen.« Sie bemerkte die Verwirrung in Doktor Sternbergs Gesicht. »Wir haben heute Morgen eine Leiche gefunden.«

»Ganz egal, was für einen Beruf Sie ausüben, um gut zu arbeiten, müssen Sie Ihr volles Potenzial abrufen können. Und das steht Ihnen zurzeit nicht zur Verfügung. Wenn Sie sich weiter überfordern, handeln Sie lediglich impulsiv und nicht rational. Das Beste, was Sie für Ihre Arbeit tun können, ist, auf Ihre eigenen Bedürfnisse zu achten. Das hier ist der Beginn eines neuen Lebensabschnitts.«

Kira wollte ihr glauben. Sie wollte ihr Leben wieder stabilisieren.

»Treiben Sie Sport?«, fragte die Therapeutin.

»Ich fahre gerne Rad.«

»Sehr gut.« Doktor Sternberg lächelte. »Wie ist es mit Tieren? Sind Sie eher der Katzen- oder der Hundetyp?«

Kira konnte es nicht sagen.

»Haben Sie schon mal überlegt, sich ein Tier zuzulegen? Ein Haustier kann einem emotionale Stabilität geben.«

»Ich habe nur eine kleine Wohnung, ich denke nicht, dass das der Vermieter zulassen würde.«

»Schauen Sie sich Kleintiere an. Auch Kaninchen haben große Herzen.«

»Mal sehen.« Daran hatte Kira tatsächlich noch nie gedacht. Es hatte sich schon immer so schwer angefühlt, sich um sich selbst zu kümmern, da wollte sie nicht noch für ein anderes Lebewesen verantwortlich sein.

»Sie werden das schon schaffen«, sagte Doktor Sternberg zuversichtlich.

»Was macht Sie so sicher?«

»Weil Sie hierhergekommen sind und sich Hilfe gesucht haben. Niemand kann sich an den eigenen Haaren aus dem Sumpf ziehen.«

Als Kira eine Stunde später das Haus von Doktor Sternberg verließ, konnte sie freier atmen. Sie war sich sicher, dass diese Therapeutin zu ihr passte. Kira hatte das Gefühl, ein Leben vor sich zu haben. Und das war schön.

5. DER AUFTRAG

Als Kira am Mittwochmorgen im Revier ankam, ging sie zuerst zum Wagenpark, um sich für ihren favorisierten BMW einzutragen. Am liebsten hätte sie sich sofort auf die Berichte der Kriminaltechnik und Gerichtsmedizin gestürzt, aber es dürfte für alle besser sein, wenn Tilmann Baer die ersten Bürominuten wie gewohnt mit sich selbst verbrachte.

Der Kaffee war bereits gebrüht und der Hauptkommissar betrachtete seinen Frühstücksapfel, als ob er sich nicht entscheiden konnte, wo er abbeißen wollte.

»Schön, dass Sie endlich kommen«, brummte Baer, ohne aufzusehen.

Kira übersetzte das innerlich als »Guten Morgen«. Ihre Augen leuchteten, als sie die Aktendeckel mit den Ergebnissen der Experten auf ihrem Schreibtisch erblickte.

»Leider bringen uns diese Berichte überhaupt nicht voran«, nahm Baer die Lektüre vorweg und biss kräftig in den Apfel.

Kira wollte sich trotzdem selbst ein Bild machen und blendete die mahlenden Geräusche vom Nachbartisch aus. Sie blätterte sich durch die detailgenauen Fotos des Leichnams und schaute auf die Angaben zur Todeszeit und zu der mutmaßlichen Tatwaffe. Beides bestätigte die Einschätzungen des Notarztes und Kira war enttäuscht, dass die Spezialisten die Tatwaffe nicht genauer eingrenzen konnten. »Ein stumpfer Gegenstand kann alles sein«, murmelte sie, »ein Knüppel, ein Ziegelstein, ein Golfschläger oder ein schwerer Kerzenständer.« Auch die Spurensicherung hatte nichts weiter auf dem Feld gefunden. Die einzige konkrete Aussage, die sie trafen, lautete, dass der Täter die Leiche höchstwahrscheinlich mit einem geländetauglichen Fahrzeug auf den Acker gefahren hatte. Sie suchten also nicht nach einem Smartfahrer, sondern nach jemandem mit einem SUV – großartig.

Jemand kam in den Raum, ohne anzuklopfen. Das durfte sich nur Ralf Gravenhorst erlauben, der Dienststellenleiter. Er war etwas älter als Baer und es war nur ihrer Freundschaft zu verdanken, dass der knurrige Hauptkommissar noch auf seinem Posten saß. Gravenhorst versuchte immer, so charmant zu sein wie ein Nachrichtensprecher. Das Geheimnis seiner jugendlichen Ausstrahlung bestand wahrscheinlich in einer rätselhaften chemischen Reaktion aus seiner Blondierung und Baers ätzender Kaffeemischung, die er sich regelmäßig morgens abholte.

»Und?«, fragte Gravenhorst, nachdem er den ersten Schluck intus hatte. »Was gibt es Neues in dem Mordfall?«

»Nichts«, grummelte Baer.

Gravenhorst genoss einen weiteren Schluck Koffeinsäure. »Gute Arbeit, dass ihr das mit dem Sternzeichen herausgefunden habt.«

»Auch wenn es uns nicht weiterbringt.«

»Noch nicht«, orakelte Kira.

Gravenhorst setzte sich auf Baers Schreibtischkante und nahm den Obduktionsbericht in die Hand. »Sternzeichen Stier. Was könnte das denn bedeuten? Vielleicht hat es der Mörder auf alle Stiere abgesehen. Oder ermordet er jeweils eine Person pro Sternzeichen? Nach Stier kommt Zwillinge – ich bin selbst ein Zwilling!« Er schaute Baer erschrocken an.

»Es geht hier nicht um Fantastereien, sondern um Fakten«, entgegnete Baer. »Und Tatsache ist, dass der Täter zwar das Sternzeichen benutzt hat, aber in abgewandelter Form. Es geht darum, was dieses abgewandelte Symbol bedeutet.«

Gravenhorst legte den Bericht zurück. »Es könnte uns helfen, das Symbol zu veröffentlichen«, schlug er vor. »Vielleicht kennt jemand da draußen die genaue Bedeutung.«

Baer war strikt dagegen. »Solche Aktionen führen nur zu einem Haufen an Rückmeldungen, mit denen man nichts anfangen kann. Außerdem wird es die Leute beunruhigen, wenn sie erfahren, dass ein Mörder seine Leiche mit einem Sternzeichen gekennzeichnet hat. Wenn du selbst schon Panik bekommst, werden sich die anderen auch solche haarsträubenden Gedanken machen.«

Gravenhorst schaute zu Kira, offenbar durfte sie entscheiden. Ihr erster Impuls bestand darin zu überlegen, wem von beiden sie einen Gefallen tun wollte, aber dann besann sie sich. Es ging hier nicht um Politik, sondern um Professionalität, und wenn sie bei künftigen Diskussionen ernst genommen werden wollte, musste sie sich möglichst schnell eine eigene Meinung bilden. »Wenn wir das Symbol veröffentlichen, geben wir eindeutiges Täterwissen aus der Hand. Wenn solch ein Bild erst mal im Internet seine Runde macht, könnte uns das erschweren, den wirklichen Hintergrund herauszufinden. Wir sollten zunächst abwarten, bis wir den Toten identifiziert haben.«

»Dann warten wir noch.« Gravenhorst blickte zufrieden von Kira zu Baer. »Haltet mich auf dem Laufenden.« Er verließ grinsend das Büro und ließ eine unangenehm süßliche Stimmung zurück.

* * *

Diesmal klingelte es, als Eilika die Scheune des Trödelfriesen betrat. Stinus saß in seinem Büro hinter einer Thermoskanne aus vergilbtem Kunststoff. Er wirkte ein wenig abwesend.

Eilika klopfte gegen den Türrahmen. »Trinkst du mittlerweile koffeinfreien Kaffee?«

»Moin!« Er schaute überrascht auf und musste kurz überlegen, was seine Nichte meinte. »Nein, ich bin nur in Gedanken.«

Eilika setzte sich ihm gegenüber. »Also, worum geht es?«

Stinus lehnte sich zurück und formte mit seinen Händen eine Pyramide. »Weißt du, warum überdurchschnittlich viele Gemälde einfach so zufällig auf dem Dachboden gefunden werden?«

Eilika schüttelte den Kopf.

»Weil das die einfachste Geschichte ist, um die wahre Herkunft zu verschleiern. Aber je wertvoller das Gemälde ist, desto fragwürdiger ist auch diese Version.«

Mit dieser Antwort hatte Eilika nicht gerechnet, aber sie ergab Sinn. Doch was wollte Stinus ihr damit sagen? Ihr Blick wanderte zu den Gemälden in der Ecke. »Du hast ein Bild gekauft, von dem du dir nicht sicher bist, ob es ehrlich erworben wurde?«

Stinus seufzte. »Es sind keine besonders wertvollen Gemälde und normalerweise würde ich mir keine weiteren Gedanken darüber machen, aber die Sache lässt mich einfach nicht los. Normalerweise gilt: Wenn man Geld verdienen will, darf man nicht so genau hingucken. Aber manchmal ist es auch genau andersrum: Erst wenn man genau hinguckt, verdient man Geld.«

»Du sprichst immer noch in Rätseln, Stinus. Erzähl mir einfach, was passiert ist.«

Stinus schaute Eilika direkt an. »Vor einem Monat ist sie das erste Mal gekommen. Eine Frau, äußerst elegant, mit langem, dunklem Haar, blaue Augen, Traumkörper. Dunkelgrüner

Porsche Cabriolet. Sie hat mir zwei Gemälde angeboten und eine hochwertige Taschenuhr. Es war ein gutes Geschäft für mich, obwohl die Frau passabel verhandeln konnte. Und es war eine schöne Begegnung, über die ich mich noch mehrere Tage lang gefreut habe. Umso erfreuter war ich, als sie in der Woche darauf wiederkam. Sie hat mir wieder zwei Bilder verkauft und eine Amphorenvase von Meißen. Ein befreundeter Händler hat einen Kunden, der diese Vasen sammelt.« Stinus trommelte mit den Fingern auf der Schreibtischplatte. »Und nun darfst du raten, wer letzte Woche erneut auf der Matte stand.«

Natürlich erwartete Stinus nicht wirklich eine Antwort von Eilika.

»Ich habe ihr gesagt, dass ich auch komplette Haushaltsauflösungen mache und mir alle ihre Sachen auf einmal ansehen kann, aber das hat sie abgelehnt. Stattdessen hat sie mich gefragt, ob ich ihr einen Kredit vermitteln könnte.«

Eilika runzelte die Stirn. »Wieso fragt sie dich denn so etwas? Du bist doch keine Bank.«

»Nun, bei ihrer Bank war sie offensichtlich schon und bekommt dort kein Geld. Wenn sie mich so etwas fragt, bedeutet das, dass sie Kontakt zu Menschen sucht, mit denen man normalerweise keinen Kontakt haben sollte. Leute, bei denen man sich keinen Fehler erlauben sollte.«

Eilikas Augen wurden groß. »Verbrecher?«

»So drastisch würde ich es nicht sagen. Diese Menschen arbeiten eher in der Grauzone des Gesetzes. Jemandem einen Kredit zu geben ist an sich nichts Schlechtes. Es ist ein Risikoinvestment wie bei einem Start-up.«

»Das meine ich nicht«, antwortete Eilika. »Mir geht es um das Verhalten, das sie an den Tag legen, wenn jemand den Kredit nicht zurückzahlt.«

»Du hast recht, man sollte am besten dreimal darüber nachdenken, bevor man jemanden anspricht, der nicht den geringsten Spaß versteht. Aber ich habe den Eindruck, dass diese Frau ganz genau weiß, worauf sie sich einlässt. Sie will möglichst schnell an Geld kommen und dafür ist sie bereit, eine Menge Risikoaufschlag zu bezahlen.«

»Woher kennst du denn solche Typen?«

»Ich kenne sie nicht direkt. Aber ich kenne Leute, die Leute kennen.« In seiner Stimme schwang hörbar Stolz mit.

Eilika fühlte sich zunehmend unbehaglich. »Was soll ich denn machen? Du hast gesagt, ich soll etwas für dich tun.«

»Ich bin zwar nur ein Mittelsmann, aber ich darf trotzdem nicht naiv sein. Ich bürge für die Ernsthaftigkeit des Geschäfts. Deshalb brauche ich ein paar Informationen über diese Frau. Sie wird heute wiederkommen und ich habe mir überlegt, dass du ihr folgen könntest. Beobachte, wo sie hinfährt, ob sie jemanden trifft. Finde eine Adresse heraus und einen Namen.«

Eilika schluckte. »Wieso fragst du sie nicht einfach nach ihrem Namen?«

»Das habe ich ja. Sie nennt sich Vanessa Verdandi, aber ich befürchte, der Name ist zu schön, um wahr zu sein.«

»Ich weiß nicht, Stinus, ich bin doch kein Privatdetektiv.«

»Aber du bist unauffällig.« Stinus schaute sie ernst an. »Natürlich sollst du nichts Gefährliches machen oder das Gesetz brechen. Ich will einfach nur sicher sein, dass diese Frau kein Junkie ist oder spielsüchtig. Alles, was mir eine Entscheidungshilfe sein kann.«

Eilika war sich immer noch unschlüssig.

Stinus kräuselte die Lippen. »Pass auf, eigentlich wollte ich nichts weiter mit dieser Frau machen. Ich meine, gegen ein Abendessen mit ihr hätte ich nichts einzuwenden, aber darum geht es jetzt nicht. Du hast mir von deiner prekären Situation erzählt und da dachte ich mir, man sollte eine Gelegenheit wie diese nicht einfach so verstreichen lassen. Bei solch einem Geschäft gibt es eine hohe Vermittlungsprovision und die würden wir uns teilen. Ein paar Tausend Euro würden dir gewiss etwas Freiheit verschaffen.«

Eilika atmete tief ein. Natürlich würden ihr ein paar Tausend Euro helfen, das hier war ein großzügiges Angebot. Aber konnte sie sich wirklich darauf einlassen? Es war eine Sache, mit Taschenlampen einen alten Keller zu erforschen, aber das hier? *Im Prinzip geht es nur darum, jemandem hinterherzufahren*, dachte Eilika, *das dürfte doch kein Problem sein.* »In Ordnung«, sagte sie, »ich mache es.«

* * *

Kira saß an ihrem Computer und forschte weiter nach dem abgewandelten Sternzeichensymbol, obwohl sich bald alle Informationen nur noch wiederholten. Auch Baer beschäftigte sich mit irgendwas, aber Kira hatte keine Ahnung womit. Sie vermied es, zu ihm rüberzusehen, und hörte nur in unregelmäßigen Abständen seine Tastatur klappern.

Glücklicherweise klopfte es irgendwann an der Tür.

Es war Polizeiobermeister Jan Haselbach, der etwa im selben Alter war wie Kira. Seine Freundlichkeit tat ihr immer gut und heute brachte er sogar gute Nachrichten mit. »Wir haben gerade eine Rückmeldung vom Burghotel Beningaburg in Dornum erhalten. Wie es aussieht, hat der Tote dort gewohnt.«

Kira und Baer standen gleichzeitig auf.

»Lassen Sie Ihren Dienstwagen stehen, Jensen«, sagte Baer, »Sie fahren mit mir.«

* * *

Eilika wartete nicht auf dem Gelände ihres Onkels auf Vanessa Verdandi, sondern parkte etwas weiter entfernt, das war unauffälliger. Stinus hatte ihr ein Fernglas aus den Fünfzigerjahren gegeben, von denen er einen ganzen Korb voll hatte. Eilika mochte die mit Samt ausgeschlagene braune Ledertasche, die schon einige Gebrauchsspuren aufwies. Sie stellte sich vor, wie dieses Fernglas damals bei einem Familienurlaub in den Alpen dabei gewesen war und es der Vater vorsichtig seiner Frau und seinen Kindern gegeben hatte, um ihnen einen Steinbock zu zeigen.

Noch war kein dunkelgrüner Porsche aufgetaucht. Die geheimnisvolle dunkelhaarige Schönheit ließ sich offenbar Zeit, wenn sie überhaupt wiederkam. Eilika hoffte sehr, dass sie kommen würde, denn mittlerweile freute sie sich über ihren Auftrag. Nicht wegen der Möglichkeit, dafür Geld zu bekommen, sondern weil die alte Abenteuerlust geweckt war und sie eine wohltuende Aufbruchstimmung fühlte.

Eilika schaute auf die Armbanduhr. 9.35 Uhr, die Minuten zogen sich länger als gewöhnlich.

Eher unbewusst nahm sie das Motorengeräusch wahr und setzte wieder das Fernglas an die Augen. Es war auf jeden Fall ein Cabriolet und auf den zweiten Blick erkannte Eilika auch die Farbe und die Marke. Die Frau am Steuer des Porsches konnte sie nicht genau erkennen, sie trug ein buntes Kopftuch und eine große Sonnenbrille, trotzdem war sich Eilika sicher, dass es sich um Vanessa Verdandi handeln musste. Auf der schmalen Rückbank befand sich eine großformatige schwarze Kunststoffmappe, in der man sehr gut ein Gemälde transportieren konnte.

Eilika spürte ein Kribbeln vor Aufregung. Sie packte das Fernglas zurück in den Köcher und wartete. Wie gebannt starrte sie zur Einfahrt von Stinus' Laden, um es bloß nicht zu verpassen, wenn Verdandi wieder herauskommen würde. Wie an der Start-Ziel-Geraden eines Formel-1-Rennens war sie jederzeit bereit, den Wagen zu starten und das Gaspedal durchzudrücken. Doch es geschah nichts weiter, außer dass ihr Kopf voll war mit Befürchtungen, was alles schiefgehen konnte. Das Auto könnte nicht zünden, die Schaltung den zweiten Gang verweigern, ihr Motor in schwarzem Rauch aufgehen. Eilika bemühte sich, ruhig zu atmen und auf das Beste zu hoffen.

Eine gefühlte Ewigkeit später tauchte der Porsche wieder auf und Eilika drückte ihren Rücken durch. Verdandi fuhr denselben Weg zurück. Eilika zählte die Sekunden als Countdown runter. »Drei, zwei, eins – los!« Sie startete den Motor und ihr Wagen setzte sich stotternd in Bewegung.

Wie viel Abstand sollte sie halten? In der Stadt sollte sie dichter heranfahren, um besser sehen zu können, in welche Richtung Verdandi abbog. Eilika folgte dem Porsche angespannt bis zur Bundesstraße. Der Sportwagen war ihrer Klapperkiste hoffnungslos überlegen; wenn Verdandi ordentlich Gas geben würde, hätte Eilika keine Chance, ihr zu folgen. Glücklicherweise fuhren sie nicht nach Süden, sondern in Richtung Fährhafen und bogen bereits am nächsten Kreisverkehr auf die Küstenstraße ab. Konnte Eilika also wirklich herausfinden, wo die mysteriöse Frau wohnte?

6. Küstenkind

Die Beningaburg befand sich im historischen Ortskern von Dornum. Es handelte sich um eine Wasserburg, die von einem Graben und alten Bäumen umgeben war. Der Parkplatz lag neben dem Eingang des zweistöckigen roten Backsteingebäudes und Baer hielt in der letzten freien Lücke. Hier standen vor allem Kleinwagen, doch Kira fiel auch ein mattschwarzer Jeep mit Osnabrücker Kennzeichen auf.

Die Ermittler gingen in den kleinen, aber gemütlichen Innenhof, der mehr wie ein uriger Garten wirkte. Die Anlage mit ihren Gebäuden aus dem 16. Jahrhundert hatte eine märchenhafte Atmosphäre. Es war etwas Besonderes, dass sie als Hotel bewirtschaftet wurde und man in den alten Räumen essen konnte. An einem Tisch saßen zwei Gäste und genossen den Sonnenschein, während sie in einem Reiseführer blätterten. Ein Schild mit Frakturschrift wies den Weg zur Rezeption.

Der Empfangstresen war nicht besetzt, aber im angrenzenden Speiseraum schien jemand zu sein. Es war zugleich der Ahnensaal, ein großer Raum mit Kronleuchtern und imposantem Kamin, an dessen Wänden große Porträts der Häuptlingsfamilie Beninga hingen.

»Moin.« Der Mann, der gerade das Geschirr von einem Tisch abräumte, lächelte freundlich, aber er wirkte gleichzeitig etwas abgekämpft. »Wie kann ich Ihnen helfen?«

Baer zeigte ihm seinen Dienstausweis. »Kriminalpolizei Aurich. Wir würden gerne mit dem Inhaber sprechen.«

»Das bin ich, Enno Fricke.« Sein Gesichtsausdruck wurde ernst. Er schob das Tablett mit dem Geschirr beiseite und bedeutete ihnen, sich zu setzen. »Die Beschreibung, die Sie herausgeschickt haben, könnte auf einen meiner Gäste passen. Ich habe Herrn Bookmeyer gestern den ganzen Tag nicht mehr gesehen und heute früh hat er nicht reagiert, als ich an seine Zimmertür geklopft habe.«

Baer zog eine Nahaufnahme vom Kopf der Leiche aus seiner Aktentasche.

»Ja, das ist er. Eindeutig.« Fricke schluckte. »Ist er – tot?«

»Was wissen Sie über ihn?«

Frickes Blick wanderte unstet zwischen Baer und Kira hin und her. »Er hat einen netten Eindruck auf mich gemacht. Er hat mir erzählt, dass er in der Gegend aufgewachsen ist. Und dass er als Journalist arbeitet.«

»Journalist?« Baer horchte auf. »Hat er gesagt, warum er hier war? Welche Pläne er hatte?«

Fricke schüttelte den Kopf. »Er hat nur gesagt, dass er dieses Hotel klasse findet und sich schon darauf freut, ein Burgbier mit mir zu trinken.«

»Hat er Ihnen irgendwelche Fragen gestellt?«

»Nein.«

Jetzt war die Gelegenheit für Kira, eine Frage zu stellen.

»Wann ist Herr Bookmeyer angekommen?«, fragte sie. »Für wie viele Nächte hat er gebucht?«

»Er hat vorgestern eingecheckt und wollte heute wieder abreisen.«

»Wann hat er gebucht? Schon vor einer Woche oder kurzfristig?«

»Es war eine Onlinereservierung vom selben Tag.«

Baer übernahm wieder das Ruder. »Bitte zeigen Sie uns den Meldeschein, den Herr Bookmeyer ausgefüllt hat.«

»Natürlich.« Fricke erhob sich und ging mit ihnen zur Rezeption. Er blätterte durch die Meldescheine und zog einen heraus.

»Joost Bookmeyer«, las Baer vor, »achtunddreißig Jahre alt.«

»Wie ist das Geburtsdatum genau?«, fragte Kira. »Ist er Sternzeichen Stier?«

Enno Fricke blickte sie entgeistert an, das war wahrscheinlich die Frage, mit der am wenigsten gerechnet hatte.

»13. Juli. Also kein Stier.«

»Krebs«, sagte Fricke. »Das müsste Sternzeichen Krebs sein.«

Kira verspürte eine leichte Enttäuschung über diese Information.

Baer widmete sich wieder dem Meldeschein. »Bookmeyer wohnt in Osnabrück.«

»Osnabrück?« Kira erinnerte sich an die Autos auf dem Parkplatz. »Dann gehört der Jeep Joost Bookmeyer?«

»Ja«, bestätigte Fricke.

»›Die Leiche wurde mit einem geländefähigen Fahrzeug auf das Feld gebracht‹«, zitierte Baer aus dem Bericht der Spurensicherung. »Wenn Bookmeyer also mit seinem eigenen Auto nach Pilsum gebracht wurde und es wieder hier steht, dann hat es der Mörder zurück zum Hotel gefahren. Der Täter war hier!«

Kira schaute alarmiert zu Fricke. »Bitte zeigen Sie uns das Zimmer von Herrn Bookmeyer.«

Die Gästezimmer befanden sich in einem eigenen Gebäudeflügel auf der anderen Seite des Hofes. Die Stufen der schmalen Holztreppe quietschten unter ihren Füßen, es gab hier generell nicht viel Platz und die Fenster ließen nur wenig Licht herein.

»Fassen Sie die Klinke nicht an«, forderte Baer, »am besten geben Sie mir den Zimmerschlüssel.« Er zog sich Einweghandschuhe an und öffnete vorsichtig die Tür.

Es war nicht so unordentlich, wie Kira erwartet hatte. Wenn der Täter wirklich hier gewesen war, um etwas in Bookmeyers Zimmer zu suchen, hatte er es ohne große Anstrengung gefunden.

Während sich Baer im Zimmer umsah, zog Kira ihr Smartphone hervor. Sie forderte bei der Zentrale die Spurensicherung an und eine erweiterte Meldeauskunft zu Joost Bookmeyer.

»Rufen Sie auch in der ›Neuen Osnabrücker Zeitung‹ an«, sagte Baer. »Wenn Joost Bookmeyer so kurzfristig in den Norden gefahren ist, könnte das mit seinem Beruf zusammenhängen.«

Kira suchte im Internetbrowser nach der entsprechenden Telefonnummer. Die Empfangsdame verband sie mit Bookmeyers Redakteur.

»Ja, bitte?« Der Zeitungsmann klang gestresst, im Hintergrund klapperten die Tastaturen.

»Kira Jensen, Kriminalpolizei Aurich.« Kira beschränkte sich auf die wesentlichen Informationen. »Ihr Mitarbeiter Joost Bookmeyer wurde gestern tot aufgefunden.«

»Wie bitte?« Jetzt hielt der Redakteur doch inne und widmete Kira seine ganze Aufmerksamkeit. »Was ist geschehen?«

»Das wissen wir noch nicht, aber wir ermitteln in alle Richtungen. Dazu würden wir gerne wissen, ob Herrn Bookmeyers Besuch in Ostfriesland dienstlicher Natur war.«

Kira vermeinte zu hören, wie sich der Redakteur die Stirn massierte. »Nein, für eine Story im Norden hätten wir jemanden von unserer Partnerzeitung im Emsland geschickt. Joost wollte sehr spontan privat weg. Er hat sich eine Vertretung organisiert und dafür auch den Wochenenddienst in Kauf genommen.«

»Gibt es jemanden, dem er vielleicht Genaueres über diese Reise erzählt hat?«, hakte Kira nach. »Ein befreundeter Kollege oder eine Freundin?«

»Soviel ich weiß, war Joost Single.« Der Redakteur dachte nach. »Bevor er nach Osnabrück kam, hat er für die ›Ostfriesischen Nachrichten‹ gearbeitet. Vielleicht hat er einen seiner ehemaligen Kollegen besucht.«

Kira machte sich eine innere Notiz. »Vielen Dank für diese Auskunft.«

»Dafür nicht. Aber bitte halten Sie uns auf dem Laufenden mit Ihren Ermittlungen.«

Kira legte auf. Ein Blick zu Baer verriet ihr, dass er mitgehört hatte.

»Gut«, sagte der Hauptkommissar. »Wir warten noch auf die Kriminaltechnik und fahren danach zur Redaktion der ›Ostfriesischen Nachrichten‹.«

* * *

Das Wetter war perfekt für einen entspannten Ausflug im Cabriolet. Der dunkelgrüne Porsche fuhr immer weiter auf der Landstraße parallel zum Deich. Eilika mochte diese Strecke sehr, man sah viel von der weiten Landschaft und spürte, dass das Meer nicht weit weg war.

Wie weit würde Verdandi wohl noch fahren? Ein anderer Wagen hatte sich zwischen sie gesetzt und Eilika konnte ihr Ziel nicht mehr genau ausmachen. Sie näherten sich Neuharlingersiel und Eilika drückte das Gaspedal, um Boden gut zu machen.

Im Ort war ein Überholmanöver nur schwer möglich, aber glücklicherweise bog das Auto vor ihr rechts ab. Eilika konnte gerade noch sehen, wie Verdandi beim Deichschart links blinkte, und sie folgte ihr auf den Besucherparkplatz im Hafen.

Die dunkelhaarige Frau nahm ihr Kopftuch und die Sonnenbrille ab und spazierte gemächlich zu den bunten Kuttern, die malerisch vor den roten Backsteinhäusern im Binnenhafenbecken ankerten. Hier konnte man gemütlich flanieren und die volle Nordseeromantik genießen.

In ihrem grauen Kostüm und den High Heels wirkte Vanessa Verdandi nicht wie eine Touristin, sondern mehr wie eine elegante Geschäftsfrau. Sie ging zielstrebig auf ein Café zu und setzte sich an einen Außentisch.

Was hatte sie vor? Wollte sie sich mit jemandem treffen? Eilika versuchte schnell, einen Platz auszumachen, von dem aus sie Vanessa Verdandi gut im Auge behalten konnte. Aber die Sitzbänke waren alle besetzt und andauernd den Kopf nach hinten zu drehen war auch nicht ideal. Eilika ging ebenfalls zum Café, aber in den Gastraum, wo sie vom Fenstertisch aus einen Großteil vom Außenbereich im Blick hatte.

Die Kellnerin ging zu Verdandi und nahm ihre Bestellung auf. Eilika überflog die Speisekarte, um selbst eine Antwort für die Bedienung parat zu haben. Es gab ein reichhaltiges Frühstücksangebot, aber Eilika wollte nicht nur Geld sparen, sondern auch flexibel bleiben, falls Verdandi wieder aufstehen würde. Deshalb würde sie sich lediglich einen Milchkaffee leisten.

Verdandi blieb alleine am Tisch sitzen. Leider konnte Eilika sie nur von hinten sehen, denn sie schaute wie alle anderen auf das Hafenbecken. Die Aussicht war wundervoll, aber hier drin zu sitzen machte Eilika nervös. Obwohl der Raum völlig anders gestaltet war, erinnerte er sie an ihr eigenes Café. Die Geräusche der halb automatischen Kaffeemaschine und der Duft der Gastrospülmaschine waren ihr so vertraut. Sie kannte die Einrichtungsgegenstände aus den Abbildungen in den Katalogen und wusste, wie viel sie kosteten. Diese wohlig beklemmende Sehnsucht erinnerte sie daran, was ihr einmal ein Schriftsteller erzählt hatte, der in ihrem Café gerne an seinem Laptop gearbeitet hatte. Er hielt es höchstens zehn Minuten in einem Buchladen aus, weil er sich dort so fühlte, als hätte bereits die ganze Welt einen Bestseller geschrieben außer ihm.

»Darf ich Ihnen etwas bringen?« Die Kellnerin schaute sie freundlich an.

»Einen Milchkaffee, bitte.« Eilika riss sich zusammen und konzentrierte sich wieder auf Vanessa Verdandi.

* * *

Bei den »Ostfriesischen Nachrichten« erinnerte man sich sofort an Joost Bookmeyer und verwies die Ermittler an einen Mitarbeiter namens Christian Kroll.

Krolls Schreibtisch war bis zur Belastungsgrenze vollgepackt mit Papierstapeln, die niedrigsten hatten allesamt braune Kreise von Kaffeetassen. Dabei wirkte Kroll selbst gar nicht so chaotisch. Sein dunkler Vollbart war gepflegt, er trug ein ordentliches weißes Businesshemd und über der Stuhllehne hing ein dunkelblaues Jackett. Die runde Metallbrille schien allerdings aus der Zeit gefallen und passte nicht zu seiner Gesichtsform. Kira schätzte ihn auf Anfang vierzig, aber vielleicht machte ihn seine unangenehme Ausstrahlung übertriebener Ernsthaftigkeit auch etwas älter, als er in Wahrheit war.

»Ja?«, fragte er argwöhnisch.

Baer zeigte ihm seinen Dienstausweis und in Krolls Augen blitzte so etwas wie Gier auf, so als ob er eine Story witterte.

»Joost Bookmeyer wurde ermordet«, sagte der Hauptkommissar sachlich.

Plötzlich sah Kroll aus wie vom Blitz getroffen. Es schien, als ob er mit allem gerechnet hatte, nur nicht damit. »Das kann nicht sein! Wir wollten uns doch nachher treffen! Er hatte ⸗ darauf gefreut, die alten Kollegen zu sehen.« In seinen Worten schwang so etwas wie Hoffnung mit, dass sie vielleicht nur einen schlechten Scherz mit ihm trieben.

Kira bemerkte, wie die anderen Kollegen zu ihnen rüberblickten. »Gibt es hier einen Raum, wo wir uns ungestört unterhalten können?«

Kroll stand auf. »Das Besprechungszimmer müsste leer sein.«

Auf dem Weg gewann Kroll neue Energie, die er in Fragen umwandelte. »Wann wurde er ermordet? Wie wurde er ermordet? Haben Sie schon einen Verdacht?«

Baers Stimme war fest. »Sie werden alle Antworten zu gegebener Zeit bekommen, aber vorerst beantworten Sie bitte unsere Fragen.«

Kroll schien mit diesem Arrangement nur halb einverstanden zu sein. Er setzte sich an einen Tisch und die Polizisten nahmen gegenüber Platz.

Baer zückte Notizbuch und Kugelschreiber. »Sie und Joost Bookmeyer waren gute Freunde?«

Kroll nickte. Er war immer noch sichtlich mitgenommen von der Neuigkeit.

»Warum wollte er sich dann erst heute mit Ihnen treffen?«, fragte Baer. »Wieso hat er ein Hotelzimmer genommen, anstatt bei Ihnen auf dem Sofa zu schlafen?«

»Normalerweise hätte er das auch gemacht«, antwortete Kroll. »Aber diesmal kam er sehr spontan. Er hat mich erst am Montagmorgen angerufen, aber ich war noch bis gestern mit meiner Familie in Hamburg beim Geburtstag meines Bruders. Weil Joost mich noch sehen wollte, ist er einen Tag länger in der Heimat geblieben und wollte sich etwas entspannen. Er hat gesagt, dass er schon viel zu lange nicht mehr hier war.«

Baer machte sich Notizen. »Woher kennen Sie sich?«

»Wir haben uns hier in der Zeitung kennengelernt und auf Anhieb gut verstanden.«

»Bitte erzählen Sie uns von Joost Bookmeyer.«

»Er war ein sehr umgänglicher Mensch, weltoffen und interessiert. Eigentlich war er sehr glücklich hier, aber in Osnabrück gab es einfach mehr Möglichkeiten, außergewöhnliche Menschen zu treffen und eigene Storys zu schreiben. Er war einer dieser offenen Menschen, die man in gut geführten Kneipen erlebt. Man kommt an der Theke ins Gespräch und führt eine tiefgehende Unterhaltung, bei der jeder er selbst sein darf.«

Baer nickte mit einem Funken von Nostalgie in den Augen, so als ob ihn das an eine frühere Zeit erinnerte.

Kira kehrte in die Gegenwart zurück. »Sein Name ist friesisch. Kommt er von hier?«

Kroll nickte. »Er ist hier aufgewachsen, aber dann mit seinen Eltern nach Süddeutschland gezogen. Nach seinem Studium hat er bei uns ein Volontariat absolviert und ist zunächst hängen geblieben. Einmal Küstenkind, immer Küstenkind.«

»Joost Bookmeyer ist sehr spontan nach Ostfriesland gefahren. Wissen Sie warum?«

Kroll atmete tief ein. »Er hat gesagt, er wolle sich mit jemandem wegen seines Buches treffen.«

Baer und Kira horchten auf.

»Was war das für ein Buch?«, fragte Baer.

»Ein Buch über Verschwörungsmythen.«

Ein kurzer Blick zu Baer reichte Kira, um zu erkennen, dass das nicht sein Lieblingsthema war.

»Das Projekt lag Joost sehr am Herzen«, erzählte Kroll. »Er war immer fasziniert davon, wenn jemand in der heutigen aufgeklärten Welt noch an etwas glaubte, und wollte das gerne verstehen. Allerdings wollte er auch offenlegen, wenn jemand Leute ausnutzt und nur Profit macht. Er hatte immer einen

Sinn für den Puls der Zeit und die Gesellschaft, das hat ihn zu einem großartigen Journalisten gemacht.«

»Das könnte einem dieser Leute gar nicht gefallen haben«, sagte Baer. »Wissen Sie, mit wem er sich getroffen hat?«

Kroll schüttelte den Kopf. »Seine Quellen hat er immer vertraulich behandelt. Er hat mir allerdings mal einen ziemlich abgedrehten Typen vorgestellt, mit dem er sich gut verstanden hat. Vielleicht hat er sich mit ihm getroffen.«

»Um wen handelt es sich?«

»Der Mann heißt Hajo Rutkat, er ist Inhaber und Koch vom Restaurant Rutkats Mühle in Holtgast. Bei Joosts letztem Besuch haben wir dort gegessen und er hat ihn mir vorgestellt. Das Essen war klasse, aber Rutkat selbst hat eine Vollmeise.«

Baer notierte sich den Namen. »Woher kannte Bookmeyer Rutkat? Aus dem Restaurant?«

»Ich weiß nicht. Jedenfalls hatten sie per E-Mail Kontakt.«

»Hat Joost Bookmeyer Ihnen noch etwas erzählt?«

Kroll schüttelte den Kopf. »Nein. Er hätte mir bestimmt heute Abend bei unserem Treffen alles gesagt.« Der Schmerz stand Kroll deutlich ins Gesicht geschrieben.

Baer zog den Zettel mit Kiras Zeichnung des seltsamen Symbols aus seiner Aktentasche. »Haben Sie dieses Zeichen schon mal gesehen?«

»Ist das von Joost?«, fragte Kroll.

»Bitte antworten Sie mir«, beharrte Baer. »Wissen Sie, was dieses Zeichen bedeutet?«

»Nein. Ich habe es noch niemals zuvor gesehen.«

»Danke.« Baer schloss sein Notizbuch und steckte den Kugelschreiber ein. »Das war es fürs Erste. Wenn wir noch weitere Fragen haben, melden wir uns wieder.«

Kroll sah wütend aus. »Und sonst sagen Sie mir nichts? Ich möchte gefälligst wissen, wie mein Freund gestorben ist! Auch meine Frau und meine Kinder haben sich darauf gefreut, Joost heute zu sehen!«

»Wir wissen selbst noch sehr wenig«, erwiderte Baer vage. »Aber es wird sicher bald eine Pressekonferenz geben, auf der Sie mehr erfahren werden.«

7. RUTKATS MÜHLE

Eilika trank den Milchkaffee schneller aus als geplant, aber die Kellnerin kam auch nicht, um eine weitere Bestellung aufzunehmen. Draußen gab es genug zu tun, mittlerweile waren fast alle Plätze besetzt. Nur der zweite Stuhl an Vanessa Verdandis Tisch blieb frei, niemand setzte sich zu ihr.

Verdandi aß ihre Waffeln auf und bestellte ein weiteres Heißgetränk. Die Wartezeit verkürzte sie sich mit ihrem Smartphone. Eilika überlegte, ihr eigenes Telefon aus der Tasche zu nehmen und einen Zwischenbericht an Stinus zu schicken, entschied sich aber dagegen. Stattdessen zählte sie schon das Geld ab, das sie auf dem Tisch hinterlegen würde, sobald Verdandi aufstand.

Die geheimnisvolle Schwarzhaarige bekam ihren Espresso und legte das Telefon beiseite. Für einen Moment genoss sie nur das Aroma und den Sonnenschein. Auf Eilika wirkte sie, als wäre sie sehr zufrieden und führte ein gutes Leben. Sie stellte sich vor, dass Stinus wirklich mit dieser Frau ausgehen würde. Soweit sie sich erinnern konnte, hatte ihr Onkel noch niemals eine Freundin gehabt, bei der er es für wert erachtet hatte, sie dem Rest der Familie vorzustellen. Wäre das bei Vanessa Verdandi anders?

Verdandi schaute auf ihre Armbanduhr und winkte der Kellnerin, um die Rechnung anzufordern. Die Bedienung kam sofort und Verdandi bezahlte mit einem Einhunderteuroschein. Während die Servicekraft das Wechselgeld heraussuchte, legte Eilika ihr Geld auf den Tisch. Sie wollte gerade aufstehen, als sie bemerkte, dass Verdandi nicht wegging, sondern die Eingangstür des Cafés öffnete.

Mehr oder weniger unauffällig nahm Eilika einen Schluck aus ihrer leeren Milchkaffeetasse und starrte nach draußen zu den Kuttern. Verdandi ging offenbar zur Toilette. Sollte sie ihr folgen? Nein, das wäre unsinnig.

Zwei Minuten später tauchte Verdandi wieder auf und Eilika beschäftigte sich erneut mit ihrer leeren Tasse.

Nachdem die Türglocke verstummt war, wartete Eilika noch kurz, dann folgte sie der Frau. Verdandi ging zurück zum Parkplatz, stieg in ihren Porsche, wickelte sich wieder das Tuch um den Kopf und setzte die Sonnenbrille auf.

Eilika fuhr ihr gespannt hinterher. Würde sie nun herausfinden, wo die Frau wohnte? Verdandi gab ordentlich Gas, sodass Eilikas Peugeot ihr nur schwerlich folgen konnte, aber es gab glücklicherweise nicht viele Abbiegemöglichkeiten auf der Landstraße. Am Ortseingang von Esens kam der Sportwagen auch schon wieder in Sicht.

Die Ampelphase dauerte ungewöhnlich lange, wahrscheinlich hatte das mit dem Lastwagen weiter vorne zu tun. Nervös trommelte Eilika auf dem Lenkrad und schaute bewusst in den Innenspiegel. Das Auto hinter ihr – war das nicht schon in Neuharlingersiel hinter ihr gewesen? Ein weißer Kleintransporter mit irgendeiner Werbeaufschrift auf der Motorhaube. Der Typ darin war groß und hatte eine bunte Baseballmütze auf. Konnte es etwa sein, dass sie ebenfalls verfolgt wurde? Nein, das war gewiss Zufall.

Die Wagenkolonne bewegte sich vorwärts und Eilika versuchte, sich wieder auf Vanessa Verdandi zu konzentrieren. Trotzdem überprüfte sie ab und an auch ihren Innenspiegel, nur um festzustellen, dass der weiße Kleintransporter immer noch hinter ihr war.

Sie fuhren am Zentrum vorbei und Eilika glaubte schon, dass sie den Ort hinter sich lassen würden, da bog Vanessa Verdandi auf einen Supermarktparkplatz ab. Eilika folgte ihr, aber um nicht aufzufallen, hielt sie in einer anderen Reihe. Als auch der weiße Kleintransporter hinter ihr herfuhr, wusste sie, dass es sich dabei nicht um einen Zufall handeln konnte.

Eilika spürte Schweiß auf ihrer Stirn. Sie nahm wieder ihr Fernglas zur Hand und beobachtete das Geschehen. Während Vanessa Verdandi in den Verbrauchermarkt ging, blieb der Fahrer vom Kleintransporter in seinem Fahrzeug sitzen und schrieb irgendwas in ein Notizbuch. Eilika versuchte zu erkennen, was auf seiner Motorhaube stand, aber das war natürlich unmöglich.

Sie packte das Fernglas weg und stieg aus. Eigentlich wollte sie Vanessa Verdandi im Supermarkt beobachten, aber sie machte einen Umweg und schlenderte beiläufig am Kleintransporter vorbei. Der Mann darin wirkte nervös und schien gar nicht auf sie zu achten. Eilika schielte auf die Motorhaube und sah das Bild einer Mühle.

Der Supermarkt war riesig und enthielt auch noch andere kleine Läden. Wie sollte sie hier Vanessa Verdandi finden? Es war unsinnig gewesen, hier reinzugehen, Eilika hätte lieber draußen warten sollen. Doch plötzlich sah sie Verdandi, die direkt in ihre Richtung kam, offenbar hatte sie nur kurz etwas erledigt. Eilika drehte sich hastig um und kehrte schnell zu ihrem Auto zurück.

* * *

Auf dem Weg nach Holtgast ordnete Kira ihre Gedanken. Heute hatten sie bereits ziemlich viel erfahren. Joost Bookmeyer war offenbar ein sympathischer Mensch gewesen. Sie selbst hätte sich wahrscheinlich niemals mit ihm unterhalten, wenn sie ihn in einer Kneipe getroffen hätte, aber sie ging auch selten aus und wenn, setzte sie sich meistens unauffällig in eine Ecke. Sein Buch hätte sie vielleicht auch so gelesen, aber nun war es Pflichtlektüre. Wie weit war er mit seinem Manuskript schon gekommen? Wenn Bookmeyer wegen dieses Buches ermordet worden war, müsste man darin doch etwas über den Täter erfahren, oder nicht?

»Wir brauchen das Manuskript von Joost Bookmeyer«, grummelte Baer mehr zu sich selbst als zu Kira.

»Aber wo bekommen wir das her?«, fragte Kira zurück. »Wir haben weder seinen Laptop noch sein Smartphone.«

»Irgendwo wird es noch eine Kopie davon geben. Heutzutage ist doch alles in der Cloud gespeichert.«

Kira nutzte das Stichwort, um sich im Anblick der echten Wolken zu verlieren.

Rutkats Mühle war ein frei stehender Galerieholländer mit einem gemütlichen Biergarten direkt auf der Wiese. Schon jetzt herrschte hier eine ländlich-gemütliche Atmosphäre, und wenn am Abend die Lichterketten eingeschaltet waren, musste es hier äußerst romantisch sein. Ein Blick auf die Informationstafel verriet, dass in den Sommermonaten ab Mittag geöffnet war und es auch selbst gemachten Kuchen und Eis gab. Außerdem war dort ein Foto, auf dem einen der Inhaber mit smaragdgrünen Augen intensiv anstarrte und tiefgründig lächelte. Auch wenn er keine fünfzig war, wirkte er auf Kira wie ein alter Guru mit einer Kochmütze anstelle eines Turbans.

»Oh Mann«, brummte Baer, »hoffentlich können wir von diesem Pappkopp irgendwas Sinnvolles erfahren.«

»Er führt immerhin ein Restaurant, also kann er nicht vollkommen durchgeknallt sein.«

»Wer nichts wird, wird Wirt«, entgegnete Baer.

Da noch nicht für Gäste geöffnet war, gehörte das Sportmotorrad wahrscheinlich zu Rutkat. Die Tür zur Mühle stand offen und die Kommissare gingen hinein. Es war still im Gastraum, in den Sonnenstrahlen spielte der Staub.

Aus der Küche drang das Klappern von Töpfen. Ein Mann bereitete den Tagesbetrieb vor, doch es war nicht Hajo Rutkat. Der junge Mann trug das obligatorische Haarnetz über seinem Herrendutt und einen Bartschutz. Er war dünn, trainiert und tätowiert. Theoretisch war also alles vorhanden, was eine Frau attraktiv finden sollte, doch Kira fand, dass genau das Gegenteil der Fall war, denn in seinen steingrauen Augen loderte ein Feuer von unterschwelliger Aggressivität.

»Ist noch geschlossen!«, fauchte er. »Könnt ihr nicht lesen?« Es klang so, als ob er diese Fähigkeit gerade erst erworben hatte und ziemlich stolz darauf war.

»Kriminalpolizei.« Baer zeigte ihm seinen Dienstausweis. »Wir würden uns gerne mit Hajo Rutkat unterhalten.«

»Bullen.« Seine Verachtung konnte man fast körperlich spüren. Die zuckenden Adern an seinem Kopf zeugten davon, dass er nachdachte – entweder über das beste Rezept für Bullenfleisch oder über einen legendären Satz, für den ihm der Wortschatz fehlte.

»Ist Herr Rutkat nun da oder nicht?«, fragte Baer.

»Hajo kommt gleich«, sagte der Mann mit düsterer Miene. »Mittwochs fängt er immer etwas später an.«

»Gut«, antwortete Baer, »wir warten draußen.«

* * *

Vanessa Verdandi fuhr vom Supermarktparkplatz und diesmal setzte sich der Kleintransporter hinter den Porsche. Hatte dieser merkwürdige Kerl also gar nicht sie verfolgt, sondern Verdandi? Eilika wunderte sich außerdem darüber, dass Verdandi gar nicht den Ort verließ, sondern dieselbe Richtung einschlug, aus der sie gekommen waren.

In der Stadtmitte fuhr Verdandi auf den zentralen Parkplatz für alle, die in der Innenstadt einkaufen wollten. Eilika versuchte, nicht nur auf den Porsche zu achten, sondern auch auf den weißen Kleintransporter. Als Verdandi ausstieg, blieb der Fahrer des anderen Wagens sitzen. Eilika war verwirrt und wusste nicht, was sie jetzt tun sollte.

Der Fahrer des Kleintransporters schrieb wieder etwas in sein Notizbuch. Plötzlich zuckte er zusammen, offenbar klingelte sein Handy, und er ging ran. Wenn Eilika sich nicht täuschte, handelte es sich um ein Uraltmodell, das man aufklappen musste. Der Mann legte das Gerät weg und sah genervt aus. Dann startete er den Motor und fuhr weg.

Soll ich ihn verfolgen?, dachte Eilika. Nein, sie war wegen Vanessa Verdandi hier. Eilika stieg aus und beeilte sich, die mysteriöse Frau nicht aus den Augen zu verlieren.

Verdandi kam in den hochhackigen Schuhen auch nicht allzu schnell vorwärts, dadurch konnte ihr Eilika ganz gut folgen. Verdandi interessierte sich nicht für die Läden und sie gingen über den malerischen Marktplatz am Rathaus vorbei. Dahinter verließ Verdandi die Menschenmenge und ging in eine Seitenstraße. Beim zweiten Geschäftsgebäude drückte sie eine Klingel und verschwand im Eingang.

Aufgeregt folgte ihr Eilika. In dem Haus waren eine Zahnarztpraxis, eine Anwaltskanzlei und ein Versicherungsbüro untergebracht, Eilika fotografierte die Klingelschilder ab. Zu wem war Verdandi wohl gegangen?

Das konnte sie später klären. Jetzt musste sie sich erst mal einen Platz suchen, von dem aus sie den Hauseingang beobachten konnte. Eine Sitzbank gab es hier nicht, aber an der Ecke war eine italienische Eisdiele. *Zeit für einen weiteren Milchkaffee*, dachte Eilika.

* * *

Kira horchte auf, als ein Auto auf den Innenhof der Mühle fuhr. Es handelte sich um einen weißen Kleintransporter mit einigen Schrammen. Auf der Motorhaube befand sich das Logo vom Mühlenrestaurant.

Hajo Rutkat stieg aus. Er war größer, als sie erwartet hatte, und trug eine Baseballmütze in Batikoptik. In der Hand hielt er ein Notizbuch. Er wirkte sehr viel weniger entspannt als auf dem Gurufoto. Er war aufmerksam wie ein Leitwolf und seine Augen funkelten kampfesbereit. »Sie sind die Leute von der Polizei?«

Baer war genauso erstaunt wie Kira.

»Ragnar hat mich angerufen.« Es klang, als ob er das einerseits bedauerte, andererseits nicht. »Gehen wir rein, bringen wir die Sache hinter uns.«

Sie gingen in den Gastraum und setzten sich an einen der leeren Tische. Es duftete verführerisch aus der Küche, der Hilfskoch – Ragnar – schien sein Handwerk zu beherrschen.

»Ich bin Hauptkommissar Tilmann Baer und das hier ist Kommissarin Kira Jensen.«

Ihre Namen waren Rutkat anscheinend egal. »Was wollen Sie von mir?«

»Für ein Serviceunternehmen sind Sie nicht sehr gastfreundlich«, sagte Baer.

»Das gilt nur für Polizisten.«

»Was haben Sie gegen uns?«

»Sie sind Unterdrücker und Knechte eines illegitimen Staates.« Das klang wie eine sachliche Feststellung. Rutkat setzte seine Mütze ab und ein mit Alupapier umwickeltes Stirnband kam zutage. Kira hatte Mühe, ein Grinsen zu verbergen, Baer versuchte es nicht mal.

Rutkat nahm eine Abwehrhaltung ein. Herablassend und mit einer süßlichen Art von Arroganz, so als ob er über den Dingen schweben würde. So würde es schwer werden, etwas Hilfreiches von ihm zu erfahren. Kira suchte nach einem Ansatz, um das Gespräch zu entspannen.

Um Rutkats Hals hingen mehrere Lederbänder mit Holzperlen, einem Amulett mit Lebensbaum und einem Herz aus bläulich schimmerndem Perlmutt. »Das blaue Herz«, sie deutete auf seinen Schmuck. »Was ist das für ein Material?«

»Das ist eine Pauamuschel. Sie harmonisiert den Ätherkörper und erhöht die Sonnentoleranz der Haut.« Rutkat berührte die Holzperlen. »Die Baumperlen habe ich selbst gesammelt. Sie sind etwas Besonderes in dieser Gegend, in der es so wenige Bäume gibt.«

Baer folgte Kiras Ansatz. »Sie haben hier ein sehr schönes Restaurant«, sagte er mit begrenzter Bewunderung.

»Dieser Ort ist ein Fingerzeig des Universums, er ist voll guter Energien. Davon profitieren auch meine Gäste. Ich bemühe mich, nicht nur die körperlichen Gelüste zu stillen, sondern auch die Seele zu sättigen. Der Besuch in der Mühle soll ein Erlebnis sein, bei dem man sich ganzheitlich besser fühlt.« Rutkats Stimme wurde immer salbungsvoller. »Ich hatte schon immer eine besondere Begabung, aber hier kommen die Rezeptideen quasi von alleine. Wenn man offen ist, dann offenbart sich auch der Weg.« Er blickte Baer auffordernd an, ihm endlich den Weg des weiteren Gesprächs zu offenbaren.

Baer zögerte, so als ob er sich erst seine Worte zurechtlegen musste. »Wir haben ein paar Fragen in Bezug auf einen gewissen Joost Bookmeyer.«

Kira war überrascht, dass Baer den Restaurantbesitzer nicht zuerst über den Mord informierte. Entweder wollte er auf diese Weise erfahren, ob Rutkat über Täterwissen verfügte, oder er befürchtete, dass sich dadurch sein Aussageverhalten verändern würde. Im Allgemeinen wurden die Menschen durch die Konfrontation mit dem Tod engagierter, manche wurden aber auch blockiert. In diesem Fall ging es darum, eine Vertrauensbasis aufzubauen.

»Wie würden Sie Ihre Beziehung zu Herrn Bookmeyer bezeichnen?«, fuhr der Hauptkommissar fort. »Als Freundschaft?«

Rutkat schaute misstrauisch von ihm zu Kira. »Joost ist jemand, dem man vertrauen kann, obwohl er Journalist ist. Er interessiert sich für die echte Wahrheit.«

»Die echte Wahrheit?«

»Nicht diese Scheinwelt, in der uns das Establishment und die Hochfinanz manipulieren, sondern der Kampf der geistigen Mächte im Hintergrund, den nur die sehen können, die ihr Herz wirklich öffnen.«

Kira bemerkte einen leicht rötlichen Farbton auf Baers Gesicht und meinte zu spüren, wie sich der Hauptkommissar um Contenance bemühte.

»Wie haben Sie Herrn Bookmeyer kennengelernt?«

»Über seine Tante. Marlies ist seit mehreren Jahren Stammgast in der Mühle. Sie ist eine sehr kultivierte Frau, interessiert und offen. Ich erinnere mich an viele schöne Abende mit den beiden. Seit Joost nach Osnabrück gezogen ist, habe ich ihn leider nur noch selten gesehen.«

»Aber am Montag war er hier?«

»Woher wissen Sie das?« Die kleine Vertrauensbasis, falls sich eine gebildet hatte, war verschwunden.

»Beantworten Sie meine Frage«, forderte Baer mit Nachdruck.

»Joost hat hier zu Mittag gegessen. Indisch mariniertes Steak, eines seiner liebsten Gerichte.«

»Sie werden sich gefreut haben, ihn wiederzusehen. Worüber haben Sie miteinander gesprochen?«

Rutkat wurde zunehmend reservierter. »Über die Wahrheit.«

»Konkreter bitte.«

»Verschiedene Dinge. Impfzwang, Illuminaten, Zwölf-Strang-DNS.«

»Zwölf-Strang-DNS?«, fragte Kira.

Rutkat schaute sie abfällig an, so als ob man von ihr nicht mehr hätte erwarten können. »Die Menschen hatten einst zwölf DNS-Stränge, heute sind nur noch zwei im physischen Körper verankert. Wenn man die übrigen zehn Stränge in seiner Aura identifiziert, entdeckt man seine Seelenaufgabe.«

Kira hatte das Gefühl, dass ihnen der Verfechter derselben nicht die volle Wahrheit sagte, und es war offensichtlich, dass Baer ebenfalls an ihm zweifelte. Rutkat hatte keinerlei Interesse daran, ihnen etwas Gehaltvolles mitzuteilen, sondern wollte sie nur möglichst schnell loswerden.

»Hat Ihnen Joost Bookmeyer erzählt, warum er nach Ostfriesland gereist ist?«, fragte Baer.

Rutkat zog die Stirn in Falten. »Warum fragen Sie mich das alles? Wieso reden Sie nicht direkt mit Joost?«

Baer schaute dem Koch einen langen Moment in die Augen. Er öffnete seine Aktentasche und zog das Blatt heraus, auf das Kira das Symbol gezeichnet hatte, das sie auf der Brust der Leiche gefunden hatten. »Wissen Sie, was das ist?«

»Tierkreiszeichen Stier«, antwortete Rutkat etwas ruhiger. »Aber warum ist es unten braun ausgemalt?«

»Wir hatten gehofft, dass Sie vielleicht eine Idee dazu haben, schließlich kennen Sie sich mit der Wahrheit aus.«

»Ein Symbol ist ein Hilfsmittel, um uns den Zugang zu Möglichkeiten zu eröffnen. Darin liegt eine bestimmte Energie, die wir durch Visualisierung oder Zeichnen aktivieren.« Rutkat fühlte sich sichtbar wohler damit, über allgemeine Dinge zu sprechen. »Braun ist normalerweise der Farbton der Erde, also der Ahnen und der Abstammung. Sie steht für treue Freundschaften und Sicherheit. Das Abbrennen einer braunen Kerze hilft bei harter Arbeit und stärkt die Entscheidungskraft vor schwierigen Situationen.«

Baer atmete hörbar ein. »Ahnen und Abstammung – warum sollte das mit diesem Tierkreiszeichen verbunden sein?«

Rutkat zuckte mit den Schultern.

Kira schaltete sich in das Gespräch ein. »Was, wenn es die Farbe Rot wäre anstelle von Braun?«

»Rot ist die Farbe der Sonne und des Lebens.« Rutkat stellte sich diese Farbe in dem Symbol vor und schluckte. Sein Überlegenheitsschutzpanzer hatte die ersten Risse erhalten.

»Was ist?«, fragte Baer. »Woran denken Sie?«

»Das rote Auge des Stieres«, flüsterte Rutkat. »Natürlich.«

»Was meinen Sie damit?«, bohrte Baer nach. »Was ist das rote Auge des Stieres?«

»Der hellste Stern im Stier ist Aldebaran, er erscheint für den irdischen Beobachter rot.«

»Und was ist so Besonderes an diesem Stern?«

Rutkat bemühte sich wieder darum, möglichst neutral zu klingen. »Die Aldebaraner sind bereits vor über siebenhunderttausend Jahren auf die Erde gekommen und haben mit unseren Vorfahren Kinder gezeugt. Nachdem sie jedoch zu anderen Planeten aufgebrochen waren, führte das zu Zerstörung und Kriegen in unserer Welt. Also sind sie zurückgekehrt, um das

Kranke zu heilen.« Es klang ein bisschen so, als würde er einem Grundschüler das Einmaleins erklären. »Dafür haben sie sich 1930 die Deutschen ausgewählt und uns ihr Geheimwissen weitergegeben. So konnte das deutsche Volk Reichsflugscheiben bauen.«

Baer sah den Koch entgeistert an. »Außerirdische? Reichsflugscheiben? Ist das Ihr Ernst?«

Seinem Gesichtsausdruck nach zu urteilen meinte Rutkat es todernst.

»Haben Sie darüber am Montag mit Joost Bookmeyer gesprochen?«, fragte Baer. »Über Aldebaran und Nazi-Ufos?«

»Wie haben Sie dieses Symbol empfangen?«, fragte Rutkat alarmiert.

»Antworten Sie mir«, beharrte Baer. »Haben Sie mit Joost Bookmeyer über diese Außerirdischen gesprochen?«

Rutkat hielt seinem Blick stand. »Wie haben Sie dieses Symbol empfangen?«

»Joost Bookmeyer ist ermordet worden, Herr Rutkat! Seine Leiche lag nackt auf einem Feld und das Symbol war auf seine Brust gemalt.«

Rutkats Gesicht wurde weißer als eine Kochmütze.

»Wussten Sie, dass Joost Bookmeyer dabei war, ein Buch zu schreiben?«, fragte Baer.

Der Koch nickte stumm.

»War er deswegen hier? Sind Sie die Quelle, mit der er sich treffen wollte?«

»Ich habe Ihnen nichts mehr zu sagen«, erwiderte Rutkat. »Gehen Sie! Sofort! Verlassen Sie mein Grundstück.«

»Hat sich Joost Bookmeyer für den Aldebaran interessiert?«, fragte Baer noch einmal. »War das sein Thema?«

Rutkat antwortete nicht, sondern starrte nur verbissen vor sich hin.

Kira versuchte, ihn zu besänftigen. »Wir sind auf Ihrer Seite, Herr Rutkat. Wir wollen Joosts Mörder finden. Das wollen Sie doch auch, oder?«

Der Koch blickte sie feindlich an. »Wir sind nicht auf derselben Seite. Sie sind Knechte des Establishments. Täglich sterben Menschen wie Joost, weil die Wahrheit nicht ans Licht kommen soll. Also verschwinden Sie!«

Die ersten Gäste standen in der Restauranttür und schienen nicht sonderlich begeistert über die disharmonische Energie zu sein.

»Gehen Sie!«, forderte Rutkat die Polizisten erneut auf. »Unterdrücker sind hier nicht erwünscht.«

Baer legte ihm seine Visitenkarte auf den Tisch. »Falls Sie es sich anders überlegen, können Sie jederzeit anrufen.« Er nickte Kira zu und sie verließen das Restaurant.

»Solche Leute wie Hajo Rutkat erzeugen bei mir Kopfschmerzen.« Baer setzte sich ins Auto und massierte sich die Schläfen.

Kira hatte eigentlich geglaubt, dass alle Menschen bei Baer Kopfschmerzen erzeugen würden, aber offensichtlich gab es Abstufungen. »Warum hat Rutkat so zugemacht? Was verheimlicht er uns?«

Baer kramte eine Packung Kopfschmerztabletten aus seiner Tasche hervor und schluckte zwei davon.

»Meinen Sie, er hat recht?«, fragte Kira. »Bezieht sich das Symbol auf den Aldebaran und seine Bewohner?«

»Rutkat ist felsenfest davon überzeugt.« Baer warf noch eine Aspirin nach. »Ich hätte niemals im Leben gedacht, dass ich mich mal mit Außerirdischen beschäftigen müsste.«

»Zuerst klang es doch so, als ob er die Aldebaraner für nett hielt«, stellte Kira fest. »Warum hat er bei dem Symbol dann solche Angst bekommen? Hätte er sich nicht eigentlich freuen müssen?«

»Der Typ hat eben einen gewaltigen Dachschaden, sein Kopf wird nur noch durch das Aluminiumstirnband zusammengehalten.«

»Das glaube ich nicht«, widersprach Kira. »Wenn Rutkat wirklich so durchgeknallt wäre, hätte sich Joost Bookmeyer nicht mit ihm verstanden.«

»Joost Bookmeyer hat sich in erster Linie um sein Buch gekümmert. Für ihn war Hajo Rutkat eine Quelle, kein Freund. Die Frage ist, ob er auch die Quelle war, wegen der Bookmeyer nach Ostfriesland gekommen ist.«

»Deshalb müssen wir noch einmal bei Rutkat nachhaken. Wir können uns doch nicht einfach so von ihm abspeisen lassen.«

»Er ist immerhin ein Koch«, erwiderte Baer schmunzelnd.

Kira fasste es nicht – weder Baers lockere Haltung zu dieser Sache noch dass er versucht hatte, einen Witz zu machen.

»Was wollen Sie denn machen, Jensen? Wir können niemanden zwingen, mit uns zusammenzuarbeiten. In seinem verschrobenen Weltbild steht die Polizei auf der falschen Seite. Ich bin froh, dass wir überhaupt etwas von ihm erfahren haben. Noch sind wir dabei, uns einen ersten Überblick zu verschaffen. Erst sammeln wir, danach vertiefen wir.«

Es ergab ja Sinn, was Baer sagte, und Kira versuchte, sich zu beruhigen. »Wo sammeln wir als Nächstes?«

»Bei Joost Bookmeyers Tante.« Baer rief in der Zentrale an und ließ sich die Meldeadresse von Marlies Bookmeyer durchgeben.

Kira schaute auf die Adresse, die er notierte. »Sie wohnt in Esens. Das ist gleich um die Ecke.«

Baer schien nicht sonderlich erfreut darüber. »Es geht auf die Mittagspause zu und für Zeugenbefragungen gilt dasselbe wie fürs Einkaufen: niemals auf leeren Magen.«

Kira nickte nach draußen. »Wir befinden uns bei einem Mühlenrestaurant.«

»Man sollte in keinem Restaurant essen, in dem einen der Koch nicht mag.« Er startete den Motor. »Hoffentlich ist Marlies Bookmeyer umgänglicher als Hajo Rutkat. Wenn sie allerdings ihren Neffen mit Rutkat bekannt gemacht hat, wird sie auch nicht alle Latten am Zaun haben.«

* * *

Es blieb nicht bei einem Getränk, sondern es folgte noch ein Spaghettieis. Eilika fragte sich, wie lange sie noch hier sitzen sollte. Wie viel Zeit nahm wohl ein Beratungsgespräch bei einem Anwalt in Anspruch? Das hing natürlich von dem Problem ab, um das es ging. Oder ließ Vanessa Verdandi ihre Versicherungen überprüfen? Vielleicht war sie auch beim Zahnarzt, das konnte dauern, wenn es bei den Patienten vorher zum Verzug gekommen war. Oder hakte Verdandi ihre juristischen und zahnmedizinischen Probleme hintereinander ab? Das war ziemlich unwahrscheinlich.

Eilika entschied sich, noch höchstens eine Viertelstunde zu warten.

8. ZWEITER ANLAUF

Das Haus von Marlies Bookmeyer befand sich im Osten von Esens, dahinter lagen Felder. Jedes Grundstück hatte eine ordentlich geschnittene Hecke, Vogelzwitschern machte die Idylle perfekt. Von hier aus konnte man gewiss auch noch die Innenstadt fußläufig erreichen.

»Nett«, sagte Kira.

»Hoffentlich.« Baer drückte den Klingelknopf.

Nichts geschah, die Gegensprechanlage blieb stumm.

Der Hauptkommissar läutete erneut, aber auch diesmal warteten die Ermittler vergeblich auf eine Reaktion.

»Vielleicht ist sie gerade in der Stadt«, mutmaßte Kira. »Sollen wir warten?«

»Nein. Wir fahren zurück und versuchen es später noch mal.«

Während der Fahrt nach Aurich nahm Kira ihr Smartphone und überprüfte, ob es für Marlies Bookmeyer einen Telefonbucheintrag gab. Es existierte tatsächlich einer. »Ich werde sie anrufen. Damit wir nachher nicht wieder vor verschlossener Tür stehen.«

»In Ordnung, machen Sie das.«

Kira wählte die angegebene Festnetznummer, aber leider meldete sich nur ein Anrufbeantworter. Nach dem Piepton sagte Kira, wer sie war, und bat um Rückruf auf dem Revier.

Eine Weile schwiegen sie und Kira erwartete schon, dass Baer wieder den Klassiksender einschaltete. Das tat er jedoch nicht.

»Was denken Sie?«, fragte Baer.

»Ich denke an das Mühlenrestaurant«, antwortete Kira. »Der Mann in der Küche, der Angestellte von Hajo Rutkat – vielleicht kann er uns Genaueres über Joost Bookmeyers Besuch bei Rutkat erzählen.«

»Vielleicht. Allerdings hat er noch ablehnender auf mich gewirkt als Rutkat selbst.«

»Wir müssen doch trotzdem versuchen, mit ihm zu reden«, erwiderte Kira. »Wie sollen wir denn irgendetwas herausfinden, wenn niemand mit uns spricht?«

»Deshalb müssen wir beim nächsten Mal besser vorbereitet sein, wenn wir zur Mühle fahren«, antwortete Baer. »Wir müssen abwarten, bis wir etwas in der Hand haben, was diese Leute zum Reden bringt.«

* * *

Dreißig Minuten später war Vanessa Verdandi immer noch nicht erschienen und Eilika ersann sich einen Plan, um herauszufinden, wo Verdandi hingegangen war. Sie ging zum Geschäftshaus und zögerte. Was, wenn ihr Verdandi im Treppenhaus begegnen würde? Dann müsste sie wohl einfach möglichst unauffällig weitergehen.

Sie klingelte bei der Zahnarztpraxis, das war am unauffälligsten. Der Türsummer ertönte und Eilika ging ins Haus. Im Treppenhaus kam ihr niemand entgegen. Die erste Tür führte zum Versicherungsbüro. Im Stock darüber lag die

Zahnarztpraxis. Eilika ging hinein. Am Empfangstisch ließ sich gerade ein Mann seinen nächsten Termin ausdrucken, das gab Eilika die Gelegenheit, ins Wartezimmer zu schielen. Dort war Vanessa Verdandi nicht, aber Eilika konnte auch nicht alle Plätze sehen.

»Kann ich Ihnen helfen?«, fragte die Empfangsdame freundlich.

»Ich bin hier, um meine Schwester abzuholen«, log Eilika. »Vanessa Verdandi. Sie hatte doch gerade einen Termin, oder?«

»Mir ist niemand mit diesem Namen bekannt«, antwortete die freundliche Dame.

»Groß, schwarzes Haar, elegant gekleidet?«

Auch das half der Dame nicht auf die Sprünge.

»Seltsam«, sagte Eilika. »Ich war mir sicher …«

Die Frau hinter dem Tresen überprüfte ihren Computer. »Nein, heute ist keine Frau Verdandi hier.«

»Dann habe ich mich wohl geirrt. Vielen Dank für Ihre Mühe.«

Eilika verließ die Praxis und probierte dieselbe Taktik in der Anwaltskanzlei aus. Dort war sie genauso wenig erfolgreich. Auch im Versicherungsbüro schien niemand Verdandi zu kennen. Oder hatte sie – so, wie Stinus es vermutete – in Wahrheit einen anderen Namen?

Eilika ging nach unten und bemerkte, dass es nicht nur den Eingang vorne gab, sondern dass auch eine Tür nach hinten in den Innenhof führte. Eine unangenehme Ahnung beschlich Eilika. Hatte Vanessa Verdandi etwa gar nichts in diesem Haus erledigt?

Sie ging in den Innenhof und sah einen schmalen Weg, der in eine Seitengasse führte. Eilika begann zu rennen, auch wenn ihr klar war, dass das nun nichts mehr brachte. Zwei Minuten später kam sie am Parkplatz an. Der dunkelgrüne Porsche war weg.

Vanessa Verdandi hatte ihre Verfolgerin entdeckt. Eilika war die schlechteste Beschatterin aller Zeiten.

* * *

Auf dem Revier zog sich Baer ins Büro zu seinem Haferflockenglück zurück, Kira hingegen wählte den Weg in die Kantine. Es tat ihr gut, alleine zu sein. In Baers Nähe war sie angespannt und ständig darauf bedacht, ihm nicht auf die Füße zu treten. Hoffentlich würde sich das noch etwas legen. Eigentlich war es bisher ziemlich gut gelaufen und Kira fand, dass sie schon ziemlich viel herausgefunden hatten.

Ihr fiel ein, dass es ja auch noch die Kollegen in Osnabrück gab. Sicher waren sie schon in Joost Bookmeyers Wohnung gewesen und Kira war gespannt, ob sie dort etwas entdeckt hatten, was ihnen weiterhelfen würde.

Sie entschied sich für das Tagesgericht und gönnte sich eine Apfelschorle und einen Pudding zum Nachtisch. Baers Haferflocken waren bestimmt gesünder als das Essen hier, bei dem man gar nicht sagen konnte, worum es sich handelte. Wahrscheinlich war es immer derselbe nährstoffarme Brei, den man in unterschiedliche Formen presste. Vielleicht war es nicht nur die Abwesenheit anderer Kollegen, die Baer dazu bewogen hatte, sich sein Essen selbst zu machen.

Nach zwanzig Minuten entsorgte Kira den ungenießbaren Pudding, der mit einer Haut überzogen war, mitsamt dem dreckigen Geschirr im Tablettwagen und ging zurück zum Büro.

Baer hatte seine Nervennahrung beendet und krönte seine Pause mit einer Tasse Kaffee. »Mussten Sie die Karotten erst anpflanzen, die Sie mümmeln wollten? Ich war kurz davor, eine Vermisstenanzeige aufzugeben.«

Kira konzentrierte sich auf das Positive an dieser Begrüßung. »Schön, dass Sie mich vermisst haben. Was gibt es denn so Dringendes?«

»Marlies Bookmeyer hat zurückgerufen. Joost Bookmeyer war am Montag tatsächlich bei ihr. Wir können jederzeit zu ihr kommen.«

* * *

Auf dem Weg zurück nach Esens erkundigte sich Kira danach, ob die Kollegen in Osnabrück etwas in Joost Bookmeyers Wohnung gefunden hatten, was ihnen etwas über seine Reise nach Ostfriesland verraten konnte.

»Bisher noch nicht«, antwortete Baer. »Er hat offenbar in einer ganz gewöhnlichen Junggesellenwohnung gelebt, direkt über einem alten Programmkino. Auf seinem Schreibtisch lag nichts, was auf Ostfriesland hinwies, und es gab auch keinen Kalender, in den er etwas eingetragen hatte.«

»Heutzutage hat man ja auch alles im Smartphone gespeichert.« Kira schürzte die Lippen. »Haben die Kollegen denn einen Computer in der Wohnung gefunden?«

»Nein. Joost Bookmeyer muss seinen Laptop dabeigehabt haben. Wahrscheinlich ist es genau das, was der Mörder in seinem Hotelzimmer gesucht und mitgenommen hat.«

Baers Schlussfolgerung ergab Sinn. Leider wurde es dadurch erheblich erschwert, Zugriff auf Joost Bookmeyers E-Mail-Postfach und sein Manuskript zu erlangen.

Sie parkten an derselben Stelle wie vorhin. Baer klingelte und wenig später öffnete sich die Tür einen Spalt weit.

»Wer sind Sie?«, fragte eine misstrauische Stimme.

»Kriminalhauptkommissar Tilmann Baer. Wir haben vorhin miteinander telefoniert.«

»Kommen Sie her und zeigen Sie mir Ihren Dienstausweis!«

Baer und Kira gingen zur Haustür und Marlies Bookmeyer betrachtete Baers Ausweis so eingehend, als ob sie ganz genau wusste, auf welche Sicherheitsmerkmale sie achten musste. Danach verlangte sie auch Kiras Ausweis. Schließlich ließ sie die Polizisten eintreten.

Im Haus herrschte eine schummrige Atmosphäre. Alle Lampen waren mit Schirmen versehen und auch die grüne Vliestapete schluckte Licht.

»Es ist so schrecklich, was Sie mir erzählt haben. Ich kann gar nicht glauben, dass Joost tot sein soll. Plötzlich macht man sich seine Gedanken und hat Angst, dass es einen selbst treffen könnte.« Marlies Bookmeyer klang nicht wirklich ängstlich, sondern eher aufgewühlt und leicht überfordert. Trotzdem hatte sie etwas Erhabenes und Würdevolles wie jemand, der gelernt hatte, seine Schwächen zu verstecken und sich nie zu beklagen. Kleidung und Frisur waren sehr gepflegt und auf der Nase thronte eine großformatige Brille in Schmetterlingsform. Kira schätzte ihr Alter auf Ende fünfzig.

Auf der Kommode lagen die Visitenkarten von zwei unterschiedlichen Taxiunternehmen, daneben stand ein Einkaufstrolley.

»Folgen Sie mir«, befahl Marlies Bookmeyer, »ich habe Tee gekocht.«

Auch im Wohnzimmer war es nicht viel heller, was vor allem an den Gardinen lag. Der Raum war ziemlich groß, in einer Ecke stand ein schwarzer Flügel, in einer anderen ein Esstisch. Es gab keinen Fernseher, stattdessen waren die Wände vollständig von Bücherregalen verdeckt. Sie waren so ordentlich gefüllt wie die Regale der Staatsbibliothek nach dem Frühjahrsputz. Es gab außerdem einen gemütlichen Ohrensessel unter einer Bogenlampe, auf dem Beistelltisch lag ein Buch. Daneben stand der aufgeräumteste Zeitschriftenständer, den Kira je gesehen hatte.

»Ich lese gerne«, erklärte Marlies Bookmeyer unnötigerweise.

»Ein sehr schöner Flügel«, stellte Baer fest und Kira fragte sich, ob er Klavier spielen konnte.

»Mein Mann hat gespielt.« Bookmeyer seufzte. »Mehr schlecht als recht. Aber er hatte seine Freude daran.«

Baer schaute auf die silbernen Fotorahmen, die auf dem Musikinstrument standen. Ein Foto zeigte ihre Gastgeberin in jüngeren Jahren mit einem Mann an einem Palmenstrand. »Ihr Mann lebt nicht mehr?«

»Wolfgang ist vor drei Jahren verstorben.«

Auf einem anderen Foto war Wolfgang in einer Robe zu sehen.

»Ihr Mann war Richter?«, fragte Baer.

»Am Amtsgericht in Aurich«, antwortete Bookmeyer wehmütig. »Er war mit Leib und Seele Jurist, aber seine Arbeit hat viel Zeit in Anspruch genommen. Zeit, die er im Ruhestand mit mir nachholen wollte. Leider sollte es nicht so sein.« Sie seufzte. »Aber kommen Sie, am Tisch kann man sich besser unterhalten.«

Neben dem Teegeschirr stand auch ein Teller mit Rosinenbrotscheiben, die mit Butter bestrichen waren. Auffällig war auch hier, wie akkurat alles aussah. Die Tassengriffe waren parallel zur Tischkante ausgerichtet und die Servietten lagen im rechten Winkel dazu.

»Bitte erzählen Sie mir, was genau mit Joost passiert ist«, bat Bookmeyer, während sie mit leicht zitternder Hand den Tee in die Tassen goss und die Kluntjes knackten. »Und reden Sie nicht um den heißen Brei herum, Sie sind schließlich keine Anwälte.«

Baer zog ein Foto des Leichnams aus der Aktentasche. Es zeigte das Opfer, wie sie es auf dem Acker gefunden hatten, mit dem Rücken nach oben. Das Symbol war nicht sichtbar, dafür die Wunde am Hinterkopf.

Marlies Bookmeyer schluckte ihr Entsetzen herunter, das war doch mehr, als sie erwartet hatte. »Wer tut so etwas? Und warum?«

»Bitte erzählen Sie uns von Montag.« Baer steckte das Foto wieder ein. »Um welche Uhrzeit kam Ihr Neffe zu Ihnen?«

»Um drei am Nachmittag. Wir haben Tee getrunken, genauso wie wir jetzt.« Bookmeyer atmete tief ein, nicht nur Sauerstoff, sondern auch Erinnerungen. »Joost kommt aus der Familie meines Mannes, Wolfgang war sein Patenonkel. Wir selbst haben keine Kinder, da hat es ihm Freude gemacht, Joost zu verwöhnen. Dann ist Joost mit seinen Eltern nach Süddeutschland gezogen und nach Wolfgangs Tod ist der Kontakt ganz abgebrochen. Als Joost jedoch sein Volontariat bei den ›Ostfriesischen Nachrichten‹ angefangen hatte, hat er sich wieder bei mir gemeldet, darüber habe ich mich außerordentlich gefreut. Es war wundervoll, ihn am Montag zu sehen.«

»Worüber haben Sie miteinander gesprochen?«

»Über alles Mögliche. Wie es ihm in Osnabrück ergeht, ob er eine Freundin hat. Wir haben über das Internetangebot von Tageszeitungen diskutiert und ich habe ihm einen Magazinartikel eines Zukunftsforschers über die Nutzung von Medien gezeigt.«

»Hat Joost Ihnen erzählt, warum er nach Ostfriesland gefahren ist? Hat er gesagt, wie lange er bleibt oder welche Pläne er hat?«

Marlies Bookmeyer dachte nach. »Über den Grund seiner Reise hat er mir nichts erzählt, ich bin davon ausgegangen, dass er einfach ein paar Tage freihat, aufgrund von Urlaubstagen oder Überstunden. Er wollte bis Mitte der Woche bleiben, weil er dann wieder Dienst hatte. Und er hat gesagt, dass er in Dornum übernachtet, im Burghotel. Ich habe ihn gefragt, ob wir am Abend zusammen in Rutkats Mühle essen gehen wollen, aber er sagte, er hätte schon eine Verabredung.«

»Was für eine Verabredung?«, hakte Baer nach. »Mit einem Mann oder einer Frau? Zu welchem Ort wollte er fahren?«

»Das weiß ich leider nicht. Aber er war aufgeregt deswegen, da lag etwas in der Luft.« Bookmeyer lächelte traurig. »Ich habe mir natürlich gewünscht, dass er sich mit einer hübschen Frau treffen und wieder nach Ostfriesland ziehen würde.« Sie schaute anerkennend zu Kira. »Sie sind sehr hübsch.«

Kira steckte das Kompliment lächelnd in den inneren Papierkorb.

»Sie haben das Restaurant von Hajo Rutkat erwähnt.« Baer trank einen Schluck Tee. »Erzählen Sie uns etwas über ihn.«

Marlies Bookmeyer schaute sinnend durch den Ermittler hindurch. »Hajo hat mit seinem Restaurant etwas Einzigartiges geschaffen. Die Atmosphäre ist wundervoll und die Speisen sind deliziös. Hajo selbst ist ein Original. Aber mein Mann hat immer gesagt: ›Nur Charakterköpfe können etwas Außergewöhnliches erschaffen.‹«

»Sie stimmen also nicht mit Rutkats Ansichten überein?«

»Welche Ansichten meinen Sie denn genau? Davon gibt es einen ganzen Strauß. Vieles ist meiner Meinung nach an den Haaren herbeigezogen, anderes interessiert mich wirklich. Man lernt nur wenig vom Hörensagen, aber viel, wenn man mit den Leuten direkt spricht und ihnen zuhört.«

»Was interessiert Sie denn wirklich?«

»Sein Wissen über Pflanzen und die Wirkungen von Kräutern ist enorm. Viele dieser Kenntnisse sind der Menschheit verloren gegangen. Er denkt außerhalb der gesellschaftlichen Normen, grundsätzlich mag ich das. Andere Dinge, die er sagt, sind für einen gebildeten Geist allerdings nur schwer erträglich. Trotzdem war es stets amüsant, sich mit ihm zu unterhalten.«

Kira empfand Marlies Bookmeyer und Hajo Rutkat als eine seltsame Kombination. Da hatten sich offenbar zwei Menschen gefunden, die sich hervorragend miteinander verstehen, obwohl sie die ganze Zeit aneinander vorbeireden. Aber vielleicht war das auch das Geheimnis einer guten Beziehung.

»›War‹?«, hakte Baer nach.

»Leider komme ich immer seltener dazu, in der Mühle zu essen«, sagte Bookmeyer. »Zum einen liegt das an mir, denn je älter ich werde, desto mehr Überwindung kostet es mich hinauszugehen. Andererseits waren meine letzten Besuche in der Mühle nicht mehr ganz so entspannt.«

»Wieso das?«

Marlies Bookmeyer schien damit zu hadern, dass es vielleicht unhöflich sein könnte, etwas Negatives zu sagen.

»Sie haben uns darum gebeten, nicht um den heißen Brei herumzureden, und genauso sind wir auf Ihre Direktheit angewiesen«, sagte Baer.

»Bei den letzten Malen, als ich in der Mühle gegessen habe, war die Atmosphäre dort nicht mehr so frei. Ich hatte das Gefühl, dass sich Hajo stärker auf die unerfreulichen Teile seiner Weltsicht konzentriert hatte. Wenn jemand die Verbrechen meiner Großelterngeneration dadurch relativiert, dass er sie mit Außerirdischen verbindet, dann kann ich das nicht unkommentiert lassen.«

Kira empfand Respekt für Marlies Bookmeyer.

Baer zog das Blatt mit dem gezeichneten Symbol aus der Tasche. »Können Sie hiermit etwas anfangen?«

Marlies Bookmeyer setzte sich ihre Brille auf und rümpfte die Nase, um ihre Augen scharf zu stellen. »Es ist ein Tierkreiszeichen, nicht wahr? Stier, wenn ich mich nicht irre.«

»Hat Ihr Neffe irgendwas über das Sternbild gesagt?«, fragte Baer. »Oder über den Stern Aldebaran?«

Marlies Bookmeyer schüttelte den Kopf. »Nur Hajo Rutkat hat darüber gesprochen. Er wurde immer besessener von diesen Außerirdischen, aber das gehört zu den Dingen, mit denen ich gar nichts anfangen konnte.«

Baer schaute kurz zu Kira und sie begriff, dass das ihre Gelegenheit war, um Marlies Bookmeyer eine Frage zu stellen.

»Warum haben Sie Ihren Neffen und Hajo Rutkat miteinander bekannt gemacht?«, fragte sie.

»Joost war immer an außergewöhnlichen Menschen interessiert und mochte es zu diskutieren«, entgegnete Marlies Bookmeyer wehmütig. »Ich dagegen werde immer langweiliger.«

»Sagen Sie nicht so etwas«, wehrte Kira ab.

»Das ist lieb«, Marlies Bookmeyer lächelte dankbar, »vor allem, weil Sie es offensichtlich ernst meinen. Aber ich bin kein besonders umgänglicher Mensch. Ich habe nie begriffen, was Wolfgang an mir gefunden hat.«

* * *

Eilika brauchte noch eine Weile, bis sie den Mut fand, ihren Onkel anzurufen.

»Und«, fragte er aufgeregt, »hast du was über Verdandi herausgefunden?«

»Nein, leider«, antwortete Eilika geknickt. »Sie hat bemerkt, dass ich ihr folge, und mich in Esens ausgetrickst. Tut mir wirklich leid, Stinus! Ich bin wohl doch nicht so unauffällig, wie du geglaubt hast.«

Eine Antwort blieb zunächst aus, aber Eilika konnte seine Enttäuschung fühlen. »Vielleicht kommt sie ja noch mal wieder, um dir was zu verkaufen, und wir haben noch eine Chance.«

»Wenn sie dich entdeckt hat, wird sie sich auch denken können, dass du von mir kommst. Also werde ich sie nicht wiedersehen.«

Es schien Eilika fast so, als ob ihn dieser Umstand am stärksten traf. »Es tut mir wirklich leid«, flüsterte sie erneut. Sollte sie ihm nicht erzählen, dass Vanessa Verdandi noch von einer anderen Person verfolgt worden war? Aber das würde jetzt auch nichts mehr bringen. Eigentlich war sie ganz froh darüber, dass diese Sache vorbei war.

»Schon gut«, wehrte Stinus ab, »über Dinge, die man nicht ändern kann, darf man sich nicht ärgern. Es war einen Versuch wert.«

9. ZWISCHENERGEBNISSE

Zurück im Büro schaute sich Kira selbst die vorläufigen Berichte der Kollegen in Osnabrück und der Kriminaltechnik an. Am interessantesten war noch der Nachweis, dass die Leiche tatsächlich mit Joost Bookmeyers Jeep auf das Feld gefahren wurde, denn die Kriminaltechniker hatten Krumen im Reifenprofil gefunden, die von diesem Acker stammten. Die Spezialisten hatten einige DNA-Spuren in Joost Bookmeyers Hotelzimmer gefunden, aber ohne Vergleichsmaterial war das noch nicht viel wert. Interessant dürfte sein, ob sich dieselben Spuren auch im Fahrzeug des Opfers finden würden, aber diese Analyse fehlte noch.

Außerdem lag da eine Nachricht, dass Joost Bookmeyers Eltern im Revier angerufen hatten. Sie befanden sich auf dem Weg in den Norden, würden aber wahrscheinlich erst am späten Abend eintreffen. Kira war nicht sonderlich erpicht darauf, mit ihnen zu reden, aber das gehörte natürlich zum Job dazu. Sie fragte sich, ob sie sich an solche Gespräche mit Angehörigen jemals gewöhnen würde.

Plötzlich wurde die Tür aufgerissen und Ralf Gravenhorst schneite mit seiner Kaffeetasse herein. »Und? Was habt ihr über unsere Leiche herausgefunden?« Der Dienststellenleiter bediente sich an Baers Kaffeemaschine und setzte sich auf Kiras Schreibtischkante.

Sie empfand Gravenhorsts Wortwahl nicht als sonderlich passend, aber auch sie hatte das Bedürfnis, sich einen Überblick über die bisherigen Ergebnisse zu verschaffen.

Baer begann mit der Zusammenfassung. »Der Tote ist der Journalist Joost Bookmeyer aus Osnabrück. Er ist spontan in seine Heimat Ostfriesland gefahren und hat für zwei Nächte ein Hotelzimmer in Dornum gebucht.«

Kira beschloss, die bisher ungenutzte Stativdrehtafel zu verwenden, und zog sie aus ihrem Schattenplatz. Sie zeichnete eine Tabelle daran und schrieb die ersten Wochentage über die Spalten. »Am Montagvormittag ist Joost Bookmeyer losgefahren und hat mittags im Hotel eingecheckt.« Kira schrieb das Wort Check-in an die entsprechende Stelle. »Zum Mittagessen ist er dann in Rutkats Mühle gewesen, nachmittags war er bei seiner Tante Marlies Bookmeyer. Am Abend hatte er die Verabredung mit einer unbekannten Person.« Sie schrieb ein großes Fragezeichen in die Spalte von Montagabend. »An diesem Abend ist Bookmeyer ermordet worden.« Das kennzeichnete sie mit einem Kreuz.

»Der Hauptverdächtige ist also die unbekannte Person, mit der sich Bookmeyer am Montagabend getroffen hat«, schlussfolgerte Gravenhorst aus dieser Auflistung.

»Das ist keineswegs sicher«, relativierte Kira. »Der Mörder kann auch aus dem Umfeld dieser Person kommen oder gar nichts mit ihr zu tun haben.« Sie erntete einen kurzen, anerkennenden Blick von Baer. »Die Frage ist, ob diese Person auch der Auslöser für Joost Bookmeyers Reise war. Nach Aussage seines Freundes Christian Kroll wollte Joost eine Quelle für die Recherche an seinem Buch über Verschwörungsmythen treffen. Handelt es sich bei der unbekannten Person um diese Quelle?

Oder hat er sich – wie seine Tante es sich gewünscht hat – einfach nur mit einer Frau verabredet?«

Baer schüttelte den Kopf. »Der Mörder hat das mysteriöse Symbol auf den nackten Oberkörper der Leiche gepinselt. Er hat also bewusst eine Verbindung zur Welt der Verschwörungsmythen hergestellt und muss in irgendeiner Form von Joosts Interesse dafür gewusst haben. Vielleicht hat sich das ja geändert, aber zu meiner Zeit wären Gespräche über Außerirdische beim ersten Rendezvous nicht sonderlich gut angekommen.«

»Wer es auch war, wir müssen diese Person unbedingt identifizieren«, sagte Kira. »Was ist die beste Strategie dafür?«

»Sie muss irgendwie Kontakt mit Joost aufgenommen haben«, sagte Baer. »Joost hat also einen Anruf erhalten, eine Textnachricht oder eine E-Mail. Auf diese Daten brauchen wir Zugriff. Seine Anrufliste bekommen wir demnächst. Alles andere wird sehr schwierig zu bekommen sein. Wir haben weder das Smartphone des Opfers noch seinen Laptop.«

»Was ist mit dem Jeep?«, fragte Kira. »Hat Joost eine Adresse ins Navigationssystem einprogrammiert, zu der er am Montag gefahren ist?« Sie suchte genauso wie Baer in den Unterlagen der Spurensicherung. »Nein«, sagte sie schließlich. »Joost hat das Navi vor einer Woche das letzte Mal benutzt.«

Baer nickte. »Joost kennt sich in Ostfriesland aus, so kompliziert ist das Straßensystem ja nicht.«

»Mit anderen Worten: Wir wissen gar nichts über unseren Hauptverdächtigen.« Kira kreiste das Fragezeichen an der Tafel ein.

»Wir wissen, dass die Leiche in der Nähe des Pilsumer Leuchtturms lag«, sagte Baer. »Das könnte ein Hinweis darauf sein, dass sich Joost in dieser Gegend mit der unbekannten Person getroffen hat.«

Das war ein guter Gedanke und konnte ihnen tatsächlich weiterhelfen.

»Was ist denn mit den anderen Wochentagen?«, erkundigte sich Gravenhorst. »Wenn Bookmeyer bis Mittwoch das Hotel gebucht hat, plante er offenbar noch mehr. Vielleicht wollte der Mörder ja auch verhindern, was Bookmeyer am Dienstag geplant hatte.«

»Laut Kroll wollte Joost am Dienstag Urlaub machen und ihn Mittwochmittag in Aurich besuchen.« Kira trug die Stichworte in die Spalten ein. »Für mich würde es auch keinen Sinn ergeben, dass Joost schon am Montag nach Ostfriesland gefahren ist, wenn er seine Quelle erst am Dienstag treffen wollte. Dann hätte er ja noch am Montag arbeiten können, aber er hat extra einen Kollegen gebeten, ihn schon am Anfang der Woche zu vertreten.«

Gegen diese Einschätzung hatte Baer nichts einzuwenden.

»Habt ihr noch mehr über das Symbol herausgefunden?«, fragte Gravenhorst. »Das müsste uns doch eigentlich am meisten über den Mörder verraten.«

Kira verwendete die letzte freie Fläche auf der Tafel, um das Zeichen zu skizzieren. »Laut Hajo Rutkat verweist dieses Symbol auf den Stern Aldebaran, dessen Bewohner offenbar einst die Nazis unterstützt haben.«

»Außerirdische?« Gravenhorst hob die perfekt gezupften Augenbrauen. »Das ist doch wohl nicht euer Ernst.«

Er blickte von Kira zu Baer, der nur mit den Schultern zuckte.

»Rutkat nimmt das extrem ernst«, sagte Baer. »Der hat aber auch nicht alle Tassen im Schrank. Oder passender: Untertassen.«

Gravenhorst seufzte. »Mannomann, die spinnen doch, die Leute. Unglaublich, was heutzutage alles gesellschaftsfähig ist. Akte X und zwielichtige Dokumentationen, über die man früher gelacht hat, werden heute für bare Münze genommen. Offenbar muss man Dummheiten nur oft genug wiederholen, dann glaubt irgendwer daran.«

»Ist ja auch wieder ein beliebtes Mittel in der Politik geworden«, stimmte Baer ihm zu.

»Ich weiß nicht.« Kira wunderte sich selbst darüber, dass sie ihnen widersprach, wahrscheinlich mochte sie es einfach nicht, wenn man eine Meinung zu stark vertrat. »Seine Sicht auf diese Welt zu beschränken zieht einen viel zu oft runter und schränkt das eigene Handeln ein. Es ist doch besser, wenn man versucht, positiv nach vorne zu sehen. Ich finde es gut, wenn jemand Träume und Hoffnung hat.«

»Hoffnung ist wichtig, da gebe ich Ihnen recht«, pflichtete Baer ihr bei, »allerdings darf sie nicht grundlos sein. Hoffnung nur um der Hoffnung willen ist immer ein Irrweg.«

»Trotzdem sollte man die Leute, die so etwas glauben, nicht einfach so abstempeln, als ob sie alle radikale Spinner wären. Die meisten sind doch harmlose Bürger.«

»Hoffentlich«, entgegnete Gravenhorst. »Aber die Gewalt bereitschaft in der Gesellschaft nimmt zu, da sind die Statistiken eindeutig. Und die Verschwörungsideologien haben das Naive und Harmlose verloren und sich mit extremistischem Gedankengut vermischt. Wenn jemand an Ufos glaubt, ist das eine Sache, aber warum ist der Glaube an Außerirdische mittlerweile mit Nazis verknüpft?«

Kira musste sich eingestehen, dass Gravenhorst recht hatte.

Baer versuchte, die Diskussion auf den Fall zurückzubringen. »Die Frage ist doch: Warum hat der Mörder dieses Symbol verwendet?«

»Das Symbol könnte ein Kennzeichen des Täters sein, so etwas wie eine Unterschrift«, sagte Kira. »Oder es ist eine Nachricht. Aber an wen?«

»Eine Nachricht ist nur dann etwas wert, wenn der Empfänger sie versteht«, ergänzte Gravenhorst. »Wir konnten nichts damit anfangen, aber dieser Hajo Rutkat hat die Nachricht verstanden.«

Baer widersprach. »Diese Nachricht ist für denjenigen, der die Leiche findet, also für uns. Und wir haben sie auch verstanden.«

Kira blickte ihn verwundert an.

»Wir dürfen uns vom Mörder nicht veralbern lassen«, sagte Baer. »Das alles ist doch Humbug! Die konkrete Bedeutung des Zeichens ist gar nicht wichtig. Der Täter will uns damit nur vorgaukeln, dass der Mord irgendwas mit einer Verschwörung zu tun hat. In Wahrheit hat dieser Mord einen ganz gewöhnlichen Hintergrund. Wir müssen mit beiden Füßen auf dem Teppich bleiben.«

»Das klingt für mich genau so, wie ein Verschwörungstheoretiker argumentieren würde.« Kira spürte Baers vernichtenden Blick, ließ sich dadurch aber nicht stoppen. »Wir dürfen dieses Symbol doch nicht einfach ignorieren! Es ist unsere Aufgabe, alles, was mit diesem Fall zu tun hat, ernst zu nehmen.«

»Was ist denn mit den Zeugen, die ihr bisher befragt habt?«, fragte Gravenhorst. »Käme einer von ihnen auch als Täter infrage?«

Kira schrieb die Namen Christian Kroll, Hajo Rutkat und Marlies Bookmeyer an die Tafel.

Baer massierte sich das Kinn. »Kroll ist ebenfalls Journalist und Joost Bookmeyers Freund. Er hat uns von dem Verschwörungsbuch und der Quelle erzählt, mit der sich Joost treffen wollte. Er könnte sehr gut das Symbol erfunden haben, um von sich selbst abzulenken. Allerdings hat er ein Alibi, weil er zur Tatzeit in Hamburg bei seiner Familie war.«

»Das müssen wir allerdings noch bestätigen«, ergänzte Kira.

Baer fuhr fort. »Marlies Bookmeyer ist eine Frau Ende fünfzig und hat zittrige Hände. Sie wäre körperlich kaum in der Lage, Joost zu erschlagen und nach Pilsum auf das Feld zu transportieren. Davon abgesehen: Welches Motiv sollte sie haben, um ihren Neffen, den sie ohnehin kaum sieht, nach Ostfriesland zu locken und zu ermorden?«

»Bleibt noch Hajo Rutkat«, sagte Kira. »Er ist paranoid, aber ist er auch aggressiv?«

Baer überlegte. »Er ist so schwer einzuschätzen, dass ich ihm alles zutraue. Allerdings hat es auf mich nicht so gewirkt, als ob er bereits wusste, dass Joost tot war. Er war wirklich entsetzt, als wir ihm davon erzählt haben, und hat erst danach die Schotten dicht gemacht.«

»Mit anderen Worten: Diese Personen bleiben Zeugen«, fasste Gravenhorst zusammen. Er schaute zu Kira, als brauchte er nur noch ihre Bestätigung.

Kira seufzte. »Ich glaube, dass wir mit dem Sammeln noch längst nicht am Ende sind und es zu früh für Schlussfolgerungen ist.«

Gravenhorst deutete das als einen glücklichen Ausgang der Diskussion. »Ihr beiden macht das schon.« Er blickte noch einmal zur Tafel und verließ das Büro.

Kira hatte das Gespräch ebenfalls als fruchtbar empfunden, aber Baer war so grummelig wie eh und je. »Also sammeln wir weiter. Der größte Ort in der Nähe des Leichenfundorts ist Greetsiel, dort sollen sich die Kollegen in den Restaurants umhören, ob Joost Bookmeyer am Montagabend gesehen wurde. Das ist zwar schon zwei Tage her, aber er war so gesellig, dass er vielleicht einen bleibenden Eindruck hinterlassen hat. Außerdem sollen unsere Leute jeden identifizieren, mit dem

Joost Bookmeyer grundsätzlich in Ostfriesland zu tun hatte: Freunde, Kollegen und Lebensabschnittsgefährtinnen.«

Das klang vernünftig. »Und was machen wir?«

Baer schaute auf seine Armbanduhr. »Auch wenn der Täter Joost Bookmeyers Smartphone und Laptop entwendet hat, so existieren vielleicht noch handschriftliche Notizen oder eine Visitenkarte von seiner unbekannten Kontaktperson in Ostfriesland. Wir sollten uns also doch persönlich in Joost Bookmeyers Wohnung in Osnabrück umsehen. Aber dafür ist es heute zu spät und das bedeutet, wir machen Feierabend.« Er erhob sich von seinem quietschenden Stuhl und nahm seine Jacke.

»Feierabend?« Kira verbarg ihre Enttäuschung nicht. Es fühlte sich an, als ob noch so viele Fragen offen waren. Konnte man nicht wenigstens ein paar davon klären?

»Es war ein langer Tag, wir haben viel herausgefunden und es gibt nichts, was die Kollegen nicht tun könnten«, antwortete Baer leicht genervt. »Was schlagen Sie denn vor?«

Kira drehte nachdenklich ihren Kugelschreiber in der Hand. »Wir müssen mehr über Hajo Rutkat herausfinden. Er weiß etwas.«

»Das Problem ist nur, dass er es uns nicht sagen will. Er hat uns vor die Tür gesetzt, weil er uns als Feinde betrachtet. Für ihn sind wir Diener einer Meinungsdiktatur, Jensen.« Baer schlug einen versöhnlicheren Ton an. »Wir werden ihn wieder vernehmen. Vielleicht hat er sich ja morgen wieder beruhigt.«

»Und wenn das zu spät ist? Als wir ihm von dem Symbol auf Joosts Leiche erzählt haben, war er wirklich geschockt. Mehr noch: Er hatte Angst.«

Baer schaute sie an, als ob er endlich begriff, was mit ihr los war. »Sie dürfen die Gefühle der Menschen nicht an sich heranlassen. Versuchen Sie, rational zu bleiben, Jensen. Es ist nicht unsere Aufgabe, Mitgefühl zu haben. Wir müssen klüger sein als der Täter.« Er tippte an seine Schläfe. »Unser Kopf ist unser wichtigstes Arbeitsmittel, und damit der möglichst gut funktioniert, braucht man ausreichend Schlaf. Wir werden für unseren Verstand bezahlt und deshalb müssen wir uns auch um den Verstand kümmern.«

»Aber …«

»Es gibt kein Aber. Emotionen verleiten zu Fehlern. Sie sind der Antrieb und der Fallstrick des Täters.«

* * *

Kira versuchte, sich zu Hause einen ruhigen Abend zu machen, aber das gelang ihr nicht besonders lange. Schon bald setzte sie sich mit dem Laptop aufs Sofa und gab das Stichwort »Aldebaran« in die Suchmaschine ein. Zwischen den Einträgen über die astronomischen Daten des Sternes fand sie auch den Artikel über die ufologische Verschwörungstheorie. Im Prinzip gab es darüber nicht viel mehr nachzulesen als das, was Hajo Rutkat ihnen schon erzählt hatte. In den Dreißigerjahren hatten die Aldebaraner mit Esoterikern auf der Erde Kontakt aufgenommen und ihnen Geheimwissen mitgeteilt. Kira folgte noch einem weiterführenden Link, der über eine Geheimgesellschaft berichtete, die damals nach einer besonderen Urkraft mit dem Namen »Vril« suchte und mit den Aldebaranern über die langen Haare einer Frau kommunizierte. Auf einer weiteren Internetseite teilte jemand Botschaften, die er nach eigener Aussage jüngst von den Aldebaranern empfangen hatte. Daneben gab es auf dieser Seite ein Sammelsurium von weiteren Weisheiten und esoterischen Themen und spätestens jetzt konnte man sich in allen möglichen Texten verirren, aber Kira klappte den Computer wieder zu.

Sie hatte sich bisher nie für so etwas interessiert, und wenn jemand daran glaubte, um sich besser im Leben zu fühlen, sollte er das ihrer Ansicht nach ruhig tun. Aber nun ging es um Mord und plötzlich kam ihr das alles nicht mehr so harmlos vor. Hatte sich hier jemand so extrem in all diese Ideen reingesteigert, dass er deswegen einen Menschen umgebracht hatte?

Oder hatte Baer recht mit seiner Theorie, dass der Mörder sie mit dem Symbol nur an der Nase herumführen wollte? Aber selbst wenn es so war, dann hatte sich der Täter trotzdem bewusst für dieses Symbol entschieden, welches offenbar auf den Aldebaran hinwies – in irgendeiner Form musste dieser Stern also mit dem Fall zu tun haben, oder nicht? Zumindest hatte das Zeichen Hajo Rutkat eingeschüchtert.

Kira beschloss, sich abzulenken, und schaltete den Fernseher an. Unpassenderweise lief gerade die Vorschau für den Spielfilm am Abend und das riesige Ufo von »Independence Day« schwebte bedrohlich über New York. Sie schaltete zu einer banalen Quizshow um. Die erste Frage bezog sich darauf, von welchem Planeten die Angreifer aus H. G. Wells' »Krieg der Welten« kamen. Kira schaltete das Gerät aus.

Sie machte sich Musik an, aber ließ sich nur am Anfang vom Rhythmus in eine andere Welt entführen. Ihre Gedanken zogen eigene Bahnen und brachten sie alsbald zurück zur Mühle und Hajo Rutkat. Er war derjenige, zu dem Joost Bookmeyer zuerst gefahren war, und er war derjenige, der am stärksten auf das Symbol reagiert hatte. Ihr Bauchgefühl sagte ihr, dass er eine Schlüsselfigur in diesem Fall war. Er konnte ihnen noch mehr über Joost Bookmeyer erzählen, da war sie sich sicher. Hoffentlich würde er seine Haltung ihnen gegenüber ändern und doch mit ihnen reden.

Kira wollte sich nicht weiter damit beschäftigen, es gab schließlich nichts, was sie tun konnte. Oder stimmte das gar nicht? Baer wollte sich doch nur nicht weiter mit Rutkat beschäftigen, weil er anstrengend war. Da durfte man doch aber nicht einfach klein beigeben, sondern musste hartnäckiger sein.

Die Kommissarin stand auf, füllte die Kaffeemaschine und holte die Thermoskanne aus dem Schrank. Sie musste auf ihren Instinkt hören, das hatte ihr auch beim letzten Fall geholfen.

10. Machtlos

Die bunten Lichterketten beleuchteten den Biergarten und auf den Mühlenflügeln saßen mehrere Krähen und schauten zu, wie die Menschen ihr Essen genossen. Die ausgelassenen Gespräche und das Gelächter wurden weit in die Landschaft hinausgetragen und alles wirkte noch gemütlicher, als Kira es sich vorgestellt hatte. Sie saß in ihrem Auto gegenüber der Einfahrt, wo auch noch andere parkten, die nicht mehr auf den Hof gepasst hatten. Aus den meisten Wagen waren Paare gestiegen, aber es gab auch ein paar Einzelgäste. Eine Frau war in einem schicken dunkelgrünen Porsche Cabriolet gekommen.

Es wäre schön, jetzt dort drüben zu sitzen und sich etwas Leckeres zum Abendbrot zu bestellen. Kira war schon kurz davor gewesen, auszusteigen und zur Mühle zu gehen, schließlich konnte ihr niemand verbieten, in ein Restaurant ihrer Wahl zu gehen, aber sie hatte es dennoch nicht getan. Sie wollte kein Aufsehen erregen. Es wäre wohl am besten, wenn Baer nichts von dieser ganzen Aktion erfuhr.

Aber weshalb war sie dann überhaupt hier? Kira hoffte, dass sie das irgendwie erkennen würde, sobald es geschah. Zu gefährlich durfte es allerdings auch nicht werden, denn da sie sich nicht offiziell im Dienst befand, hatte sie keine Waffe dabei.

Kira stopfte sich einen Keks in den Mund und goss sich eine halbe Tasse Kaffee aus ihrer Thermoskanne ein, um nachzuspülen. Allzu viel Flüssigkeit wollte sie nicht zu sich nehmen, denn sie wollte vermeiden, dass sie eine Toilette aufsuchen musste.

Das Haus, in dem Rutkat wohnte, war freistehend. Kira verspürte den Drang, sich darin umzusehen, aber das war natürlich ohne Durchsuchungsbeschluss unmöglich. Wie konnte man sonst herausfinden, was Rutkat wusste?

Joost Bookmeyer war zuerst zu Hajo Rutkat gefahren. Es wäre gut möglich, dass Rutkat ihm die Adresse der Person gegeben hatte, mit der er sich am Abend getroffen hatte. Dann würde Rutkat den Mörder kennen und vielleicht hatte er deshalb nicht mehr weiter mit ihnen gesprochen. Wenn das der Fall wäre, befand er sich dann nicht in Gefahr? Allerdings waren seit dem Mord am Montag schon zwei Tage vergangen, an denen Hajo Rutkat nichts geschehen war, und wenn er wirklich Angst um sein Leben hätte, würde er doch trotz aller Vorbehalte die Polizei einweihen, oder nicht?

Kira spielte mit dem Gedanken, die Nummernschilder der geparkten Autos zu notieren, aber zur Überprüfung besaß sie keinerlei Rechtsgrundlage. Sie fühlte sich wie ein zahnloser Tiger, weil sie gar nichts tun konnte. Dieses frustrierende Gefühl erinnerte sie an ihren letzten Fall. Damals hatte sie Baer die Schuld dafür geben können, aber nun wurde ihr bewusst, dass ihr die Hände auch durch das Gesetz gebunden waren. Beim letzten Mal hatte sie sich Narrenfreiheit gegönnt, weil sie nichts zu verlieren hatte. Aber nun? Nun war sie dabei, sich ein langfristiges Leben in Ostfriesland aufzubauen, und dazu musste sie sich an die Regeln halten. Sie hasste es, das zuzugeben, aber Baer hatte recht. Zuerst kam es auf den Verstand an, das war ihr wichtigstes Werkzeug.

Trotzdem ließ Kira nicht von der Observierung ab. Oder gab es etwas Sinnvolleres, was sie tun konnte? Sie dachte noch einmal an die Zeugen, die sie heute vernommen hatten, und ihr fiel auf, dass Hajo Rutkat nicht die erste Person gewesen war, zu der Joost Bookmeyer gefahren war. Die erste Person, mit der er sich getroffen hatte, war Enno Fricke vom Burghotel in Dornum gewesen. Was, wenn Fricke stärker in diesen Fall verwickelt war, als es auf den ersten Blick schien? Warum hatte er sich denn erst heute früh bei der Polizei gemeldet und nicht schon gestern? Er hätte sie eiskalt angelogen haben können. War sie etwa nur deswegen hier bei Hajo Rutkat, weil er der Einzige war, der seine Gefühle nicht versteckt hatte?

Kira schüttelte diesen Gedanken beiseite. Wenn man zu wenig Fakten hatte, konnte man sich in endlosen Gedankenschleifen verirren. Geduld war nervig, aber notwendig. Sie nahm ihr Smartphone und spielte Doppelkopf.

Irgendwann leerte sich der Parkplatz bei der Mühle zunehmend. Auch der Porsche und die Wagen vor und hinter ihr fuhren weg. Der letzte Gast verließ das Restaurant und die bunten Lichterketten wurden ausgeschaltet.

Ragnar kam aus dem Restaurant, stieg auf sein Motorrad und ratterte davon. Schließlich verließ auch Hajo Rutkat das Restaurant. Er schaute zu ihr hinüber. Er konnte sie natürlich nicht erkennen, aber es war schon auffällig, dass noch ein Auto da war. Kira verspürte einen Anflug von Macht. Vielleicht konnte sie mit ihrer Anwesenheit ja doch etwas bewirken. Ein kleines bisschen Verunsicherung konnte schon ausreichen, um jemanden zum Reden zu bringen.

Rutkat ging ins Wohnhaus und schaltete dort das Licht an. Erst brannte es eine Weile unten, später oben und dann wurde es dunkel.

Kira gähnte. Sie sollte nach Hause fahren, aber das tat sie immer noch nicht. Sie stellte den Wecker ihres Smartphones auf sechs, schließlich brauchte sie etwas Schlaf, und in den nächsten Stunden würde wahrscheinlich nichts passieren.

* * *

Ein Hahn krähte und Kira schreckte auf. Sie war gerade dabei, sich zu sortieren, da meldete sich auch der Smartphonewecker. Kira stellte ihn aus und spürte ihre Nackenschmerzen. Sie streckte sich so gut, wie das in der engen Fahrerkabine möglich war, aber das half auch nicht viel. Ihr war kalt und alle Scheiben waren beschlagen, also öffnete sie die Tür und es wurde noch kühler. Dafür hörte sie fröhliches Vogelzwitschern.

Kira goss sich den Rest Kaffee aus der Thermoskanne ein. Er war nur noch lauwarm, aber besser als nichts. Die Keksschachtel lag auf dem Boden, doch die oberste Waffel konnte man noch essen. *Warum habe ich das nur gemacht?* Sehnsüchtig dachte Kira an ein knuspriges Toastbrot, ihr weiches Bett und das heimische Badezimmer. Mit dieser Aktion hatte sie wenigstens ihr Auto richtig eingeweiht.

Sie ließ die Fenster runterfahren. Das war leichter, als sie abzutrocknen, und bot ihr einen besseren Blick auf die Mühle. Dort saßen keine Krähen mehr, aber auf dem Wohnhaus schnäbelten zwei Tauben. Alles sah ruhig und friedlich aus.

Kira drehte sich den Innenspiegel zurecht, wusch sich mit abgepackten Feuchttüchern das Gesicht und trug ein wenig Make-up auf. Die Sonne schien schon etwas intensiver und es wurde wärmer, auch die Nackenschmerzen verschwanden. Der Hahn krähte erneut und diesmal konnte Kira sehen, wie er in hoch konzentrierter Suche nach Frühstückskörnern über den Hof stakste. Da sonst nichts weiter passierte, widmete sie sich einer Runde Doppelkopf.

Während eines Damensolos wurde ihr klar, dass sie irgendwann nach Aurich zum Revier fahren musste. Das Einzige, was ihr diese Aktion gebracht hatte, war Übermüdung.

Aus dem Augenwinkel nahm sie wahr, wie sich die Tür des Wohnhauses öffnete. Hajo Rutkat kam heraus, sein Stirnband glänzte in der Sonne. Er schaute wieder zu ihr hinüber. Zögerte er? Wollte er zu ihr kommen? Selbst wenn er mit dem Gedanken gespielt hatte, tat er es nicht, sondern ging ins Restaurant.

Drei Doppelkopfspiele später hörte Kira das knatternde Geräusch von Ragnars Motorrad. Rutkats Angestellter fuhr auf den Parkplatz. Er trug einen schwarzen Kapuzenpullover und sein Helm hatte Hörner an den Seiten, als ob er sich für einen echten Wikinger hielt. Gestern Abend war er ohne Helm gefahren, heute setzte er ihn gar nicht ab, sondern ging direkt ins Restaurant.

Ein dumpfes Krachen drang zu ihr, gefolgt vom Splittern von Glas. Wenn das sogar hier zu hören war, musste etwas Schweres zu Bruch gegangen sein, vielleicht war ein Schrank umgefallen. Kira wollte wissen, was passiert war, aber sie durfte ja nicht nachschauen. Ihr Pulsschlag beruhigte sich und auch im Restaurant blieb es still.

Mittlerweile war es sieben Uhr und Kira sollte eigentlich zum Revier fahren. Stattdessen schaltete sie das Radio ein und hörte Nachrichten. Der Wetterbericht kündigte Wind und leichten Regen für die nächsten Tage an, aber heute sollte es sonnig bleiben. Auf eine frenetische Begrüßung durch einen hyperaktiven Moderator folgte ein Lied, das angeblich ein Hit war, aber anscheinend in irgendeinem Paralleluniversum. Kira ließ den Sänger nicht mehr zu Wort kommen. Zuerst war die Stille heilsam, doch dann wurde sie gespenstisch.

Wieso sollte plötzlich im Restaurant ein Schrank umfallen, kurz nachdem Ragnar gekommen war? Es war zwar früh am

Morgen und ohne Kaffee neigte man zur Tollpatschigkeit, vielleicht besonders wenn man Hörner am Helm hatte, und Kira wusste auch nicht, ob tatsächlich ein Schrank umgefallen war, aber irgendetwas hatte diesen Krach verursacht. Alarmiert griff die Kommissarin nach ihrer nicht vorhandenen Dienstwaffe und stieg aus. Sie rannte über den Hof zum Restaurant. Glücklicherweise war nicht abgeschlossen.

Vorsichtig öffnete Kira die Tür und lugte in den Gastraum. Auf der rechten Seite war alles so wie gestern, doch links hatte sich etwas verändert. Ein Tisch war zerbrochen, Stühle und eine alte Standuhr sowie Scherben von Geschirr lagen auf dem Boden. Hier hatte ein Kampf stattgefunden und es war offensichtlich, wer der Verlierer war. Auf dem Boden lag ein Mann, der nur noch mit einem silbernen Stirnband bekleidet war und alle Extremitäten von sich gestreckt hatte. Auf seiner Brust prangte dasselbe Symbol wie auf der Leiche von Joost Bookmeyer, nur war es diesmal frisch gemalt und der untere Kreis des Stieres war blutrot.

Ragnar, dachte sie alarmiert. *Wo ist er?* Kira lauschte gespannt, ob sie ihn irgendwo hörte, doch sie vernahm nur ihre inneren Vorwürfe, dass sie ohne Pistole unterwegs war. »Es ist vorbei, Ragnar!«, rief sie. »Hier ist die Polizei! Ergeben Sie sich!« Ihre Stimme klang fester, als sie selbst erwartet hatte, trotzdem glaubte sie nicht, dass sich der Mörder dadurch einschüchtern ließ. Da sie nicht gesehen hatte, wie er aus dem Restaurant gekommen war, konnte er eigentlich nur in der Küche sein. Auch die Blutspuren wiesen in diese Richtung.

Kira ging vorsichtig vorwärts, die Arme in Kampfstellung. Im Training hatte sie sich immer sehr gut geschlagen, das würde hoffentlich auch heute ausreichen.

Auf den ersten Blick war die Küche leer. Kira bewaffnete sich nun doch mit einem Fleischhammer und nahm einen großen Topfdeckel als Schutzschild. Am Griff der Kühlkammer waren Blutspuren. Wenn Ragnar darin wäre, saß er in der Falle. Sie näherte sich der Kühlkammer, aber mit jedem Schritt wurde ihr bewusster, wie dumm es wäre, sich dort zu verstecken.

Blitzschnell drehte sich Kira um und konnte das Küchenmesser gerade noch mit dem Topfdeckel abwehren. Der Helm mit den Hörnern wirkte auf einmal furchtbar, auch wenn Kira ihn nur für Sekundenbruchteile zu sehen bekam. Sie schlug mit dem Fleischhammer zu, doch Ragnar duckte sich weg. Er trat sie mit voller Wucht in den Rücken und Kira landete auf dem Boden.

Einen Moment lang glaubte sie, dass sie sterben würde, und war gespannt, wie sich die Klinge des Küchenmessers anfühlte und an welcher Stelle es sie treffen würde. Doch es geschah nichts, und als Kira aufsprang, sah sie, wie Ragnar aus dem Raum flüchtete. Augenblicklich rannte sie hinterher. Sie stolperte an Hajo Rutkats Leiche vorbei durch den Gastraum und riss die Tür auf.

Draußen startete Ragnar bereits das Motorrad. Kira konnte noch seine Nummernschildhalterung berühren, dann raste die Maschine davon. Hastig stürmte Kira zu ihrem Auto, und als sie den Zündschlüssel ins Schloss steckte, wurde ihr klar, dass sie ihren Wagen erst jetzt wirklich einweihte.

Sie drückte das Gaspedal bis zum Anschlag durch und schaltete schnell, trotzdem beschleunigte das Auto wie eine Schildkröte auf Valium. Dann endlich vergrößerte sich die Entfernung zum Motorrad nicht weiter, sondern schrumpfte sogar. Ragnar bog nach links ab und sie rasten über eine schmale Straße, an der nur wenige Häuser standen. Hoffnung keimte in Kira auf, dass sie den Mörder stellen konnte. Sie kam dem Motorrad immer näher und konnte schon deutlich die Hörner an Ragnars schwarzem Helm erkennen.

Rechts neben ihnen floss ein Gewässer, bei dem es sich um das Benser Tief handeln musste. Ragnar bremste ab, um die scharfe Rechtskurve über die Brücke zu nehmen, und Kiras Autoreifen quietschten, als sie ihm folgte. Auf der anderen Seite ging es wieder scharf nach links, weiter am Tief entlang. Ragnar blickte sich um, und obwohl Kira aufgrund des schwarzen Visiers sein Gesicht nicht erkennen konnte, schien es ihr, als ob er sie breit angrinste. Spielte er etwa nur mit ihr? Konnte er in Wahrheit nicht viel schneller fahren?

Ragnar lenkte das Motorrad auf eine Art Radweg, der viel zu schmal für ein Auto war, und Kira blieb nichts anderes übrig, als auf der Straße zu bleiben. Für einen Augenblick befand sie sich mit dem Zweirad auf einer Höhe. Ragnar legte eine Hand zum Abschiedsgruß an den Helm, dann beschleunigte er wirklich. Kira schaute ihm hinterher und bemerkte im letzten Augenblick, dass die Straße mitten in einem Bauernhof endete, sie stieg auf die Bremse und kam kurz vor einem Misthaufen zum Stillstand. Hühner flatterten auf und Kiras Herz sprang fast aus ihrer Brust. Warum war denn der Airbag nicht aufgegangen? War bei dieser Vollbremsung etwa tatsächlich niemand zu Schaden gekommen?

Kira stieg aus und die Bewegung half ihr dabei, sich zu beruhigen. »Verdammt!«, schrie sie. »Ich hätte ihn beinahe gehabt!«

Die Hühner gackerten bestätigend und ließen sich wieder auf dem Misthaufen nieder. Kira tigerte weiter hin und her, bis sie merkte, dass sie dringend den Mord melden musste. Außerdem hatte sie den Täter zwar nicht erwischt, dafür wusste sie nun, dass es sich um Ragnar handelte. Kira beugte sich ins Auto, doch ihr Privatwagen besaß natürlich kein Funkgerät. Sie suchte nach ihrem Smartphone, konnte es aber nicht finden. Hatte sie es etwa bei dem Kampf im

Restaurant verloren? Das war die wahrscheinlichste Lösung. Frustriert über das eigene Versagen stieg Kira wieder ein und fuhr zurück nach Holtgast.

Auf dem Mühlenparkplatz stand neben Hajo Rutkats Auto ein weiterer Wagen. Wem gehörte der blaue Audi Avant wohl? Mit Schrecken fiel Kira ein, dass die Tür zum Restaurant noch offen war. Hatte jemand anderes die Leiche entdeckt und bereits die Polizei benachrichtigt?

Kira hastete zum Eingang. Sie öffnete die Tür und sah, wie sich ein Mann über Hajo Rutkats Leiche beugte und mit dem Smartphone ein Foto machte.

»Herr Kroll!«, rief Kira empört. »Hören Sie auf damit!«

Der Journalist ließ sich dadurch nicht abhalten.

»Verdammt noch mal, lassen Sie das! Das hier ist ein Tatort!«

Christian Kroll machte noch weitere Bilder. »Ich sehe nirgendwo ein Absperrband.«

»Absperrband hin oder her, Gafferfotos sind mittlerweile strafbar!«

»Ich bin kein Gaffer, ich bin Journalist!« Kroll steckte das Handy ein und schaute Kira giftig an. »Es ist meine Aufgabe, die Öffentlichkeit darüber zu informieren, dass in Ostfriesland ein Mörder sein Unwesen treibt und die Polizei das verheimlicht.«

»Wir verheimlichen gar nichts.«

Kroll zeigte auf den nackten Körper. »Das ist das Symbol, das Sie mir in der Redaktion gezeigt haben. Sah Joosts Leiche etwa genauso aus? War er auch nackt?«

»Verschwinden Sie.« Kira hatte jetzt nicht die Nerven, um sich mit Kroll herumzuschlagen. Sie wollte nur so schnell wie möglich den Tod von Hajo Rutkat melden. Die Kommissarin ging in die Küche und fand ihr Smartphone auf dem Boden – neben dem Topfdeckel und dem riesigen Küchenmesser. Ein leichter Schauer durchfuhr sie, als sie das Telefon aufhob und die Nummer der Zentrale wählte. Sie meldete die Leiche, forderte die Kriminaltechnik an und leitete die Fahndung nach Ragnar ein. Dabei fiel ihr ein, dass sie seinen Nachnamen gar nicht kannte. Dafür hatte sie sich das Nummernschild seines Motorrads gemerkt. Danach setzte sie sich mit dem Rücken zum Kühlschrank auf den Boden und atmete erst mal durch.

11. GEDANKENBLITZ

Eilika joggte wieder über den Deich. Es war windiger als gestern, aber das machte es noch intensiver. Gedankenklumpen lösten sich von den verkrusteten Rändern ihres Hirnes und schwammen aus ihrem Bewusstsein hinein und hinaus, so wie Fische in einem Aquarium hin- und herschwimmen.

Gestern Abend hatte ihre Mutter einen zaghaften Versuch gestartet, mehr aus ihr herauszubekommen. Sie hatte angedeutet, dass man über alles reden könnte, was einen belastet, aber Eilika hatte lächelnd abgewiegelt. Mit Stinus über ihre Situation zu reden war noch mal etwas ganz anderes, als mit ihren Eltern zu sprechen. Das würde bedeuten, sich der Sache ehrlich zu stellen und endgültig in die Wirklichkeit zurückzukehren. Die Vernunft sagte ihr, dass sie das so schnell wie möglich tun sollte, aber ihr Herz legte ein Veto ein. Dabei ging es gar nicht um Stolz, sondern darum, dass sie bei alledem auch sich selbst verloren hatte. Wenn sie jetzt von jemandem Hilfe bekäme, würde sie das nur annehmen, weil sie keine andere Möglichkeit hatte, aber sie würde nicht wissen, was sie danach tun sollte. Sie hatte sich vollkommen aufgegeben für das Projekt, das sie einmal für ihren Traum gehalten hatte. Im Augenblick tat es gut, sich nicht vierundzwanzig Stunden am Tag ihr Scheitern vorzuhalten, sondern wieder ein bisschen Gefühl für sich selbst zu bekommen. Hier in der Heimat kamen Erinnerungen an ihre Kindheit zurück. Damals war sie ganz anders gewesen als in den letzten Wochen. Nicht von Sorgen getrieben und klitzeklein, sondern fröhlich und voller Zuversicht.

Die missglückte Verfolgung von Vanessa Verdandi hatte ihrem Selbstbewusstsein natürlich einen weiteren Knacks verpasst, vor allem weil sie damit ihren Onkel so enttäuscht hatte. Nüchtern betrachtet, war er allerdings selbst schuld, wenn er einem Amateur diese Sache anvertraute. Wie immer hatte Stinus das Risiko ausgeblendet. Er betrachtete alles als ein Spiel. Die Begeisterung für eine Sache war sein Antrieb, bei den schlauen Gegenargumenten hörte er gar nicht zu. Auf dieselbe Weise war Eilika mit ihrem Geschäft gescheitert. Am Anfang erlebte man durch diese Haltung alles sehr intensiv und verschwendete seine Kraft nicht an Sorgen. Aber am Ende war der Aufprall in der Realität so stark, dass man nur noch schwer aufstehen konnte.

Je länger Eilika darüber nachdachte, desto mehr fiel ihr auf, wie blauäugig sie sich bei der Observierung Vanessa Verdandis verhalten hatte. Bis Neuharlingersiel war wahrscheinlich alles noch in Ordnung gewesen. Erst danach war Verdandi misstrauisch geworden. Wahrscheinlich hatte sie gemerkt, dass dasselbe Auto hinter ihr war, das ihr schon vorher gefolgt war. Auf dem Weg nach Esens hätte der Porsche sie abhängen können, aber dann wollte Verdandi wahrscheinlich herausfinden, wer in dem alten Peugeot saß, und war zum zentralen Parkplatz von Esens gefahren. Verdandi hatte den Spieß umgedreht – sie hatte selbst keine Information preisgegeben, aber wusste nun über Eilika Bescheid.

Es reizte Eilika, mehr über Verdandi zu erfahren. Auf den ersten Blick hatte diese Frau ein gutes Leben – andererseits würde sie keine Kunstgegenstände verkaufen und sich nach einem Kredithai erkundigen, wenn es ihr gut ginge.

Eilika hörte das Blöken der Deichschafe und legte auf dem letzten Abschnitt noch einmal alle Kraft in die Beine. Als das Hotel Seemöwe in Sicht kam, lief sie langsam aus. Auf der weißen Bank führte sie dasselbe Stretchingprogramm aus wie zwei Tage zuvor.

Der Frühstückstisch war wieder reichhaltig gedeckt und ihre Mutter umarmte sie innig. Am Grinsen auf dem Gesicht ihrer Großmutter meinte Eilika zu erkennen, wie die alte Frau wieder den Plan fasste, ihr zwanzig Euro zu schenken, und natürlich würde Eilika das Geld zurück in die Zuckerdose stecken. Eigentlich war das alles sehr schön, von ihr aus könnte es jeden Tag so sein. Warum nur musste man erwachsen werden?

»Was hältst du davon, wenn wir morgen Nachmittag zusammen einkaufen gehen?«, fragte ihre Mutter. »Ich nehme mir frei und Mama kommt natürlich auch mit.«

Großmutter freute sich, dass sie erwähnt wurde.

»Gerne. Das wird bestimmt schön.« Eilika setzte sich auf ihren Platz und nahm sich ein Mehrkornbrötchen. Während ihre Mutter ihr Kaffee einschenkte, fiel ihr etwas auf. Gestern in Neuharlingersiel, als sie in dem Café saß, in dem Vanessa Verdandi Waffeln gefrühstückt hatte – wie hatte Verdandi ihre Bestellung aufgegeben? Hatte sie sich vorher die Speisekarte angeschaut oder nicht? Eilika versuchte, sich ganz genau an diese Situation zu erinnern. Sie meinte sich zu erinnern, dass auf Verdandis Tisch gar keine Speisekarte gelegen hatte.

Getränke waren überall gleich, da hatte jeder seine Gewohnheiten. Aber wenn man eine Mahlzeit bestellte, ohne sich die Speisekarte anzusehen, bedeutete das normalerweise, dass man das Lokal kannte. Außerdem war Verdandi zielstrebig zur Toilette gegangen, ohne sich erst im Gastraum orientieren zu müssen. Eilikas Puls beschleunigte sich. Wenn Verdandi häufiger in diesem Café war, dann konnte ihr vielleicht die Kellnerin mehr über sie erzählen.

* * *

Als Kira nach draußen ging, stellte sie fest, dass sich Christian Kroll tatsächlich verkrümelt hatte. Warum war er überhaupt hier gewesen? Er hatte ja wohl kaum wissen können, dass Rutkat ermordet worden war. Nun wollte er die Öffentlichkeit über den Mörder informieren und Kira hatte das ungute Gefühl, dass das Baer und Gravenhorst gar nicht gefallen würde. Aber würde das ihrer Ermittlung wirklich schaden? Es fiel ihr wahnsinnig schwer, weiter als um zwei Ecken zu denken.

Kira setzte sich in ihr Auto und suchte auf dem Boden nach einem weiteren Keks, der noch halbwegs essbar war. Die Kaubewegungen und der Zucker taten ihr gut. Außerdem kam ihr ein tröstlicher Gedanke in den Kopf: Ragnar war der Mörder. Sobald sie ihn festgenommen hatten, würde sich alles wieder einrenken. Oder nicht?

Es war weitaus wärmer als vorhin, trotzdem fror Kira. Das alles fühlte sich nicht wie ein Erfolg an. Sie war verantwortlich für den Tod eines Menschen. Wenn sie nicht so trantütig gewesen wäre und stattdessen sofort zum Restaurant gerannt wäre, als sie den lauten Krach gehört hatte, würde Hajo Rutkat wahrscheinlich noch leben.

Ein Streifenwagen fuhr auf den Hof. Kira hatte die Kollegen schon einmal gesehen, auch wenn sie sich bisher noch nicht mit ihnen unterhalten hatte. Auch jetzt war ihr nicht danach und sie winkte ihnen nur zu. Die Polizisten wussten schließlich genau, wie man einen Tatort abzusichern hatte.

Ein paar Minuten später kam auch Baer an, den weißen Van der Kriminaltechnik im Schlepptau. Mit dem Hauptkommissar wollte Kira sprechen, aber er ignorierte sie vollständig und ging direkt ins Restaurant. Kira stieg aus und folgte ihm.

Jetzt, wo sie etwas Abstand zu den Geschehnissen gewonnen hatte, konnte sie die Kampfspuren im Gastraum besser deuten.

Hajo Rutkat hatte sich gewehrt, so gut er konnte. Wenn sie ihm doch nur geholfen hätte! Kira schaute verzweifelt zu Baer, aber sein Gesicht zeigte keinerlei Regung. Sie wollte ihm von heute früh erzählen, aber brachte kein Wort hervor.

Baer wandte sich an einen der Streifenpolizisten. »Die Leiche ist nackt. Wo ist seine Kleidung?«

»Ich habe etwas im Mülleimer in der Küche gesehen«, antwortete der Kollege.

Baer ging in die Küche und Kira trottete hinterher. Während Baer sich noch einen Überblick verschaffte, suchte sie den Mülleimer. In der großen grauen Tonne mit dem frischen schwarzen Müllsack lagen tatsächlich die Klamotten, die Rutkat heute Morgen getragen hatte. Im Prinzip konnte die Spurensicherung einfach diesen Müllbeutel mitnehmen.

Baer trat neben sie und zog sich Einweghandschuhe an. Er hob mit einem Kochlöffel die Hose in der Mülltonne an und nahm Rutkats Schlüsselbund aus der Tasche. Es bedurfte keiner großen Kombinationsfähigkeiten, um zu erraten, dass er sich nun in der Wohnung des Koches umsehen wollte.

Die Ermittler gingen über den Hof zum Wohnhaus. Bereits im Flur lag der hässliche Geruch nach Reformhaus in der Luft, bei dem sich Kira schon immer gefragt hatte, woher er eigentlich stammte.

Im Wohnzimmer fiel zuerst die in bunte Batiktücher eingewickelte Sofalandschaft auf. Eigentlich war der Raum sehr rustikal eingerichtet und es gab sogar einen Kamin. Trotzdem dominierten die überdimensionalen Traumfänger und Leinwände mit selbst gemalten Symbolen an der Wand die Atmosphäre. Die Schrankwand war voll mit Kristallen und esoterischen Büchern, Kira fiel besonders ein Buch ins Auge, auf das sie bei ihren Recherchen über den Aldebaran gestoßen war: »Unternehmen Aldebaran – Kontakte mit Menschen aus einem anderen Sonnensystem«.

Auf dem Sofatisch standen zwei leere Flaschen Pils. »Hajo Rutkat ist gestern Nacht nicht sofort schlafen gegangen«, sagte Kira zu Baer. »Wahrscheinlich saß er noch eine Weile hier, um nach der Arbeit runterzukommen.«

Baer zeigte keinerlei Anzeichen dafür, dass er sie gehört hatte. Er schlenderte zum Kamin, hockte sich davor und betrachtete die abgebrannten Holzscheite. Hatte Rutkat gestern etwa noch ein Feuer angemacht? Warum nicht? Kira bückte sich zu Baer herab und sah, dass der Koch offenbar nicht nur Holzscheite verbrannt hatte.

Der Hauptkommissar zog einen Beweissicherungsbeutel und eine Pinzette aus dem Jackett und holte einen Papierschnipsel aus der Asche. Er hielt ihn gegen das Tageslicht. Kira konnte nur erkennen, dass Buchstaben und Zahlen darauf waren, aber nicht, welche genau. Baer machte auch keinerlei Anstalten, ihr das Fundstück zu zeigen, sondern ließ es in den Beutel fallen und steckte ihn ein.

»Jetzt reicht es mir aber«, fragte Kira entnervt, »was ist denn los mit Ihnen?«

Er schaute sie so spöttisch an, als wäre ihre Frage blanker Hohn.

»Ragnar hat mich angegriffen, aber ich konnte ihn gerade noch abwehren«, erzählte Kira. »Er ist der Mörder!«

Baer zeigte sich unbeeindruckt. »Die Regel lautete: keine Alleingänge. Sie waren diejenige, die unbedingt mit mir zusammenarbeiten wollte, schon vergessen? Aber offensichtlich halten Sie sich nur an Anweisungen, wenn Ihnen gerade der Sinn danach steht.«

Kira schluckte. Zuerst regte sich Widerstand in ihr und sie wollte ihn empört anschreien, aber dann wurde ihr klar, dass sie Baer nicht mal persönlich angerufen hatte, um ihm von der Leiche zu erzählen, sondern er durch die Zentrale davon erfahren hatte. Er hatte recht, sie hatte sich auf seine Regeln eingelassen, aber musste er sich nicht trotzdem professioneller verhalten? Sie hatte immerhin den Mörder identifiziert.

Baers Handfunkgerät rauschte auf. »Hier Streifenwagen fünf«, meldeten sich die Kollegen, »wir sind gerade in der Wohnung des Verdächtigen. Ragnar Pagels ist nicht anzutreffen.«

Das ist also sein vollständiger Name, dachte Kira.

»Hier Hauptkommissar Tilmann Baer«, funkte Baer zurück. »Gibt es irgendwelche Anhaltspunkte, wo sich Pagels aufhält?«

»Die Nachbarin sagt, er wäre in letzter Zeit nur selten zu Hause, sondern meistens bei seiner Freundin Annette. Sie hat eine Visitenkarte von ihr, weil sie Künstlerin ist und Pagels sie weiterempfohlen hat.«

»Diktieren Sie mir bitte die Adresse, ich werde persönlich dort vorbeifahren.« Baer notierte sich die Anschrift.

Kira konnte nur sehen, dass sie in Dornum wohnte. »Ich werde mitkommen«, sagte sie fest entschlossen.

Baer schien das so wenig zu kümmern wie Eiscreme mit Hackepetergeschmack.

* * *

Kira fuhr dem schwarzen VW Tiguan hinterher und wunderte sich, dass Baer keine Verstärkung anforderte, um Ragnar festzunehmen. Allerdings war es äußerst unwahrscheinlich, dass sie den Mörder bei seiner Freundin antreffen würden. Ragnar wäre sehr dumm, wenn er sie in diese Sache hineinziehen und sich bei ihr verstecken würde. Aber vielleicht wusste sie ja trotzdem, wo er sich aufhielt, unter Umständen hatte sich Ragnar sogar bei ihr gemeldet.

Annette Fuchs wohnte im Süden Dornums in einer Straße, in der man ohne Probleme einen Parkplatz fand. Kira hatte irgendwie nicht erwartet, dass Ragnar eine Freundin hatte, die in solch einer normalen Wohngegend lebte. Wenn sie ehrlich war, hatte sie nicht erwartet, dass er überhaupt eine Freundin hatte.

Die Garagentür stand offen, darin parkte ein feuerroter Mini. Es gab genug Platz für Ragnars Motorrad, aber es war nicht da.

Baer klingelte und kurze Zeit später hörte man ein hibbeliges Kichern wie von einem Geburtstagskind, das vor einem Berg aus Geschenken steht. Die Tür wurde geöffnet und eine Frau in einem Malerkittel, der mit Farbe besprenkelt war, erschien. Ihr fröhlicher Gesichtsausdruck wich Neugier. »Kein Paketdienst? DHL oder der blaue Götterbote?«

»Kriminalpolizei«, verkündete Baer.

Die Frau schielte um ihn herum, als ob er vielleicht doch ein Paket hinter seinem Rücken verstecken könnte.

»Sie sind Annette Fuchs?«

Die Frau lächelte bestätigend und pustete sich eine blonde Strähne aus dem Gesicht. Kira schätzte sie auf mindestens zehn Jahre älter als Ragnar, aber warum sollte es nicht so sein? Sie hatte lange keinen glücklicheren Menschen mehr erlebt und es tat ihr leid, dass sie ihr mit ihren Neuigkeiten wehtun würden.

»Darf ich reinkommen?«, fragte Baer. »Es geht um Ragnar Pagels.«

»Ach, der liebe Ragnar!«, schwärmte Fuchs. »Ich hätte nicht gedacht, dass er Freunde bei der Polizei hat, so wie er immer über sie redet.«

Kira folgte Baer und bekam gerade noch den Fuß in die Tür, die er ihr vor der Nase zuschlagen wollte. Im Haus setzte sich Annette Fuchs' Liebe für Farben fort. Die einzige weiße Fläche befand sich auf ihrem Malerkittel.

Baer kam ohne Umschweife zur Sache. »Wissen Sie, wo er sich aufhält?«

»Natürlich«, entgegnete Fuchs, als wäre keine andere Antwort möglich. Baer war genauso überrascht wie Kira.

»Donnerstags hat er immer seinen freien Tag. Kommen Sie mit.«

Sie gingen ins Wohnzimmer, das der Malerin offensichtlich als Atelier diente. Vor der Staffelei rekelte sich Ragnar auf dem Boden und hielt eine Weintraube in der Hand. Ansonsten kam man in den Ungenuss seiner gesammelten Tätowierungen.

Baer zückte seine Pistole und Annette Fuchs schlug vor Entsetzen die Hände vor den Mund.

»Bullen.« Ragnar zeigte exakt dieselbe Reaktion wie beim ersten Mal, als sie ihn in der Küche getroffen hatten. Er wollte sich wehren, aber seine einzige Möglichkeit bestand darin, sie mit Weinbeeren zu bewerfen.

»Herr Pagels: Ich nehme Sie vorläufig fest wegen der Morde an Hajo Rutkat und Joost Bookmeyer.« Während Baer ihn über seine Rechte aufklärte, schielte Kira auf die Leinwand, um zu sehen, wie Annette Fuchs Ragnars Körperkunst in ihrem Gemälde umgesetzt hatte. Die Leinwand war zwar bunt und strahlte eine wilde Energie aus, aber Kira hatte den Eindruck, dass dafür auch die Weintrauben als Modell ausgereicht hätten.

Künftig würde sich Annette Fuchs damit begnügen müssen. Sie war am Boden zerstört. Die Polizei hatte sich als das genaue Gegenteil eines Paketdienstes erwiesen, denn statt ihr etwas mitzubringen, war sie gekommen, um ihr etwas wegzunehmen.

12. Ragnar

Eilika fuhr wieder nach Neuharlingersiel. Bis sie auf das Hafengelände einbog, war sie noch überzeugt von ihrem Plan, aber nun kamen ihr Zweifel. Wieso machte sie das überhaupt? Sollte sie diese Sache nicht einfach auf sich beruhen lassen? Das Ganze lag in Stinus' Interesse, nicht in ihrem. Trotzdem siegte die Neugier.

Sie stieg aus und ließ den Blick auf der Suche nach dem dunkelgrünen Porsche über den vollen Parkplatz wandern. Sie konnte den Wagen nirgends entdecken, aber das war wohl auch zu viel erwartet.

Was konnte sie denn erwarten? Eigentlich nicht viel. Selbst wenn sich die Bedienung an Vanessa Verdandi erinnerte, würde das noch lange nicht heißen, dass sie irgendwas über sie wüsste. Wenn Verdandi Wert darauf legte, anonym zu bleiben, würde sie gegenüber einer Kellnerin sicher keine relevanten Informationen ausplaudern. Eilika nahm sich vor, die Waffeln zu bestellen, falls sie nichts erfahren würde, allein dafür hätte sich dieser Ausflug schon gelohnt.

Die Möwen genossen den Wind und trainierten Schwebeflug. Es war nur ein wenig kälter als gestern und man konnte noch gut draußen sitzen. Zwei Kinder jagten sich gackernd rund um das Hafenbecken und wurden dabei von einem Schäferhund beobachtet.

Im Café herrschte ordentlich Betrieb, alle Tische in der ersten Reihe waren besetzt, auch der, an dem Vanessa Verdandi gestern gesessen hatte. Jetzt saß dort ein älteres Ehepaar, das ziemlich glücklich wirkte. Eilika war froh, dass wieder dieselbe blonde Kellnerin arbeitete, denn eine Aushilfskraft hätte natürlich weniger Überblick über das Geschehen im Café gehabt. Wo konnte Eilika gut mit ihr sprechen? Am besten sollte sie sie im Gastraum abpassen, wo die meisten Gäste sie nicht sehen konnten. Ein Zeitpunkt, an dem weniger zu tun war, wäre geeigneter, aber vielleicht klappte es ja auch so. Leute, die in der Gastronomie arbeiteten, waren in der Regel sehr nett und hilfsbereit.

Eilika ging hinein und wartete neben der Theke auf einen passenden Moment. Aufgrund der Erfahrung mit ihrem eigenen Café konnte sie gut abschätzen, wann eine Mitarbeiterin geschäftig aussah und wann sie sich etwas Zeit nehmen konnte für ein Gespräch.

Die Kellnerin brachte eine Bestellung rein und nahm ein bis zum Rand gefülltes Tablett mit nach draußen. Als sie erneut reinkam, ging sie langsamer und ihre Miene war deutlich entspannter.

»Moin«, sagte Eilika.

»Moin.« Die Bedienung lächelte geübt. »Zur Toilette geht's da vorne die Treppe runter.«

»Ich möchte nicht zum WC, sondern Sie etwas fragen. Ich war gestern schon mal hier und …«

»Die Fundkiste ist im Büro. Worum geht's? Lesebrillen haben wir im Überfluss.«

»Bei einem grünen Porsche Cabriolet ist die Beifahrertür nicht richtig zu. Gestern habe ich zufällig gesehen, dass er einer Frau gehört, die hier ebenfalls im Café war, und ich dachte, sie

114

wäre vielleicht wieder hier. Schlank, dunkles Haar, sehr elegant gekleidet.« Eilika zeigte durch das Fenster. »Sie hat gestern dort gesessen und die herrlichen Waffeln gegessen.«

»Ich weiß, wen Sie meinen«, antwortete die Bedienung. »Aber wie Sie selbst sehen, ist sie heute nicht da. Ich werde ihr Bescheid sagen, falls sie kommt.«

»Sie wissen nicht, wo ich sie finden kann? Haben Sie sie schon mal woanders gesehen?«

»Nein, nicht dass ich wüsste.« Die Kellnerin wirkte leicht genervt. Sie wollte helfen, schon allein, um Eilika loszuwerden. »Sehen Sie die blonde Frau dort draußen links am Tisch?«

Eilika blickte hinaus. »Ja.«

»Die ist fast jeden Tag hier, vielleicht kann sie Ihnen mehr erzählen.«

»Danke sehr.« Eilika wollte die Bedienung nicht weiter beanspruchen und vielleicht brachte sie das ja tatsächlich weiter. Es war schon mal schön zu erfahren, dass Vanessa Verdandi hier häufiger war, so konnte man sie hier vielleicht wiedersehen. Oder mied Verdandi diesen Ort jetzt, wo sie wusste, dass ihr gestern jemand von hier aus gefolgt war?

Sie ging hinaus zu der Frau. Eilika schätzte, dass sie etwa zehn Jahre älter war als sie selbst. Ihr blondes Haar war schulterlang und hübsch gelockt, sie trug ein buntes Sommerkleid und Muschelschmuck und war in einen Liebesroman vertieft.

»Moin.«

Die Frau schaute überrascht auf. Sie hatte tiefgründige moosfarbene Augen.

»Tut mir leid, ich wollte Sie nicht erschrecken. Die Kellnerin hat mir erzählt, dass Sie hier Stammgast sind und da wollte ich Sie etwas fragen.«

»Kein Problem.« Lächelnd deutete die blonde Frau auf den zweiten Stuhl. »Setz dich. Was willst du wissen?«

115

Eilika nahm Platz. Sie hatte nichts dagegen, geduzt zu werden, im Gegenteil. »Ich wollte fragen, ob du eine Frau kennst, die hier auch öfter frühstückt. Dunkles glattes Haar, blaue Augen, elegante Kleidung. Sie wirkt nicht wie ein typischer Tourist.«

Die blonde Frau legte den Kopf schief. »Warum interessiert dich das?«

»Ich habe zufällig gesehen, dass bei ihrem Auto die Beifahrertür offen ist, und wollte ihr Bescheid geben.« Hoffentlich tauchte Vanessa Verdandi jetzt nicht wirklich auf und jeder erzählte ihr, dass ihre Beifahrertür nicht richtig zu war. War das bei so einem Porsche überhaupt möglich, ohne dass irgendwelche Warntöne ausgelöst wurden?

»Wie edel von dir.« Ihr Gegenüber grinste amüsiert. »Ich habe die Frau, die du suchst, schon mehrmals gesehen, das letzte Mal gestern. Sie hat sich an den Tisch dort gesetzt und kurz darauf ist eine junge Frau gekommen, die dir ziemlich ähnlich sah. Diese ist im Café verschwunden und erst wieder aufgetaucht, als die Schwarzhaarige gegangen ist. Zufall?«

Eilika spürte, dass sie rot wurde. »War ich wirklich so auffällig?«

»Nur für jemanden, der gerne Leute beobachtet.« Die Blonde nickte zu einem Tisch in der zweiten Reihe. »Dort habe ich gestern gefrühstückt. Und ich habe mich bis zum Mittagessen gefragt, was du wohl von der Frau wolltest. Meistens werden mir solche Fragen nie beantwortet, umso mehr freue ich mich, dass es diesmal anders ist.«

Eilika seufzte. Was konnte sie dieser Frau antworten, ohne allzu viel zu verraten? »Ich mache das als Gefallen für meinen Onkel. Er hat sich verknallt, aber ist zu feige, um sie nach einem Date zu fragen. Ich wollte herausfinden, wo sie wohnt, damit er ihr einen Brief schreiben kann.«

Mit solch einer Antwort hatte die blonde Frau offenbar nicht gerechnet. »Das ist ein bisschen verrückt, aber ich mag verrückt.« Sie deutete auf das Taschenbuch. »Und ich bin romantisch veranlagt. Was du erzählst, hat alle Zutaten für eine Liebesgeschichte.«

Eilika war froh, dass sie es so sah.

»Was macht denn dein Onkel?«, fragte die Blonde. »Und woher kennt er diese Frau?«

»Er besitzt einen Trödelladen in Norddeich. Die Frau hat ihm etwas verkauft.«

»Zwei interessante Protagonisten«, freute sich die Blonde, »das wird ja immer besser.«

Eilika war weniger begeistert. »Kannst du mir helfen oder nicht?«

»Bedaure, ich weiß leider gar nichts über diese Frau.«

Eilika konnte ihre Enttäuschung nicht verbergen. Aber was hatte sie sich schon wieder eingebildet? Es war eine Schnapsidee gewesen hierherzukommen. Am besten bestellte sie die Waffeln und schlenderte danach noch ein wenig durch den Ort. »Danke.« Sie schaute sich nach einem freien Tisch um.

»Bleib ruhig sitzen«, sagte die Blonde. »Ist ein guter Platz.« Sie streckte die Hand aus. »Ich bin übrigens Sandra.«

»Das ist nett. Ich heiße Eilika.« Die Kellnerin war gerade in der Nähe und Eilika gab ihre Bestellung auf.

»Eilika ist ein schöner Name«, sagte Sandra. »Und ungewöhnlich. Ostfriesisch? Kommst du aus der Gegend?«

Eilika nickte. »Ich bin in Norddeich geboren und aufgewachsen.«

»Dann kennst du dich ja aus. Hast du noch einen Geheimtipp für mich, was man hier unbedingt gemacht haben muss?«

»Was hast du denn schon alles unternommen?«

»Ich war in der Seehundstation, habe eine Wattwanderung bei Neßmersiel gemacht und einen Segeltörn von Harlesiel aus.«

»Klingt doch schon mal gut. Als Schülerin nahm ich mal an einer Führung durch ein Moor teil, wo wir über Schwingrasen gelaufen sind, das hat Spaß gemacht. Man kann auch bei einem Krabbenfischer mitfahren und natürlich sind auch Tagesausflüge auf die Inseln eine schöne Sache. Wie lange bist du denn noch hier?«

»Am Sonntag muss ich zu meinen Eltern nach Bonn fahren. Meine Mutter feiert runden Geburtstag, ist 'ne große Sache und ich habe ihnen versprochen zu kommen.«

»Klingt, als wärst du ansonsten sehr flexibel«, stellte Eilika fest. »Wie kommt's? Musst du nicht arbeiten?«

»Ich bin Reiseleiterin, aber in diesem Sommer habe ich leider kein Einsatzgebiet. Also mache ich das Beste daraus und fahre quer durch die Heimat. Im Winter kann ich hoffentlich wieder in der Karibik arbeiten und dem kalten Wetter in Deutschland entkommen.«

Eilika war beeindruckt und merkte, dass sie sich ewig nicht mehr so zwanglos mit jemandem unterhalten hatte.

»Was machst du denn?«, erkundigte sich Sandra.

»Ich hatte ein Café«, erzählte Eilika. »Leider ist es nicht so gelaufen wie geplant. Jetzt wohne ich wieder bei meinen Eltern und versuche, mich neu zu orientieren.«

»Das ist bestimmt nicht leicht. Leider hat das Leben häufig seine eigenen Pläne. Vor zwanzig Jahren hätte ich auch nicht geglaubt, dass ich mal Reiseleiterin sein würde. Aber im Nachhinein bin ich ganz zufrieden.«

»Vielleicht wäre das ja auch ein Beruf für mich«, unkte Eilika.

»Warum nicht? Ich kann es nur empfehlen. Man sieht andere Länder und ist immer in der Sonne. Allerdings ist es in den letzten Jahren schwieriger geworden, vor allem durch den Preisdruck des Internets. Die Erde dreht sich leider schneller, als mir lieb ist.«

»Hier im Norden ist das glücklicherweise nicht so, hier bleibt die Zeit stehen.« Die Waffeln wurden gebracht und Eilika machte sich darüber her.

»Welche von den Inseln magst du am liebsten?«, fragte Sandra.

»Ich weiß nicht, jede hat ihren eigenen Charme. Bei dem Wetter ist die weiße Düne auf Norderney sehr schön. Ich mag es zu baden, wenn die Wellen etwas stärker sind.«

»Klingt klasse.« Sandra lächelte. »Was hältst du davon, wenn wir dort gemeinsam hinfahren?«

Eilika verschluckte sich fast an ihrer Waffel. Sie hatte überhaupt nicht damit gerechnet, dass sie heute jemanden kennenlernen würde, der mit ihr einen Ausflug machen wollte. »Meinst du etwa heute?«

»Wieso nicht? Oder hast du schon etwas vor? Sonst machen wir es morgen.«

Eilika überlegte. Eigentlich war sie überhaupt kein spontaner Mensch, aber was wäre die Alternative? Sie hatte ja wirklich Zeit, und wenn sie an den feinen Sandstrand dachte, dann kam ihr der Vorschlag immer verführerischer vor. Sandra war sehr sympathisch und es würde bestimmt Spaß machen, noch weiter mit ihr zu klönen. »Okay«, sagte Eilika lächelnd. »Dann nehmen wir die nächste Fähre nach Norderney.«

* * *

Als Baer und Kira das Vernehmungszimmer betraten, saß Ragnar bereits auf der anderen Seite des Holztischs. Inzwischen trug er Kleidung, die er noch bei seiner Freundin angezogen hatte. Das dunkle Hemd war falsch zugeknöpft, aber das schien ihn nicht zu stören. In der Restaurantküche hatte er ein Haarnetz und einen Bartschutz getragen, jetzt kamen sein Herrendutt und der ungepflegte Ziegenbart voll zur Geltung. Er saß breitbeinig auf seinem Stuhl und wirkte so abgeklärt, als diente alles um ihn herum ausschließlich seinem Amüsement.

Kira war alles andere als gelassen. Erst jetzt begriff sie, dass einen Zeugen zu befragen etwas völlig anderes war, als einem dringend tatverdächtigen Mörder gegenüberzusitzen. Warum hatte dieser Mann zwei Menschen getötet? Sie war froh, dass ihre Hände einen Kugelschreiber und einen Notizblock zum Spielen hatten.

Baer hatte eine undurchdringliche Miene aufgesetzt und ihn umgab eine Aura, bei der jedes Kleinkind in Tränen ausgebrochen wäre. »Also«, fragte der Hauptkommissar. »Warum haben Sie Joost Bookmeyer und Hajo Rutkat ermordet?«

»Ich habe niemanden ermordet.« Ragnar entblößte seinen Unterarm und bot ihnen die Innenseite dar. »Spritzen Sie mir ruhig Ihr Wahrheitsserum, wenn Sie mir nicht glauben.« Er grinste wie ein Pokerspieler, der seinem Gegner gerade das Gewinnerblatt präsentiert hatte.

»Ich muss Sie enttäuschen«, entgegnete Baer, »aber die Polizei benutzt kein Wahrheitsserum.«

Zunächst war nur Spott in Ragnars Augen zu sehen, als ob ihm hundertprozentig klar war, dass Baer ihn verschaukeln wollte. Doch dann wurde sein Gesichtsausdruck ernst. »So wollen Sie das also spielen. Sie sind überhaupt nicht an der Wahrheit interessiert, Sie wollen einfach nur irgendjemandem die Schuld unterschieben. Sie nutzen diese Gelegenheit, um mich wegzusperren. In Wahrheit haben Sie selbst Hajo ermordet!«

Baer massierte sich die Schläfen und ärgerte sich wahrscheinlich darüber, dass er keine Kopfschmerztabletten mitgenommen hatte. »Was bedeutet das Symbol? Warum haben Sie es auf die Leichen gemalt?«

»Ich habe nirgendwo etwas hingemalt.«

Baer legte die Fotos der Leichen auf den Tisch.

Auf Ragnars Gesicht zeigte sich ein breites Grinsen, als ob er jetzt besser verstand. »Es bedeutet, dass sie sich nicht verarschen lassen.«

»Wen meinen Sie mit ›sie‹?«

Auch wenn Ragnar scheinbar alles für möglich hielt, so konnte er doch nicht glauben, dass Baer diese Frage stellte. »Hajo hat Ihnen doch verraten, wofür dieses Symbol steht.«

Baer weigerte sich zu antworten, dafür sprang Kira ein. »Sie meinen die Aldebaraner?«

Ragnar schaute sie triumphierend an. »Die Aldebaraner und ihre Freunde. Sie haben wieder Kontakt zu den Menschen aufgenommen und Unterstützer um sich geschart.«

»Und Sie sind einer dieser Freunde?«

Ragnar nickte. »Die Aldebaraner werden mich für meine Treue belohnen. Sobald sie die Macht übernehmen, werde ich eine ihrer Flugscheiben fliegen.«

Baer bemühte sich sichtlich, sachlich zu bleiben. »Ich muss ja mal ehrlich sagen: Diese Aldebaraner scheinen mir ziemliche Flaschen zu sein. Wenn sie sich 1930 ausgerechnet die Nazis aussuchen und der Krieg trotz Reichsflugscheiben verloren geht, sind das keine Leute, auf die man bauen sollte. Wahrscheinlich haben sie auch den Berliner Großflughafen geplant und Schalke gemanagt.«

Statt einer Antwort rotzte Ragnar auf den Boden.

Kira versuchte, die Vernehmung wieder auf den Fall zurückzubringen. »Was ist mit Hajo Rutkat? War er nicht auch ein Freund der Aldebaraner?«

»Ja, er war auch ein Erwählter. Aber dann hat er die Aldebaraner verraten. Es war ihm immer wichtiger, anderen Menschen zu gefallen und sie zu überzeugen, anstatt die ihm anvertrauten Geheimnisse zu bewahren. Er hat sich besonders diesem Journalisten angebiedert und ihm versprochen, Beweise für die Existenz der Aldebaraner zu liefern. Er hat nicht begriffen, dass sie selbst entscheiden, wen sie in ihre Geheimnisse einweihen und wen nicht. Darüber haben wir uns in letzter Zeit oft gestritten.«

»Also das war Ihr Motiv«, sagte Kira. »Sie haben Joost Bookmeyer und Hajo Rutkat als Verräter betrachtet und die Morde waren der Beweis Ihrer Treue zu den Aldebaranern. Sie wollten sich damit für eine besondere Stellung bewerben.«

Ragnar schüttelte genervt den Kopf. »Ich habe Ihnen doch schon gesagt, dass ich niemanden ermordet habe.«

»Und ich habe Sie gesehen!«, rief Kira. »Sie sind heute früh mit Ihrem Motorrad zur Mühle gekommen und hatten diesen schwarzen Helm mit den Wikingerhörnern auf.«

»Ja, das ist mein Helm«, gab Ragnar zu, »aber er liegt in Annettes Garage. Und dort steht auch mein Motorrad. Seit gestern Nacht. Ich bin zusammen mit Annette aufgewacht und beim Frühstück gab es Weintrauben und da dachten wir …«

»Die Garage ist leer«, herrschte Kira ihn an. »Da steht kein Motorrad drin.«

»Dann weiß ich auch nicht weiter. Sie sind doch die Bullen.«

Baer blickte wütend zu Kira. »Haben Sie Ragnar wirklich gesehen oder nur seinen Helm?«

»Nun ja«, stammelte sie, »sein Helm war komplett schwarz, auch das Visier, ich habe sein Gesicht nicht gesehen.«

Wütend schlug Baer mit der Faust auf den Tisch und Ragnar lachte, als hätte er den Spaß seines Lebens.

Kira realisierte, dass Ragnar seinen Boss schon viel früher hätte umbringen können, gestern Nacht nach Dienstschluss oder bereits am Dienstag. Die naheliegende Erklärung war, dass der echte Mörder das Motorrad und den Helm aus der offenen Garage gestohlen hatte.

»Das war's.« Baer stand auf. »Ragnar Pagels bleibt so lange in Untersuchungshaft, bis wir sein Alibi bestätigt haben.«

»Ich möchte ihn aber gerne noch weiter befragen«, sagte Kira.

»Sie machen doch ohnehin, was Sie wollen.« Der Hauptkommissar dampfte ab.

13. ALLEINGELASSEN

Kira musste sich erst mal wieder sammeln. Baers Abschied hatte einen bitteren Nachgeschmack. Sie hatte geglaubt, dass sich ihre Beziehung wieder normalisieren würde, aber da hatte sie sich offenbar getäuscht. Jetzt ermittelten sie wieder einzeln, aber wenn Baer das so wollte, dann war es eben so.

Vielmehr brachte sie allerdings aus dem Konzept, wie sie sich blamiert hatte, indem sie Ragnar verdächtigt hatte. Sie hätte darauf kommen können, dass sich unter dem Helm eine andere Person verbarg und das Motorrad gestohlen worden war. Oder nicht? Zumindest verdeutlichte es ihr noch einmal, wie wichtig es war, zuerst auf die Fakten zu sehen und nicht sofort Schlussfolgerungen zu ziehen.

Kira glaubte, noch mehr von Ragnar erfahren zu können. Aber auch in ihrem angezählten Zustand? Wahrscheinlich wäre es sinnvoller, diese Vernehmung später fortzusetzen, aber nun war sie hier. Kira schielte zur Spiegelscheibe. War Baer wirklich gegangen oder beobachtete er sie von dort?

Wer sie auf jeden Fall beobachtete, war Ragnar. Verachtung und Schadenfreude ergaben ein hässliches Lächeln.

»Nehmen wir an, dass Ihr Motorrad tatsächlich gestohlen wurde«, begann Kira. »Haben Sie in der Nacht oder heute früh ein Geräusch von draußen gehört?«

»Eine Nachtigall.«

»Um das Motorrad zu stehlen, musste der Täter wissen, wo Sie wohnen. Ist Ihnen jemand aufgefallen, der Sie beobachtet hat oder Ihnen gefolgt ist?«

Ragnar schüttelte den Kopf.

Kira probierte es mit einem anderen Ansatz. »Am Montag war Joost Bookmeyer im Mühlenrestaurant. Haben Sie ihn gesehen?«

»Ja.«

»Haben Sie auch mit ihm gesprochen?«

»Er war Hajos Freund, nicht meiner.«

»Haben Sie mit Hajo Rutkat über Joost Bookmeyer gesprochen?«

»Nein.«

»Aber Sie haben trotzdem gewusst, dass Joost Bookmeyer ein Journalist war, dem Rutkat Geheimnisse anvertraut hat.«

Ragnar nickte.

»Für welche Themen hat sich Joost Bookmeyer besonders interessiert?«

»Hajo hat mit ihm vor allem über den Aldebaran und die Hohlwelt gesprochen.«

»Die Hohlwelt?«

»Würden Sie zu den Erwählten gehören, müssten Sie nicht danach fragen.«

Kira seufzte. Natürlich würde Ragnar – in seinen Augen – nicht denselben Fehler begehen wie Hajo Rutkat und sie in diese Geheimnisse einweihen. »Joost Bookmeyer hatte am Montagabend eine Verabredung. Wissen Sie, mit wem? Wissen Sie, wo?«

»Woher sollte ich das wissen?«

»Weil Hajo Rutkat es Ihnen erzählt hat oder Sie sonst etwas davon mitbekommen haben.«

»Habe ich aber nicht.«

125

Kira zeichnete wahllos in ihren Notizblock, aber die Kreise und Linien waren ergiebiger als Ragnars Antworten. »Hajo Rutkat hat Dokumente verbrannt. Wissen Sie, worum es sich dabei gehandelt hat?«

Wieder Kopfschütteln.

»Mit wem hatte Hajo Rutkat in letzter Zeit zu tun? Hat er irgendjemanden kennengelernt?«

Keine Antwort.

»Welche Erwählten gibt es noch in Ostfriesland?«

Ragnars Augen funkelten. »Es gibt viele Freunde Aldebarans, viel mehr, als Sie glauben. Aber ich werde niemanden verraten.«

Kira legte den Kugelschreiber beiseite und schaute Ragnar in die Augen. »Trifft Sie der Tod von Hajo Rutkat gar nicht? Wollen Sie nicht, dass der Mörder gefunden wird?«

»Hajo war ein Verräter und hätte wissen müssen, dass er sich in Gefahr begibt. Jetzt werde ich seinen Platz einnehmen.«

»Sie werden gar keinen Platz einnehmen, weil Sie in unserer Untersuchungszelle verrotten!«

Ragnar lachte auf. »Versuchen Sie etwa, mir zu drohen? Das wird nichts, Schnecke, Sie haben hier doch überhaupt nichts zu melden. Der nervöse Giftzwerg von vorhin ist doch der Chef, oder nicht?«

Kira war am Ende ihrer Geduld und Fantasie. Jede Beschäftigung mit Ragnar war reine Zeitverschwendung und Baer hatte das schon längst begriffen. Sie packte ihre sinnlosen Notizen und verließ den Raum.

Sie hatte das Bedürfnis, alleine zu sein, und sei es nur für einen kurzen Moment. Am liebsten in der Kantine, mit einer heißen Automatenschokolade in der Hand. Aber vor der Tür wartete bereits ein Kollege auf sie.

»Frau Jensen?«

»Was gibt's?«

126

»Die Eltern des ersten Opfers Joost Bookmeyer warten in Ihrem Büro auf Sie.«

Auch das noch, dachte Kira. »Warum ist Tilmann Baer denn nicht bei ihnen?«

»Der Hauptkommissar ist nach Osnabrück gefahren.«

Kira holte tief Luft. Sie erinnerte sich daran, dass sie dort heute eigentlich gemeinsam ermitteln wollten. Und das hätten sie wahrscheinlich auch getan, wenn sie sich nicht die Nacht beim Mühlenrestaurant um die Ohren geschlagen hätte. »In Ordnung. Ich kümmere mich um Bookmeyers Eltern.«

Die Kommissarin ging direkt zum Büro, denn sie wollte die Trauernden mit ihren Fragen nicht unnötig lange alleine lassen. Als sie die Tür öffnete, stieg ihr sofort der aufdringliche Duft von Parfum in die Nase. Joost Bookmeyers Mutter hatte sich alle Mühe gegeben, sich ordentlich zurechtzumachen, aber der Verlust eines geliebten Menschen war natürlich nicht spurlos an ihr vorbeigegangen.

»Moin.« Kira schüttelte ihnen die Hände. »Ich bin Kriminalkommissarin Kira Jensen. Zunächst möchte ich Ihnen mein herzliches Beileid ausdrücken.«

Joosts Vater interessierte sich nicht für ihr Mitgefühl. »Gabriele und Manfred Bookmeyer.« In seiner Stimme schwangen Anspannung und Wut mit.

Kira setzte sich hinter ihren Schreibtisch und auch ihre Besucher nahmen wieder Platz. Gabriele Bookmeyer war in sich gekehrt und saß beinahe bewegungslos da, ihr Mann hingegen wippte mit den Beinen und sein Blick sprang von Gegenstand zu Gegenstand wie bei einem Roboter, der eine neue Umgebung einscannte.

»Also«, forderte Manfred Bookmeyer sie auf, »was ist passiert?«

Kira versuchte, so professionell wie möglich zu sein und auf alle Fragen zu antworten, aber sie wusste ja selbst noch nicht viel. Durch Manfred Bookmeyers provokative und aggressive Haltung wurde sie sich ihrer Dünnhäutigkeit bewusst. Solche Gespräche waren in der Praxis etwas ganz anderes als in der Ausbildung. Hier ging es um einen Mord, der sich tatsächlich ereignet hatte, und um Eltern, die wirklich um ihr Kind trauerten. Kira wollte sich innerlich distanzieren, aber ihr Mund wurde immer trockener.

Eigentlich ging es darum, den Eltern des Opfers Zuversicht zu vermitteln, dass die Polizei alles tat, um diesen schrecklichen Fall aufzuklären, aber Kira spürte selbst, dass ihr das nicht gelang. Sie hatte keine einzige befriedigende Antwort für die beiden, vor allem nicht auf das »Warum?«. Nicht einmal den Ansatz einer Erklärung konnte sie liefern. Mit Baer konnte sie über Außerirdische und Verschwörungstheorien diskutieren, aber in diesem Gespräch hielt sie diese Details zurück. Kira erzählte Joosts Eltern deshalb nur, dass der Mord anscheinend mit Joosts Recherchen zu tun hatte.

»Was bedeutet denn dieses furchtbare Symbol, das der Mörder auf Joosts Körper gezeichnet hat?«, fragte Manfred Bookmeyer.

»Das wissen wir noch nicht genau«, antwortete Kira nicht zum ersten Mal.

Entnervt strich sich Joosts Vater über das Gesicht. »Das kann doch alles nicht wahr sein. Joost ist bereits seit zwei Tagen tot und Sie tappen immer noch im Dunkeln. Wie kann es sein, dass an diesem Fall nur ein kleines blondes Mädchen arbeitet?«

Kira schluckte. »Ich habe meine Ausbildung mit Auszeichnung bestanden. Aber falls Sie das mehr beruhigt: Der leitende Ermittler ist Hauptkommissar Tilmann Baer, ein sehr erfahrener Ermittler.«

»Der es nicht mal für nötig hält, selbst zu erscheinen, sondern seine Azubine schickt.«

Kira bemühte sich erneut, diese Äußerung nicht persönlich zu nehmen. In der zweiten Phase der Trauer verspürte man nur Wut gegen alles und jeden, trotzdem drang die Anklage durch ihren dünnen Schutzschild. Kira war es gewohnt, sich wie Dreck zu fühlen, und heute hatte sie das auch verdient.

Frau Bookmeyer brach in Tränen aus und ihr Mann nahm sie in den Arm. Das gab Kira Gelegenheit, über eigene Fragen nachzudenken. Vielleicht konnte sie ja noch etwas von den beiden erfahren, was sie weiterbringen würde. Joost Bookmeyers Eltern waren sicherlich bereit, bei der Ermittlung behilflich zu sein, allerdings sollte sich Kira auf das Wesentliche beschränken.

»Wenn Sie sich an die letzten Gespräche mit Ihrem Sohn erinnern – hat Joost Ihnen dabei von seiner Arbeit erzählt?«

»Nein«, entgegnete Manfred Bookmeyer. »Da ist er nie ins Detail gegangen. Er hat ja so viele unterschiedliche Artikel für die Zeitung geschrieben.«

»Und er hat nicht mal irgendeine besonders interessante Persönlichkeit erwähnt, die er getroffen hat?«

»Er hat mal einen Brieftaubenzüchter in Osnabrück interviewt, das fand ich interessant.«

Kira durfte sich mit ihren Fragen nicht verzetteln. »Hat er mit Ihnen über Ostfriesland gesprochen? Von irgendwelchen Personen, die er dort getroffen hat?«

»Er hat nur ab und an von seiner Tante Marlies erzählt, weil wir die ja auch kennen.« Manfred Bookmeyer seufzte. »Meinen Bruder mochte ich sehr, aber mit seiner Frau konnte ich nie viel anfangen. Sie war für mich immer eine besserwisserische Schnepfe, die einem an allem den Spaß raubte. Keine Ahnung, was Wolfgang an ihr gefunden hat.«

»Joost hat an einem Buch gearbeitet«, sagte Kira. »Hat er das Ihnen gegenüber mal erwähnt?«

Manfred Bookmeyer schüttelte zornig den Kopf, mittlerweile war er mit seiner Geduld am Ende.

Kira hakte trotzdem weiter nach. »Der Täter hat Joosts Laptop und Smartphone entwendet und das bedeutet, dass Joost darauf irgendetwas Wichtiges gespeichert hatte. Jegliche Information über sein Manuskript oder seine Zeit hier in Ostfriesland könnte uns helfen.«

»Dann sollten Sie sich an die Leute wenden, mit denen Joost über solche Details geredet hat!«

Das Gespräch war in einer Sackgasse gelandet. Diejenigen, die etwas wissen konnten, wollten nicht mit der Polizei reden und diejenigen, die mit ihnen reden wollten, wussten nichts. Kira gab Joosts Eltern ihre Visitenkarte. »Ich werde Sie informieren, sobald sich bei unseren Ermittlungen etwas Neues ergibt. Bitte rufen Sie uns auch an, sobald Ihnen noch etwas einfällt, so unwichtig es Ihnen auch erscheinen mag.« Sie stand auf, um das Ehepaar zu verabschieden. Aber nur Manfred Bookmeyer erhob sich.

»Joost hat immer einen Speicherstick dabei«, sagte Gabriele Bookmeyer.

Ihr Mann schaute überrascht zu ihr, genauso wie Kira.

»Er hat immer darüber geklagt, dass sie so klein seien und er sie öfter verlieren würde. Joost hat sie immer irgendwo in seinem Gepäck versteckt, das hat ihm ein Gefühl von Sicherheit gegeben. Ich weiß das, weil ich einmal aus Versehen solch einen Speicherstick, der in seiner schmutzigen Wäsche steckte, mitgewaschen habe. Es hat mich beeindruckt, dass das Gerät danach immer noch funktionierte. Das hatte Joost auch nicht erwartet.«

»Vielen Dank, Frau Bookmeyer.« Kira lächelte sie warm an. »Das hilft uns vielleicht wirklich weiter.«

* * *

Nachdem Joost Bookmeyers Eltern gegangen waren, hatte Kira die Gelegenheit, ein bisschen zu verschnaufen und eine

Tasse Tee zu trinken, aber das tat sie dann doch nicht. Sie wollte unbedingt überprüfen, ob das Misstrauen in moderne Speichertechniken des Journalisten immer noch Bestand hatte. Die Kommissarin verließ also das Büro und steuerte die Labore der Kriminaltechnik an.

Ihre Berechtigungskarte öffnete die Tür zu allen Bereichen und sie sprach die erste Person an, der sie auf dem Flur begegnete. »Moin.«

Kiras freundlicher Gruß wurde nicht erwidert. Die andere Frau prüfte anscheinend immer noch in ihrem inneren Computer, wo sie sie einordnen sollte. Kira war noch nicht lange in Aurich und traf deshalb immer noch auf neue Gesichter.

»Kira Jensen.« Sie streckte die Hand aus. »Ich bin die Assistentin von Tilmann Baer.«

Dieser Name sagte der Frau etwas, aber offenbar nichts Positives, denn sie verdrehte die Augen. Es wäre schön gewesen, auch ihren Namen zu erfahren, aber darauf legte sie anscheinend keinen Wert.

Kira kam direkt zur Sache. »Ich würde mir gerne die Beweismittel in den Mordfällen Joost Bookmeyer und Hajo Rutkat ansehen.«

»Was interessiert Sie denn genau?«

»Zum einen ein Papierschnipsel mit Verbrennungsspuren, der im Kamin von Hajo Rutkat gefunden wurde.«

Die Frau wusste sofort, wovon Kira sprach. »Dieses Material analysieren wir gerade. Es könnte sein, dass wir noch mehr von der Schrift sichtbar machen können, aber das Ergebnis wird erst in ein paar Stunden feststehen.«

»Sehr gut, hoffentlich gelingt das.«

»Und das andere?«, fragte die Frau ungeduldig. »Sie wollten doch noch etwas wissen.«

»Wurde bei den Sachen in Joost Bookmeyers Hotelzimmer ein USB-Speicherstick gefunden?«

131

Die Frau dachte kurz nach. »Soweit ich weiß, nicht. Das hätten wir dann aber auch an Ihr Büro weitergereicht.«

Kira wehrte sich gegen die unmittelbare Enttäuschung. »Bestimmt haben Sie die Sachen sehr gründlich untersucht, aber dürfte ich sie mir trotzdem selbst ansehen?«

Die Frau zuckte mit den Schultern. »Kommen Sie mit.«

Kira folgte ihr in einen fensterlosen, ungemütlich beleuchteten Raum mit mehreren Stahlregalen, die mit Pappkartons gefüllt waren. So stellte sich Kira den Raum vor, in dem der Postbeamte verschwand, wenn man ein Paket in der Filiale abholen musste. Sie versuchte, ein Ordnungssystem auszumachen, aber bevor sie es entschlüsseln konnte, zeigte die Kollegin auf ein Regal.

»Dort sind alle Sachen aus dem Hotelzimmer von Opfer eins. Bringen Sie nichts durcheinander.«

»Danke.« Kira hockte sich auf den Boden und betrachtete die bescheidenen Hinterlassenschaften. Neben einer großen Kiste stand auch ein mittelgroßer Rollkoffer, der einige Abnutzungsspuren besaß.

Zunächst öffnete sie die Kiste. In diese Ecke des Raumes drang nur wenig Licht und Kira brachte die Taschenlampe an ihrem Smartphone zum Einsatz. Er hatte wenig Kleidung zum Wechseln dabeigehabt. Die Sachen, die Joost am Montag getragen hatte, hatte der Täter ja nach dem Mord entsorgt.

Eigentlich kannte Kira den Inhalt dieser Kiste ganz genau, denn sie hatte bereits gestern den vorläufigen Bericht der Kriminaltechnik studiert. Nun suchte sie speziell nach Verstecken für einen USB-Speicherstick. Am geeignetsten dafür war die lederne Kulturtasche, aber außer Rasierutensilien, Zahnbürste und Ohropax befand sich darin nichts. Kira durchsuchte auch ein Täschchen für Ladekabel und ein Sockenknäuel. Zu auffällig dürfte Joost den Stick auch nicht versteckt haben, denn dann wäre die Kriminaltechnik schon darauf aufmerksam geworden. Oder hatte etwa bereits der Mörder danach gesucht und ihn gefunden? Aber natürlich konnte es auch sein, dass solch ein Speicherstick gar nicht existierte.

Das kam Kira schließlich als die wahrscheinlichste Möglichkeit vor. Sie war wieder nur einer fixen Idee gefolgt, mit der sie ihre Zeit verschwendet hatte. Kira stand auf und wollte gehen, doch dann gab sie sich noch eine letzte Chance. Was, wenn Joost einen Speicherstick in seinem Koffer versteckt hatte? Das war eigentlich die naheliegendste Lösung. Das, was man für eine Reise einpackte, änderte sich immer, aber der Koffer kam jedes Mal mit.

Die Kommissarin zog den Koffer aus dem Regal und öffnete ihn. Er besaß ein Innenfutter mit einem Reißverschluss in der Mitte. Kira zog ihn auf und tastete darunter nach Auffälligkeiten. Da war tatsächlich etwas! Ein kleines Täschchen! Aufgeregt holte Kira einen Zettel heraus und faltete ihn auf. Dabei handelte es sich allerdings nur um eine Kopie von Joosts Reisepass und seiner Krankenversicherungskarte für den Fall, dass ihm die Originale gestohlen wurden.

Doch in dem Täschchen war noch mehr. Kira lächelte breit, als sie einen USB-Stick in der Hand hielt.

14. ZUSAMMENARBEIT

Kira steckte den Speicherstick in ihren Computer. Er enthielt mehrere Dateien. Eine davon trug den Titel »Flugscheibenhonig«. Sie war vor zwei Wochen erstellt worden und somit die jüngste Datei auf dem Medium. Falls es sich dabei um das Manuskript handeln sollte, war es bestimmt nicht die aktuellste Version. Kira öffnete die Datei.

Es war tatsächlich Joost Bookmeyers Buch über Verschwörungsmythen! Auf der ersten Seite machte der Autor deutlich, dass es sich bei dem Titel nur um einen Arbeitstitel handelte und er mit unterschiedlichen Untertiteln experimentiert hatte. Kira blätterte aufgeregt weiter und war gespannt, ob sie in diesem Text einen Hinweis auf Joosts geheimnisvolle Quelle oder sogar den Mörder finden konnte.

Es existierte eine grobe Gliederung, aber nicht alle Abschnitte besaßen bereits einen Text. Kira vertiefte sich zunächst in das Vorwort.

> Ich nehme jeden Menschen ernst, mit dem ich ein Bier trinken kann. Ich bin lieber mit Verrückten zusammen als mit Langweilern. Ich bin für eine fröhliche Welt voller Träumer und Menschen mit Hoffnung. Leider gibt es davon

immer weniger und aus harmlosen Verrückten sind radikale Missionare geworden. Als Journalist schreibe ich über ein Thema, wenn ich es für relevant für die Gesellschaft halte. Bei der Beschäftigung mit Verschwörungsmythen geht es mir weniger um ihren konkreten Inhalt als um die Leute, die darin einen Halt finden. Immer mehr Menschen verzweifeln an der vermeintlichen Komplexität dieser Zeit und klinken sich aus der Gesellschaft aus. Ich begreife das als Ansporn für meine Arbeit, denn ich will meinen Lesern zeigen, dass die Welt trotz aller negativen Nachrichten schön ist und es sich lohnt, sich für diese Schönheit einzusetzen. Es ist noch nicht alles verloren.

An diesem Text konnte noch gefeilt werden, aber Kira fand ihn trotzdem gelungen. Wenn sich diese positive Grundhaltung durch das ganze Buch zog, wie sollte sich dann irgendjemand so angegriffen gefühlt haben, dass er Joost Bookmeyer deswegen umgebracht hatte?

Kira las weiter, über Impfzwang, Chemtrails, 5-G-Masten, Ufo-Glauben und reptiloide Echsenwesen, die unter den Menschen lebten.

Es gibt schon längst keine festen Lehren mehr. Die Grenzen zwischen den Feldern sind verschwommen und jeder kann die einzelnen Versatzstücke zusammensetzen, wie er will. Es ist ein flexibles Baukastensystem, in dem man Engel und Außerirdische gleichsetzen kann, wenn man das möchte. Verbunden sind

die Glaubenden durch die Weigerung, die
Grenzen dieser Welt zu akzeptieren.

Kira seufzte. An die eigenen Grenzen zu stoßen war hart,
das hatte sie in den letzten Wochen schmerzhaft erfahren.
Glücklicherweise hatte sie mit ihrer Psychiaterin Doktor
Sternberg jemanden gefunden, der ihr half, innerhalb ihrer
Möglichkeiten zu leben. Kira freute sich schon auf den nächs-
ten Termin bei ihr.

Sie scrollte weiter durch den Text und las über die
Hohlwelttheorie, laut der die Menschen auf der Innenseite
einer hohlen Kugel leben. 1826 finanzierte sogar der Kongress
der USA eine Expedition an den Südpol, wo sich ein Zugang
zum Erdinneren befinden sollte.

Joost Bookmeyer hatte auch einige Interviewnotizen auf-
geschrieben. All diese Leute erzählten sehr gerne von ihren
exklusiven Wahrheiten. Keiner von ihnen wirkte so, als ob er
heimlich Geheimnisse ausplaudern würde, sondern alle schienen eher stolz darauf, Aufmerksamkeit zu bekommen.

Hajo Rutkat war der einzige Ostfriese. Bookmeyer beschrieb
ihn als auf den ersten Blick überheblich, aber das sei ein ver-
breiteter Schutzmechanismus, wenn man häufig Ablehnung
erfuhr. Rutkat sei ein Beispiel für viele sensible Menschen,
die diese Welt als zerstörerisch erleben und an Erlösung durch
Außerirdische glauben.

Der Glaube an die Aldebaraner ist für ihn
die Motivation für sein Leben und diese
Hoffnung will er gerne mit allen Menschen
teilen. Er schreibt mir alle paar Wochen, dass
er mir Beweise für seine Ansichten schicken
will, aber bisher hat er das nie getan.

Kira erinnerte sich an die Vernehmung von Ragnar Pagels. Auch er hatte davon gesprochen, dass Rutkat sich anbiedern und Bookmeyer irgendwelche Beweise liefern wollte.

Ihr Magen rumorte und Kira merkte, dass sie die Zeit vergessen hatte. Es war schon früher Nachmittag und die Kommissarin begab sich auf den Weg zur Kantine.

Um diese Uhrzeit war nicht mehr viel los und das Küchenpersonal hatte mehr Gelegenheit für unfreundliche Bemerkungen. Dank der Beschilderung wusste Kira, dass es sich beim Tagesbrei um Hühnerfrikassee handeln sollte. Normalerweise aß sie das recht gerne – außer das Fleisch sah aus wie Nacktschnecken, die man in der Soße ertränkt hatte. Sie nahm sich noch einen Salat dazu, der den Eindruck erweckte, schon seit einer Woche ignoriert worden zu sein.

Bis zum Öffnen der Mineralwasserflasche glaubte Kira, die Nahrung alleine zu sich nehmen zu können, doch dann hörte sie ein warmes »Moin«. Sie erkannte die Stimme sofort und lächelte.

»Und?«, fragte Jan Haselbach. »Wie kommt ihr mit den Ermittlungen voran?«

Das Wort »ihr« zwackte in Kiras Herz. Anstatt zu antworten, flüchtete sie sich ins Frikassee.

»Also nicht so gut?« Haselbach schaute sie interessiert an. »Ich habe gehört, dass das Symbol für irgendwelche Außerirdischen steht? Der Mars macht mobil, oder was?«

Haselbach hatte beim letzten Fall miterlebt, wie sich Kira und Baer in ihren Ermittlungen duelliert hatten. Die Schürfwunden an ihrem Bein waren nicht narbenlos verheilt, dafür hatten sich andere Dinge anfangs demütigender angefühlt, als sie es im Rückblick waren. Kira würde jetzt gerne wieder Pizza mit Jan essen anstelle dieses Gewürzes von Vogelmama Kantinenkoch.

»Es ist unmöglich, mit Baer zusammenzuarbeiten«, klagte Kira. »Der Kerl stellt einfach irgendwelche Regeln auf und spielt dann die beleidigte Leberwurst.«

Natürlich verstand Haselbach nur Bahnhof. »Was genau ist denn passiert?« Er probierte ebenfalls sein Essen. Wo hatte er nur einen frischen Salat herbekommen?

Kira seufzte. »Wir haben es bei diesem Fall mit Leuten zu tun, die sich am liebsten E. T. als Schoßhündchen halten würden – also Menschen, mit denen Baer noch weniger anfangen kann als mit allen anderen. Aber es ist doch auch unsere Aufgabe zu ermitteln, wenn ein Vollhorst den anderen ermordet! Also habe ich heute Nacht auf eigene Faust das Restaurant eines Zeugen observiert und es vergeigt. Wenn ich früher eingegriffen hätte, wäre das zweite Opfer vielleicht noch am Leben und der Täter gefasst.« Sie ballte die Hände zu Fäusten.

»Du hast also im Alleingang ermittelt, obwohl Baer es dir verboten hat«, übersetzte Haselbach, »und nun geht ihr wieder getrennte Wege.«

»Du wirkst nicht sonderlich überrascht«, stellte Kira fest.

Er zuckte mit den Schultern. »Ich trainiere in meiner Freizeit eine Jugendfußballmannschaft. Es braucht eine Weile, bis sich ein Team bildet. Vor allem, wenn es sich um starke Einzelspieler handelt.«

Kira wusste, dass Haselbach es nett meinte, trotzdem machten sie diese so einfach dahingesagten Worte wütend. »Baer ist so gelangweilt und hat keinerlei Energie«, ereiferte sie sich. »Ihm fehlt die Leidenschaft.«

»Und? Leidenschaft ist für Amateure, für professionelle Arbeit ist sie nicht das Wichtigste.«

Kira konnte nicht glauben, was sie da hörte.

»Ein Haus wird nicht stabiler, weil der Bauarbeiter den Nagel mit Liebe einhämmert, sondern weil er ihn an der richtigen Stelle einschlägt. Es kommt darauf an, dass man professionell arbeitet, nicht, dass man sich besondere Mühe gibt. Willst du gewinnen oder willst du einen Trostpreis?«

Kira hatte den Eindruck, dass Haselbach mit ihr redete wie mit seinen jugendlichen Fußballspielern, und das passte ihr gar nicht.

»Du kannst dich noch so sehr über Baers Schwächen aufregen, aber das bringt gar nichts. Zusammenarbeit gelingt dadurch, dass man sich auf die Stärken des anderen konzentriert.«

»Baer hat keine Stärken. Er kümmert sich nur noch um seinen Kaffee, seine Haferflocken und seinen geregelten Tagesablauf. Innerlich ist er schon längst pensioniert.« Es tat Kira gut, den aufgestauten Arbeitsfrust herauszulassen und sich einmal auszukotzen.

Aber Haselbach ließ ihr das nicht durchgehen. »Was willst du? Willst du wirklich mit Baer zusammenarbeiten oder willst du ihn eigentlich ersetzen?«

»Ich will einen Mörder finden! Und dafür brauche ich Freiheit und keine Regeln.«

»Regeln sind dazu da, um Freiheit zu ermöglichen«, entgegnete Haselbach.

Kira lachte empört auf. »Baers Regeln sind nur dazu da, um ihm sein Leben möglichst angenehm zu machen.«

»Er macht die Regeln, weil er dein Chef ist und am Ende auch die Verantwortung trägt. Als Kommissarin bist du die Nummer zwei, das muss dir doch klar sein.«

Kira wollte etwas Trotziges antworten, aber wusste nicht was. Sie verspürte große Lust, Haselbachs Kopf in das Frikassee zu drücken.

Haselbachs Stimme wurde versöhnlicher. »Auch wenn es nur schwer zu erkennen ist, aber Baer lässt sich auf die Teamarbeit ein, obwohl er festgefahren ist. Es ist für ihn eine neue Situation. Er hat in den letzten Jahren nur noch alleine gearbeitet und hauptsächlich geschwiegen. Plötzlich ist er den ganzen Tag mit einer anderen Person zusammen und muss mit ihr reden und Dinge erklären. Mehr noch: Ihm werden alle Entscheidungen gespiegelt. Er kann kleine Fehler nicht mehr unter den Teppich kehren, sondern muss sich vor jemandem verantworten. Das ist anstrengend und er muss sich erst wieder daran gewöhnen.«

Kira musste sich eingestehen, dass das Sinn ergab, so hatte sie es noch gar nicht gesehen.

»Wenn ein Team funktionieren soll, müssen sich beide darauf einlassen. Und in diesem Fall scheinst du mir diejenige zu sein, die sich nicht wirklich darauf eingelassen hat.«

Kira spielte erneut mit dem Gedanken, das Frikassee gegen ihn zu verwenden.

»Du musst niemandem mehr beweisen, dass du diesen Job verdienst, Kira. Du hast schon im letzten Fall gezeigt, dass du dafür geeignet bist. Du musst nicht mehr tun, als von dir verlangt wird.«

Doch, dachte Kira, *ich muss mehr tun, als von mir verlangt wird. Nicht, weil andere das von mir erwarten, sondern weil ich es selbst von mir erwarte.*

»In einem Team hat man nicht immer dieselbe Meinung, trotzdem trägt man die Entscheidung des anderen mit, auch wenn es eine Fehlentscheidung war. Sich auf den anderen zu verlassen, wenn man derselben Meinung ist, das ist leicht. Sich auf den anderen zu verlassen, wenn man anderer Meinung ist, das ist die Herausforderung. Man gewinnt zusammen, aber man verliert auch zusammen.«

Kira dachte an das, was ihr die Psychiaterin Doktor Sternberg erzählt hatte. Dass sie sich nicht überfordern durfte, sondern einen Schritt langsamer gehen sollte. Und dass das ihrer Arbeit sogar guttun würde. Da war es doch genau richtig, wenn Baer die Verantwortung für alle Entscheidungen bei der Arbeit trug. Kira hätte nicht gedacht, dass die Zusammenarbeit mit Baer sie persönlich so herausfordern würde, aber ihr Herz wurde dadurch tatsächlich etwas leichter.

»Ich glaube, Tilmann Baer gehört noch längst nicht zum alten Eisen«, sagte Haselbach voller Überzeugung.

Kira lächelte. Jan Haselbach war bestimmt ein guter Fußballtrainer. Und mit ihm zusammen schmeckte auch das Frikassee besser.

15. Upstalsboom

Nach dem Mittagessen überprüfte Kira, ob es bei den Kollegen irgendwelche neuen Ergebnisse gab. Die beiden, die bereits gestern in Greetsiel herausfinden wollten, ob Joost Bookmeyer dort mit jemandem gesehen worden war, hatten bisher keinerlei Erfolg zu vermelden. Außerdem waren noch einige alte Bekanntschaften des Journalisten identifiziert worden, aber keine davon wusste, dass Joost nach Ostfriesland gekommen war. Vielleicht hätte er sich noch spontan bei jemandem gemeldet, wenn er nicht bereits am Montag ermordet worden wäre, aber so brachten sie die Personen auf der Liste nicht weiter. Die Kollegen setzten ihre Arbeit trotzdem fort, vielleicht fanden sie ja doch noch etwas.

Sie drehte sich wieder zum Computerbildschirm, um sich weiter mit Joost Bookmeyers Manuskript zu beschäftigen. Dabei sah sie auch die anderen Dateien auf dem Speicherstick. Könnten die nicht etwas enthalten, was ihnen weiterhalf? Kira vergrub sich in die unterschiedlichsten Inhalte, die über Downloads von Blogartikeln und Podcasts bis hin zu Cartoons und Memes reichten. Ab und zu musste sie schmunzeln, manchmal war sie entsetzt, aber nichts davon schien eine Verbindung zu dem aktuellen Fall zu haben. Oder musste sie einfach nur genauer hinsehen?

Erschöpft lehnte sich Kira in ihrem knarzenden Stuhl zurück. Sie war müde und die Gedanken huschten vorbei wie die Fische in einem Aquarium. Der Tag war lang gewesen und am liebsten würde sie eine Viertelstunde schlafen. Warum nicht? In dieses Büro wagte sich ohnehin niemand, ohne vorher anzuklopfen, und auf dem Stuhl war es bequemer als in ihrem beengten Auto.

Irgendwann ließ sie ihr eigenes Grunzen wieder aufschrecken. Wie lange hatte sie gepennt? Kira schaute auf die Armbanduhr, aber das gab ihr keine echte Orientierung. Es duftete nach Kaffee. Erst jetzt bemerkte sie, dass Tilmann Baer an seinem Platz saß, und der Schock weckte sie endgültig.

Falls sich Baer über sie amüsierte, so ließ er sich das nicht im Geringsten anmerken. Er hielt die Tasse seines dreißigjährigen Dienstjubiläums in der Hand und blätterte durch die Berichte der Kollegen.

Kira räusperte sich laut, aber auch das erregte seine Aufmerksamkeit nicht.

»Es tut mir leid«, sagte sie. »Mein Alleingang war falsch. Selbst wenn bei der Observierung irgendwas herausgekommen wäre, hätte ich das nicht tun dürfen.«

Baers Aufmerksamkeit galt immer noch den Papieren auf seinem Schreibtisch, aber Kira hatte immerhin den Eindruck, dass er ihr zuhörte.

»Ich habe bisher immer alles im Leben allein gemacht und mir war nicht bewusst, dass ich nicht sonderlich teamfähig bin. Ich werde zukünftig die Regeln befolgen und Ihre Entscheidungen respektieren.«

»Und ich werde versuchen, meine Entscheidungen besser zu erklären«, grummelte Baer. Er trank einen Schluck Kaffee und sah sie an. »Ich weiß, dass ich mich bei unserem letzten Fall so geäußert habe, als könnte man allein mehr erreichen als zu zweit. Aber das stimmt nicht immer. Vor allem nicht in dieser

Situation. Wir jagen schließlich keinen Falschparker, sondern einen Doppelmörder. Der Täter hat zwei Männer ermordet, ihnen die Kleidung ausgezogen und mit ihrem Blut ein Symbol auf ihre Brust gepinselt. Was, wenn Ragnar nicht weggerannt wäre, sondern Ihnen ein Messer in den Hals gerammt hätte? Mit Ihrer impulsiven Art bringen Sie sich noch selbst um.«

Kira lächelte in sich hinein. Offenbar hatte sich Baer doch schon an die Zusammenarbeit mit ihr gewöhnt.

»Geduld ist in unserem Beruf sehr wichtig, Jensen. Ermittlung ist wie ein Schachspiel. Ein wohlüberlegter Zug ist viel mehr wert als zehn vorschnelle.« Er widmete sich wieder seinen Papieren, aber murmelte trotzdem weiter vor sich hin. »Ich musste das auch erst lernen. Als ich angefangen habe, war ich genauso engagiert wie Sie und musste gebremst werden.«

Wieder lächelte Kira innerlich. »Haben Sie noch etwas Kaffee für mich?«

Er rutschte beiseite und Kira füllte ihre Tasse selbst. »Wie war es in Osnabrück? Haben Sie etwas in Joost Bookmeyers Wohnung gefunden?«

»Leider nicht.« Baer schaute sinnierend durch sie hindurch. »Die Wohnung war für seine Bedürfnisse perfekt. Sie liegt direkt über einem alten Programmkino am Rand der Altstadt. Wenn man zum Hauseingang will, muss man erst durch den Biergarten einer Kneipe gehen, ganz gemütlich unter einem großen Baum hindurch, direkt an der Hase. Dort hat sich Bookmeyer wahrscheinlich weitaus häufiger aufgehalten als in seiner Wohnung.«

Kira gewann den Eindruck, dass sich Baer doch mehr Gedanken über die Opfer machte, als sie ihm vorhin unterstellt hatte.

»Und Sie?«, fragte Baer. »Haben Sie etwas herausgefunden?« Sein Tonfall implizierte seine Zweifel.

»Ich habe eine ältere Version von Joost Bookmeyers Manuskript gefunden. Er hatte im Innenfutter seines Koffers einen USB-Stick versteckt.«

Baer nickte beeindruckt. »Und? Bringt uns das weiter? Wenn ich mich richtig entsinne, sind Sie die Exegesespezialistin. Oder gilt das nur für Liedtexte?«

»Das Buch ist sehr versöhnlich angelegt, nicht konfrontativ. Es wird niemand bloßgestellt oder angeklagt. Ich glaube nicht, dass wir darin den Schlüssel für unseren Fall finden werden. Es ist also auch eine Sackgasse.«

»Davon dürfen wir uns nicht entmutigen lassen. Ein Puzzle ist anfangs immer leicht, weil man zunächst die Randteile zusammensetzt. Danach kommt die Phase, in der man von der schieren Fülle an Teilen überfordert ist. Aber irgendwann setzt sich ein Bild zusammen und dann erkennt man, welches Teil nicht zu den anderen passt. Irgendeins passt niemals hundertprozentig, denn etwas vorzutäuschen ist viel schwieriger, als die Wahrheit zu sagen.«

Kira schaute zur Stativdrehtafel, die bisher nur die Informationen zu Joost Bookmeyers Mord abbildete. Die Ermittlerin stand auf und trug den Mord an Hajo Rutkat in die zeitliche Übersicht ein. »Wir müssen den Zusammenhang zwischen den beiden Taten verstehen. Was ist die Gemeinsamkeit der Opfer?«

»Die Person, mit der sich Joost am Abend getroffen hat.« Baer stand auf und deutete in der Tabelle auf Montagabend. »Das ist der Zeitpunkt, auf den es ankommt. Wir müssen herausfinden, was an diesem Abend geschehen ist.«

»Leider haben die Kollegen, die in Greetsiel unterwegs sind, noch kein Anzeichen dafür gefunden, dass Joost dort gewesen ist. Er kann an diesem Abend überall gewesen sein.«

Baer massierte sich das Kinn. »Woher kannte Joost Bookmeyer diese Person? Durch Hajo Rutkat?«

»Es könnte sich um jemanden handeln, der als Gast ins Mühlenrestaurant gekommen ist«, überlegte Kira. »Joost schreibt in seinem Buch, dass Hajo Rutkat ihm immer Beweise für seine Ansichten liefern wollte, aber das nie getan hat. Vielleicht hatte er mittlerweile jemanden kennengelernt, der solche vermeintlichen Beweise hatte. Rutkat schreibt Joost also, dass er ihm unbedingt jemanden vorstellen will, und deshalb fährt Joost nach Ostfriesland.«

»Hätten sie sich dann nicht am Abend im Mühlenrestaurant getroffen?«

»Vielleicht haben sie das ja auch.« Kira erinnerte sich daran, dass Joosts Tante Marlies ihn noch gefragt hatte, ob er am Abend mit ihr dort essen gehen würde. Dann wäre er also dort gewesen, bloß ohne sie.

Baer schüttelte den Kopf. »Wieso dann diese Reihenfolge? Wieso wird dann zuerst Joost Bookmeyer ermordet und nicht Hajo Rutkat?«

Kira stärkte ihr Hirn an der Kaffeetasse. »Dann kannte der Mörder zunächst nur Joost Bookmeyer. Er hat erst von Hajo Rutkat erfahren, nachdem er ihn getötet hat.«

»Wie hat er von Hajo Rutkat erfahren?«, fragte Baer.

»Durch den Laptop, den er aus Joost Bookmeyers Hotelzimmer gestohlen hat.«

»Und warum wird Hajo Rutkat erst zwei Tage später umgebracht und nicht auch am Montag?«

»Vielleicht brauchte er so lange, um die Passwortsperre des Laptops zu knacken.«

Baer wog diese Möglichkeit ab. »Nehmen wir an, dass das stimmt. Das würde bedeuten, dass Hajo Rutkat etwas Belastendes über den Mörder erfahren hat, ohne dass dieser davon weiß. Er wird erst von Joost Bookmeyer damit konfrontiert, aber begreift nicht, dass Joost Bookmeyer durch Hajo

Rutkat daraufgekommen ist. Wie ist das möglich? Wie kann Hajo Rutkat etwas über jemanden erfahren haben, das so brisant ist, dass ihn dafür jemand ermordet?«

»Vielleicht hat ein Gast eine Tasche mit verräterischen Unterlagen im Restaurant vergessen«, mutmaßte Kira. »Oder er hat aus Versehen ein Gespräch belauscht, in dem über ein Verbrechen geredet wurde.«

»Und warum geht Hajo Rutkat mit solchen Informationen nicht zur Polizei, sondern wendet sich damit an Joost Bookmeyer?«

»Weil er die Polizei für seine Feinde hält, aber Joost Bookmeyer vertraut er.«

»Und warum geht Joost Bookmeyer nicht zur Polizei?«

»Weil er Journalist und an einer guten Story interessiert ist.«

Baer wirkte nur halb überzeugt. »Was gibt es noch für Möglichkeiten?«

»Joost Bookmeyer könnte Hajo Rutkat versprochen haben, die Sache für sich zu behalten. Oder er wollte sie vorher noch auf ihren Wahrheitsgehalt überprüfen.«

Bei der zweiten Variante reagierte Baer schon positiver. Er schien aber auch insgesamt an dem Gedankenaustausch Gefallen zu finden.

»Tilmann, Jensen! Habt ihr das gesehen?« Seine aufgeregte Stimme war schon zu hören, bevor Gravenhorst die Tür aufriss. Der Dienststellenleiter war ganz außer sich – einerseits empört, andererseits voll diebischer Freude. »Hier!« Er hielt dem Hauptkommissar sein Smartphone unter die Nase.

»Was soll das?« Angewidert wandte sich Baer ab und Gravenhorst zeigte Kira das Telefon.

Auch sie war nicht gerade entzückt. »Wieso zeigen Sie uns ein Instagrambild, auf dem Sie in Badehose in einem Strandkorb sitzen?«

Gravenhorsts Gesicht wurde so rot wie seine Badehose. »Das Foto meinte ich nicht.« Er wischte und tippte, bis er zufrieden war. »Das hier meine ich.«

Baer hob verwundert die Augenbrauen.

Kira erkannte zunächst das Symbol, das der Täter auf die Leichen gemalt hatte. Doch diesmal zierte es keinen Körper, sondern eine graue Steinpyramide, die von Bäumen umgeben war. Kira wusste, worum es sich bei diesem Bauwerk handelte, jeder Ostfriese kannte es. Es war der Upstalsboom, bei dem sich zur Zeit der Friesischen Freiheit vor siebenhundert Jahren die Abgesandten der Sieben Seelande zu ihren Versammlungen getroffen hatten. »Jemand hat den Upstalsboom beschmiert«, stand unter dem Foto, versehen mit den Hashtags »Streetart«, »unverschämt« und »jemandmüsstediepolizeirufen«. Das Bild war vor einer halben Stunde aufgenommen worden.

»Warum hat der Kerl nicht einfach selbst die Polizei gerufen?«, fragte Baer.

»Weil ein Post auf Instagram mehr Likes bringt«, antwortete Kira.

Gravenhorst grinste zufrieden, weil er etwas zur Ermittlung beigetragen hatte. Traf das wirklich zu oder was hatte das Auftauchen dieses Symbols in der Öffentlichkeit zu bedeuten? Fragend blickte Kira zu Baer.

Baer gab dem Chef sein Spielzeug wenig beeindruckt zurück. »Jetzt übertreibt der Mörder aber. Er hält uns offensichtlich für dumm. Aber das ist ein gutes Zeichen, denn Hochmut kommt bekanntlich vor dem Fall.«

Konnte man diese Sache wirklich einfach so abtun? Kira war sich da nicht so sicher, Gravenhorsts Aufregung hatte sie angesteckt. »Dies ist das erste Mal, dass wir dieses Symbol ohne Verbindung zu den Leichen sehen. Meinen Sie nicht, dass wir uns dort umsehen sollten? Es ist ja nicht weit weg.«

»Reine Zeitverschwendung«, erwiderte Baer. »Es reicht, wenn ein Streifenwagen vorbeifährt und den Ort absperrt. Und jemand von der Ostfriesischen Landschaft soll sich darum kümmern, dass das Denkmal gereinigt wird.«

»Ich werde das persönlich in die Wege leiten«, kündigte Gravenhorst an. Er war sichtlich stolz, dieses Bild als Erster entdeckt zu haben, das konnte ihm niemand nehmen. »Zum Glück weiß niemand davon, dass dieses Symbol etwas mit zwei Morden zu tun hat. Ein verrückter Mörder, der seine Leichen auszieht und mit einem Sternzeichen bepinselt – das wäre die Art von Geschichte, die die Leute beunruhigt.«

Kira musste husten.

»Was ist?«, fragte Baer.

»Es könnte im Bereich des Möglichen liegen, dass die ›Ostfriesischen Nachrichten‹ morgen früh davon berichten«, raunte sie.

»Wie bitte?«

»Christian Kroll war heute Morgen in der Mühle«, erklärte sie. »Er hat Fotos von Hajo Rutkats Leiche gemacht.«

Gravenhorst bemühte sich um Fassung. »Ich werde für morgen eine Pressekonferenz einberufen. Diese Sache darf nicht aus dem Ruder laufen.« Bevor er verschwand, blickte er noch vorwurfsvoll zu Baer. »Ich hatte eigentlich gehofft, dass Jensen einen guten Einfluss auf dich hat. Allmählich gewinne ich eher den Eindruck, dass du auf sie abfärbst.«

* * *

Es war ein wunderschöner Tag gewesen. Obwohl Eilika eigentlich genug Sonnenschutzcreme aufgetragen hatte, brannte ihre Haut. Der Wind an der See konnte trügerisch sein.

Sandras Haut war mehr an Sonne gewöhnt. Sie hatte gar nicht fassen können, wie schön der Strand gewesen war. Sie hatten genau das Nachmittagshochwasser abgepasst und die Abendsonne im Dünenrestaurant bei einem kühlen Bier genossen. Dann waren sie mit der letzten Fähre zurückgefahren.

Eilika fand Sandras Gesellschaft sehr angenehm. Sie hatte zig Geschichten über deutsche Touristen und besoffene Engländer zu erzählen und die Schilderungen von den Ländern, in denen sie war, hatten Eilikas Fernweh geweckt. Bis auf Klassenfahrten hatte sie nie eine Reise unternommen, auch nicht nach dem Abitur. Im Hotel ihrer Eltern war immer viel zu tun gewesen und sie hatte in den Sommerferien gejobbt, um das Startkapital für ihr Café anzusparen.

Am nächsten Tag wollten sie sich wieder zum Frühstück in Neuharlingersiel treffen, allerdings in einem anderen Restaurant, von dem aus sie beobachten konnten, ob Vanessa Verdandi vielleicht doch wiederkommen würde. »Wir können sie diesmal in meinem Auto verfolgen«, hatte Sandra vorgeschlagen, »das kennt sie nicht und es ist auch schneller.« Sandra sah das Ganze offenbar als spannende Herausforderung und freute sich, ihr zu helfen.

Eilika gefiel die Idee. Sie hatte immer noch Mitleid mit ihrem Onkel und hätte auch selbst gerne mehr über Vanessa Verdandi herausgefunden.

16. NOTIZEN

Am Freitag fühlte sich Kira viel ausgeschlafener. Unter der Dusche kam ihr in den Sinn, was Gravenhorst gestern zu Baer gesagt hatte. »*Ich hatte eigentlich gehofft, dass Jensen einen guten Einfluss auf dich hat. Allmählich gewinne ich eher den Eindruck, dass du auf sie abfärbst.*« Seltsamerweise fasste sie das als Kompliment auf.

In der Kantine hatte sie Jan Haselbach gegenüber behauptet, dass Tilmann Baer keine Stärken hätte, doch mittlerweile war sie zu einer anderen Überzeugung gelangt. Durch die Geschehnisse gestern hatte sie begriffen, dass man als Ermittler immer nur begrenzte Möglichkeiten hatte. Davon durfte man sich jedoch nicht frustrieren lassen. Sie hatte sich viel zu sehr verzettelt und sich von einer Sache zur anderen treiben lassen, anstatt selbst die Kontrolle zu behalten. Je begrenzter die eigenen Möglichkeiten waren, desto effektiver musste man sein, und Baer war offenbar der Meister der Effektivität. Er konnte erkennen, welche Arbeit sich am meisten lohnte und welcher Spur man am besten folgen sollte. Das musste und wollte sie von ihm lernen. Es ging darum, mit der Energie hauszuhalten und Wühlarbeit zu delegieren. Nach außen hin konnte das arrogant wirken, weil man die Dinge bewertete und sich für manche Sachen zu schade war. Man durfte es aber nicht mit Desinteresse verwechseln. Es war auch die Erfahrung, welche Ergebnisse die Kriminaltechnik und die anderen Kollegen aus der Mordkommission noch liefern würden. Kira erinnerte sich an das Vorwort von Joost Bookmeyers Buch. »*Immer mehr Menschen verzweifeln an der vermeintlichen Komplexität dieser Zeit.*« Sie musste lernen, trotz aller Ereignisse einen kühlen Kopf zu bewahren.

Als sie eine Dreiviertelstunde später im Polizeirevier eintraf, war bereits Gravenhorst bei Baer im Büro. Zwischen ihnen lag die heutige Ausgabe der »Ostfriesischen Nachrichten«.

»Ist es so schlimm, wie wir erwartet hatten?«, fragte Kira.

»Schlimmer.« Resigniert tröstete sich Gravenhorst an seiner Kaffeetasse. »Solche reißerischen Artikel ist man sonst nur von anderen Blättern gewohnt.«

Kira nahm die Zeitung in die Hand. Auf der ersten Seite war ein Foto von dem Symbol auf dem Upstalsboom zu sehen, mit Farben inszeniert, die an die Illuminatenpyramide auf der Eindollarnote erinnerten. Darüber stand der Titel: »Der Sternzeichenmörder – schon zwei Tote und die Polizei schweigt. Von Christian Kroll.« Kira überflog den weiteren Text. Kroll beschrieb, wie und wo die Leichen gefunden wurden, und erwähnte, dass das erste Opfer an einem Buch über Verschwörungsmythen gearbeitet hatte und das zweite Opfer eine seiner Quellen gewesen war. Danach ging er genauer auf die Hohlwelttheorie ein und stellte die suggestive Frage, ob in Ostfriesland ein Geheimbund von radikalen Verschwörungsgläubigen nach dem Vorbild der Vril-Gesellschaft existiere. Er legte den Lesern außerdem dar, dass die Polizei die grausamen Morde vertuschen wollte, um keine Panik zu erzeugen. »Kroll beruft sich auf eine anonyme Quelle.«

Kira überlegte. »Dabei kann es sich eigentlich nur um Annette Fuchs handeln, oder nicht?«

»Oder er hat Hajo Rutkats Meise eingefangen«, schlug Baer vor.

»Das ist nicht witzig, Tilmann.« Wütend tigerte Gravenhorst im Büro herum. »Was soll dieses Gefasel von einer ›Hohlwelt‹? Und was meint er mit diesem Geheimbund, dieser neuen ›Vril-Gesellschaft‹? Mit Spülmittel hat das wohl offenbar nichts zu tun.«

»›Vril‹ ist eine universale Lebensenergie«, erklärte Kira. »Einer Erzählung zufolge haben die Bewohner von Atlantis damit ihre Bauwerke konstruiert. Vril soll auch Telekinese ermöglichen, Menschen heilen und sogar vom Tod erwecken können. Die Vril-Gesellschaft war angeblich ein Geheimbund Anfang des zwanzigsten Jahrhunderts, der versucht hat, diese Kraft nutzbar zu machen.«

In Gravenhorsts Augen war ein Anflug von Hoffnung zu erkennen. »Sie scheinen sich mit all diesen Begriffen bestens auszukennen, Jensen. Deshalb sollten Sie bei der Pressekonferenz dabei sein.«

»Nein«, widersprach Baer. »Für so etwas werden wir keine Zeit verschwenden. Wir dürfen diesen Spekulationen keine Seriosität verleihen, indem einer der ermittelnden Kommissare dazu Stellung nimmt. Du musst in der Pressekonferenz alle Fragen danach konsequent abblocken. Betone, dass wir diese Mordermittlung trotz der rätselhaften Umstände angehen wie jede andere auch. Die Leute sollen sich keine Sorgen machen.«

»Aber sie werden sich Sorgen machen!«, erwiderte Gravenhorst. »Was, wenn der Mörder wieder zuschlägt? Wenn wieder irgendjemand eine nackte Leiche findet?«

»Es gibt keine weiteren Morde«, sagte Baer mit felsenfester Überzeugung. »Der Täter glaubt, dass er mit dem Tod von Hajo

Rutkat alle Spuren verwischt hat. Aber wir werden ihm auf die Schliche kommen.«

»Das will ich doch stark hoffen.« Gravenhorst nahm sich einen Notizzettel von Baers Schreibtisch, um die wichtigsten Stichpunkte zu notieren, seine Rede schien ihn inspiriert zu haben. Er goss sich noch eine Tasse Kaffee ein und verabschiedete sich.

* * *

Heute musste sich Eilika zum Joggen überwinden. Sie erinnerte sich daran, wie gut ihr das Laufen in den letzten Tagen getan hatte, und malte sich aus, dass es heute wieder so sein würde. Es half ihr, ihre Gedanken zu ordnen, und sie bedauerte, dass sie das nicht schon früher getan hatte. Aber in den letzten Jahren hatte sie alles beiseitegeschoben, was ihr guttat, so als ob sich Erfolg erzwingen ließe, indem man möglichst viele persönliche Opfer brachte.

Sie begrüßte die Deichschafe und stellte mit Genugtuung fest, dass die »Pulloverschweine«, wie Onkel Stinus sie immer nannte, nicht mehr vor ihr zurückwichen, so wie sie es am ersten Tag getan hatten. Allmählich kam sie wieder bei sich selbst an und das war ein gutes Gefühl. Den gesamten ersten Laufabschnitt über wurde sie durch positive Gedanken getragen, durch Erinnerungen an den Strandtag gestern und an ihre Kindheit. Sie dachte an ihre erste Fahrt mit einer Fähre, wie sie sich brav an der Reling festgeklammert und fasziniert auf das Kielwasser gestarrt hatte. Es war kein Land mehr zu sehen gewesen, aber sie hatte keine Angst gehabt. Großmutter hatte neben ihr gestanden. Sie hatte die meisten Ausflüge mit ihrer Großmutter unternommen, denn ihre Eltern hatten immer gearbeitet. Erst im Winter, wenn die Saison vorbei war, hatten sie mehr Zeit miteinander verbracht.

Unvermittelt drängten sich die Erinnerungen an ihre Freundin Angela in den Vordergrund. Sie hatten so viel miteinander erlebt! Im Sommer waren sie täglich mit dem Fahrrad herumgefahren und Onkel Stinus hatte die Drahtesel immer wieder repariert. Am liebsten waren sie nach Greetsiel gefahren und manchmal noch weiter bis zum Pilsumer Leuchtturm. Sie hatten auf der Deichwiese gelegen und über ihr zukünftiges Café gesprochen. Während am Anfang noch Einhörner obligatorisch für die Dekoration gewesen waren, sollte es später einen Schrein für die Gruppe Tokio Hotel enthalten, erst im Laufe der Jahre wurden sie realistischer. Es tat weh, wenn Eilika daran dachte, wie alles geendet hatte. Von einem Moment auf den anderen war alles kaputt gewesen.

Eilika merkte, dass sie Angela gegenüber seltsamerweise ein schlechtes Gewissen hatte. Wegen Sandra, weil sie gestern so eine gute Zeit mit ihr gehabt hatte. So als hätte sie ihre beste Freundin mit einem anderen Mädchen betrogen. Das war doch bescheuert! *Angela hat mich betrogen*, rief sich Eilika in Erinnerung, *sie hat mich übers Ohr gehauen.*

Dieses Erlebnis musste ihr eine Warnung sein, sie sollte daraus lernen, dass sie sich auf niemanden verlassen sollte außer auf sich selbst. Sie durfte nicht mehr so gutgläubig sein und sich nicht mehr so schnell auf jemanden einlassen.

* * *

Als sie wieder alleine waren, wirkte Baer weniger zuversichtlich und auch ein bisschen betrübt. »Mit diesem Geschreibsel hat Kroll dem Andenken seines Freundes nichts Gutes getan.« Seufzend warf er die Zeitung in den Papierkorb. »Das erhöht den Ermittlungsdruck und ich mag es nicht, unter Druck gesetzt zu werden.«

»Wo stehen wir denn?«, fragte Kira. »Hat sich eine neue Spur ergeben?«

»Leider nicht. Die Untersuchung des Tatorts im Mühlen-restaurant hat keine weiteren Anhaltspunkte gebracht. Die Blutspuren stammen alle vom Opfer. Der Täter hat sie überall verteilt, weil er mit seinem Motorradhandschuh ins Blut gefasst hat, um das Symbol auszumalen.«

Kira hatte keinen Grund, Baers Zusammenfassung infrage zu stellen, trotzdem blätterte sie noch einmal selbst durch den Bericht der Spurensicherung.

Es klopfte an der Tür.

»Herein.« Baers Tonfall machte deutlich, dass das Betreten auf eigene Gefahr erfolgte.

Kira war freudig überrascht, die Kollegin zu sehen, die sie gestern Vormittag in der Kriminaltechnik getroffen hatte.

»Ah, Frau Becker.« Baer drehte sich zu Kira. »Kennen Sie beide sich schon? Kira Jensen – Laura Becker.«

Das Lächeln, das Laura Becker Kira zuwarf, wirkte etwas gequält. »Wir haben die Analyse der Papierschnipsel aus dem Kamin im Haus von Opfer zwei beendet.« Sie reichte Baer und Kira eine Aktenmappe. »Leider konnten wir dabei viel weniger Text sichtbar machen als erhofft.«

»Trotzdem ist das vielleicht was«, grummelte Baer. »Danke.«

Die Kriminaltechnikerin ließ sie wieder alleine und Kira öffnete gespannt die Mappe. Welches brisante Material hatte Hajo Rutkat wohl verbrannt? Bisher hatte sie ja nur einen kurzen Blick auf Baers Fundstück erhascht.

Auf dem ersten Bild war das Original abgebildet. Darauf waren nur Fragmente zu erkennen: »h...1...:...0...C.« Das zweite Bild zeigte denselben Papierschnipsel nach der

156

Behandlung durch die Kriminaltechniker. Der Text lautete nun: »…och…11:30…C…mb…«

»Das in der Mitte scheint eine Uhrzeit zu sein«, sagte Baer.

»Dann könnte es sich davor ebenfalls um eine Zeitangabe handeln«, schloss Kira. »Ein Wochentag? Dann kann es nur Mittwoch sein.«

»Und am Ende?«, überlegte Baer. »Vielleicht eine Ortsangabe?«

»Combi.«

»Wie der Supermarkt?«

»Warum nicht?«

Baer versuchte, eine überzeugendere Alternative zu finden, aber alle Wortspielereien endeten in Hirnmuskelkater. »Combi ist leider nicht sonderlich spezifisch«, bemängelte er schließlich. »Von der Kette gibt es einige Märkte im Norden.«

»Aber nur einen in der Nähe von Rutkats Mühle«, entgegnete Kira. »Ich denke, wir sollten uns mal im Combi von Esens umsehen.«

Baer seufzte. »Aus Mangel an Ermittlungsalternativen stimme ich Ihnen zu.«

* * *

Eilika und Sandra saßen in Neuharlingersiel in einem Restaurant auf der anderen Seite des Hafenbeckens. Hier gab es Standardfrühstück, aber der Kaffee schmeckte besser. Von den Netzen an den Kuttern wehte ein salziger Duft mit Fischaroma herüber, was wunderbar zur maritimen Dekoration des Lokals passte. Eilika hatte das Fernglas dabei, das Stinus ihr gegeben hatte, und schaute zum Café.

»Das ist ja ein cooles Gerät«, sagte Sandra.

»Im Laden meines Onkels gibt es jede Menge davon.« Eilika spielte mit dem Gedanken, Sandra den Trödelladen zu zeigen. Stinus würde ihnen sicher auch Fahrräder leihen, damit sie eine Tour nach Greetsiel machen konnten. Doch sie sprach die Idee nicht laut aus, es kam ihr zu persönlich vor. Vielleicht später. Eilika stellte das Fernglas auf einen Teller mit Waffeln scharf. Sie schaute von Tisch zu Tisch über eine Möwe, die auf einem Poller saß, bis zum Parkplatz. »Noch ist nichts von Vanessa Verdandi zu sehen.«

»Lass mich mal.« Sandra nahm das Fernglas und stellte ihre eigenen Beobachtungen an. »Da ist ein Pärchen beim Alt- und Jungfischer. Er sieht genervt aus, weil er sie mit den Bronzefiguren fotografieren soll. Jetzt lässt er das Handy fallen und wedelt mit den Armen. Ich glaube, er ist von einer Wespe gestochen worden.« Kichernd legte sie das Fernglas auf dem Tisch ab.

»Hast du gesehen, was heute in den ›Ostfriesischen Nachrichten‹ steht?«, fragte Eilika.

»Du meinst diesen Artikel über den Sternzeichenkiller? Das ist total verrückt, oder?« Sandras Stimmlage spiegelte allerdings auch ihre Faszination wider. »Zwei Leichen, beide auf dieselbe Weise inszeniert, und dann hat man das Symbol noch auf dieser alten Steinpyramide gefunden – das ist doch mega.«

»Für die Opfer ist es nicht so mega. Meine Großmutter hat richtig Angst bekommen.«

»Ach, das braucht sie doch nicht. Die Ermordeten waren doch beide Männer.«

»Der Reporter schreibt, dass das erste Opfer an einem Buch über Verschwörungsmythen gearbeitet hat und das zweite Opfer eine seiner Quellen war. Er war ein Anhänger der Hohlwelttheorie, nach der wir im Inneren einer Kugel leben, und hat angeblich irgendeine bedeutende Entdeckung gemacht, die nicht ans Licht kommen soll. Der Journalist behauptet, dass in Ostfriesland eine geheime Gruppe radikaler Verschwörungsanhänger existieren würde, eine neue Vril-Gesellschaft.«

Sandra schüttelte den Kopf. »Nicht zu fassen, was manche Leute heutzutage alles glauben.«

»Du hältst das nicht für möglich?«

»Weder der Polizei noch den Zeitungen kann man vertrauen. Die einen wollen die eigenen Übeltaten vertuschen, die anderen wollen größtmögliche Aufmerksamkeit um jeden Preis.«

»Was denkst du denn?«

»Die Leichen waren nackt und hatten nur dieses Symbol vom Sternzeichen Stier auf der Brust. Das hat doch was Erotisches. Ich sage dir, diese Morde haben einen sexuellen Hintergrund.«

»Du liest zu viele Liebesromane.«

»Man kann nicht zu viel lesen.«

Eilika schaute wieder durch das Fernglas, aber es gab immer noch kein Anzeichen von Vanessa Verdandi. Der Kellner kam vorbei und Sandra bestellte eine weitere Tasse Kaffee.

»Erzähl mir von deinem Café«, bat Sandra. »Wie war es eingerichtet?«

Die Frage traf Eilika unvorbereitet, aber irgendwann hatte sie kommen müssen. Sandra hatte ihr schon so viel von ihrem Job erzählt, da war es nur fair, wenn auch sie mal etwas von sich preisgab, obwohl Sandras Geschichten von einem schönen Leben handelten und ihre vom Scheitern.

»Wir haben versucht, die Einrichtung sehr individuell zu gestalten. Angela und ich. Ich habe natürlich den Kontakt zu meinem Onkel genutzt. Wenn man eine schöne alte Vitrine an einer Wand stehen hat, an der alte Plakate hängen, macht das viel aus.«

»Klingt nach einem Ort, an dem ich mich gerne aufgehalten hätte.«

»Aufgehalten haben sich dort viele.« Eilika seufzte. »Aber leider haben sie nicht viel bestellt. Vielleicht war es einfach zu gemütlich.«

»Was konnte man denn bestellen?«

»Es gab Muffins, Cupcakes und Bagels in allen Variationen.«

»Lecker. Hast du gebacken?«

Eilika nickte. »Ich war für die Küche und die Speisekarte zuständig und Angela für die Abrechnung. Mit Zahlen war sie schon immer besser als ich und das hat sie auch ausgenutzt.« Sie tröstete sich, indem sie die Nutellareste vom Teller kratzte.

»Das ist echt Mist. Tut mir leid.«

Eilika versuchte, ihre Bitterkeit zu überspielen. »Das Leben besteht nicht nur aus Zuckerschlecken. Wenn man einen Muffin zu süß macht, schmeckt er nicht.« Sie nahm wieder das Fernglas in die Hand.

»Und? Ist Vanessa Verdandi da?«

»Nein.«

»Um diese Zeit habe ich sie meistens gesehen«, sagte Sandra. »Ich fürchte, dass sie heute nicht mehr kommt.«

»Schade.« Eilika legte die Linsen beiseite. »Wahrscheinlich hast du recht.«

»Was hältst du davon, dass wir heute nach Spiekeroog fahren?«, fragte Sandra. »Die nächste Fähre legt in fünfundzwanzig Minuten ab, das können wir noch bequem schaffen.«

»Das fände ich großartig«, antwortete Eilika. »Aber ich habe meiner Mutter bereits versprochen, mit ihr und Großmutter einzukaufen.«

Sandra war ihre Enttäuschung anzusehen.

Eilika überlegte, ihrer Mutter abzusagen, Sandra war schließlich nur noch bis Sonntag hier. Allerdings hatte ihre Mutter sich extra freigenommen und das tat sie nur sehr selten. »Was hältst du davon, wenn wir heute Abend ins Kino gehen?«

Sandra lächelte. »Abgemacht.«

17. Supermarkt

Es ging aufs Wochenende zu und somit war der Supermarkt ziemlich voll. Baer parkte neben einem alten VW-Bus, der mit mehreren Aufklebern dekoriert war. Erst auf den zweiten Blick sah Kira, dass auf allen bekannte Motive in abgewandelter Form dargestellt waren. Neben »Impfzwang – Nein Danke!« klebte »Ich bremse nicht für Bill Gates«. Außerdem gab es noch die Silhouette von E. T.

Die Kommissare gingen in den Verbrauchermarkt. In dem großzügig geschnittenen Gebäude konnte man nicht nur Lebensmittel kaufen, sondern es gab auch einen Blumenladen, einen Bäcker, einen Friseur und einen Geldautomaten.

»Großartig«, sagte Baer sarkastisch. »Rutkat kann hier alles gemacht haben. Er ist Koch! Wahrscheinlich hat er einfach bloß für sein Restaurant eingekauft.« Er nahm einen Verkaufsprospekt und schaute hinein.

»Haben sie Haferflocken im Angebot?«, fragte Kira.

»Nur Karottensticks.« Baer legte den Prospekt zurück.

»Wenn er lediglich einkaufen war, warum sollte er sich dafür die Uhrzeit aufschreiben? Und warum sollte er den Zettel dann verbrennen? Nein, Rutkat hat in der Nacht vor seinem Tod alles verbrannt, was ihn belastet hätte. Dadurch wollte er sich vor dem Mörder schützen, doch es hat ihm nichts mehr genützt.« Kira deutete auf eine Kamera, die den Eingangsbereich überwachte. »Wir müssen uns die Aufzeichnungen der Sicherheitskameras ansehen.«

Sie wiesen sich an der Information aus und die Mitarbeiterin ließ den Marktleiter ausrufen. Wenig später kam er zu ihnen, ein engagierter Mann, Mitte vierzig. Als er hörte, dass sie von der Kriminalpolizei waren, wurden seine Wangen sichtbar rot.

»Was kann ich für Sie tun?«, fragte er.

»Wir ermitteln in einem Mordfall und brauchen Ihre Unterstützung«, erklärte Baer.

»Mordfall?« Er wurde noch aufgeregter und der Schweiß perlte auf seiner Stirn. »Etwa der Sternzeichenmörder?«

Baer seufzte. »Genau der. Wir haben Grund zu der Annahme, dass der Täter am Mittwoch um halb zwölf hier bei Ihnen im Markt war, und würden uns gerne die Aufzeichnungen der Sicherheitskameras ansehen.«

»Natürlich. Kommen Sie mit!«

Kira und Baer folgten ihm zu einer Tür mit der Aufschrift »Nur für Personal«. Sie gingen einen kahlen Gang entlang und gelangten zu einem Raum mit mehreren Bildschirmen, vor denen ein kräftiger Mann saß, der so bleich war, dass man meinen konnte, er würde immer hier sitzen.

»Das ist Nikolai Knoche, unser Hausdetektiv.« Der Marktleiter wandte sich direkt an seinen Mitarbeiter. »Wir brauchen die Aufzeichnungen von Mittwoch, Nikolai. Mittwoch halb zwölf.«

Nikolai schaute auf seine großformatige Armbanduhr. »Das könnte knapp werden. Die Aufnahmen werden automatisch nach achtundvierzig Stunden überschrieben.«

»Bitte sichern Sie sie«, bat Kira, »wir brauchen das Material unbedingt.«

Nikolai hämmerte so schnell in seine Tastatur, wie es ihm mit seinen zwei dicken Zeigefingern möglich war.

Währenddessen schaute Kira auf die Schwarz-Weiß-Bilder auf den Monitoren. Die unterschiedlichen Kameras zeigten den gesamten Eingangsbereich und die Gänge im Supermarkt.

»Hier.« Nikolai reichte Baer eine Speicherkarte. »Das sind alle Aufnahmen von Mittwoch zwischen zwanzig nach elf und eins.«

»Danke. Können wir uns die Aufnahmen auch direkt hier ansehen?«

»Natürlich.« Nikolai rückte zur Seite, damit die Polizisten besser sehen konnten. Er schien froh zu sein, etwas Gesellschaft zu haben.

»Zeigen Sie uns bitte erst die Kamera von der Eingangstür.«

Das Video startete. Unten links wurden Datum und Uhrzeit eingeblendet, die Bilder liefen schneller als in Echtzeit.

»Stopp!«, rief Kira. »Etwas zurück und langsamer.«

Nikolai gehorchte.

Kira schaute genau auf die Leute, die den Supermarkt betraten, aber ihr kam niemand bekannt vor.

»Wenn Hajo Rutkat dort war, müsste er doch auf den Aufnahmen zu sehen sein«, sagte Baer. »Den kann man doch gar nicht übersehen mit seinem Alu-Stirnband.«

Kira erinnerte sich an Mittwoch, als sie selbst das erste Mal mit dem Koch zu tun gehabt hatten. »Hajo Rutkat kam bereits um Viertel nach zwölf im Mühlenrestaurant an, nachdem Ragnar Pagels ihn angerufen hatte. Da hatte er noch eine gebatikte Mütze auf.«

Baer überprüfte das Datum und die Uhrzeitanzeige. »Vielleicht hat er den Supermarkt schon vor zwanzig nach elf betreten. Die Personen, die hinausgehen, kann man schlechter erkennen.« Er wandte sich an Nikolai. »Zeigen Sie uns die Kamera vom Kassenbereich.«

Obwohl die Minuten auf dem Video schneller vergingen als normal, zog sich die Zeit sehr.

Das Funkgerät des Marktleiters rauschte auf, an der Käsetheke gab es offenbar einen Notfall. »Ich muss wieder an die Arbeit«, sagte er enttäuscht.

Kira hatte sich das ebenfalls anders vorgestellt. »Vielen Dank für die Mitarbeit.« Sie nickte auch Nikolai zu. »Wir werden die gespeicherten Aufnahmen mitnehmen und uns in Ruhe ansehen.«

* * *

Im Büro setzte sich Kira sofort an den Computer, um die Videos der Überwachungskamera zu analysieren.

Warum bloß war Hajo Rutkat nirgendwo zu sehen?

Ohne Vorwarnung öffnete sich die Tür und Gravenhorst kam erstaunlich leise herein. Obwohl Anzug und Frisur tadellos saßen, wirkte er ziemlich zerrupft.

Kira wollte wissen, wie die Pressekonferenz gelaufen war, aber als sie den Mund öffnen wollte, hob Gravenhorst abwehrend die Hand. »Bitte keine Fragen mehr. Was ich brauche, sind Antworten.« Er ging zielstrebig zur Kaffeemaschine und füllte seine Tasse mit tiefschwarzem Glück. »Die einzige Möglichkeit, diesen Spuk zu beenden, liegt darin, dass ihr den Fall löst.« Er verschwand wieder so lautlos, wie er gekommen war, und Kira fühlte sich, als hätte sie gerade selbst einen Spuk erlebt.

Sie starrte wieder auf den Bildschirm. Die Videos jeder einzelnen Überwachungskamera schaute sie sich immer wieder an. Bald erkannte sie jede Person in jedem Video wieder und wusste auswendig, wer was und wann in dem Verbrauchermarkt gemacht hatte.

Der Mann mit der Glatze hatte nur einen Lottoschein ausgefüllt. Die Frau mit dem Trolley war erst in den Supermarkt gegangen – Süßigkeiten, Backzutaten, Tchibo-Theke, Tiefkühltruhe, Weinregal, Kasse – und hatte sich danach einen

Blumenstrauß gekauft. Eine Frau mit glatten Haaren war beim Friseur gewesen und mit Dauerwelle hinausgekommen. Eine dunkelhaarige Frau war zum Geldautomaten gegangen. Zwei Eltern hatten ihre Kinder in den Gängen verloren, aber an der Informationstheke hatten sich alle wiedergefunden. Ein Mann hatte so viel Klopapier in seinen Einkaufswagen geladen, als stünde eine Pandemie bevor. Außerdem war sie Zeugin eines Ladendiebstahls geworden. Ein älterer Herr hatte sich erst nach links und rechts umgesehen und, als die Luft rein war, eine Kekspackung geöffnet, daraus gegessen und die Schachtel zurück in das Regal gestellt.

Kiras Nacken schmerzte und sie lehnte sich zurück. Ihre Augen waren ausgetrocknet, weil sie zu wenig geblinzelt hatte. Beim Blick auf die Armbanduhr erschrak sie. Es war viel später, als sie gedacht hatte.

Baer kam herein. »Haben Sie die Nadel im Heuhaufen gefunden, Jensen?«

Kira schüttelte den Kopf.

»Dann akzeptieren Sie das Ergebnis Ihrer Arbeit: Hajo Rutkat war nicht in diesem Supermarkt. Er war in irgendeinem anderen Combi oder der Eintrag bezieht sich auf die Woche davor.«

Kira wollte es nicht akzeptieren.

Gravenhorst kam wieder ins Büro und der intensive Duft seiner Hautcreme gegen Sorgenfalten verbreitete sich. »Dieser Fall treibt immer mehr Blüten. Offenbar wirkt der Zeitungsartikel wie ein Magnet für Spinner. Die Leute pilgern zum Upstalsboom und häufen Kerzen, Räucherstäbchen und Fotos auf. Wir haben dort jetzt zwei Polizisten postiert, aber das wird nicht ausreichen. Offenbar wird der Campingplatz am Großen Meer gerade von Ufologen und Esoterikern überschwemmt.«

Baer grinste. »Fragt ein Kind seinen Vater: ›Weißt du, was ein Vakuum ist?‹ Antwortet der Vater: ›Ich hab's im Kopf, aber komme nicht drauf.‹«

»Das ist nicht witzig, Tilmann! Ich habe auf der Pressekonferenz Haltung gezeigt, aber jetzt brauchen wir auch Ergebnisse! Also, wie sieht es aus?«

»Leider haben wir noch nichts Substanzielles«, antwortete Baer.

Gravenhorst fuchtelte mit den Händen. »Ihr guckt euch doch schon seit Stunden irgendwelche Videos an. Das hat doch mit den Ermittlungen zu tun, oder?«

»Wir dachten, wir hätten eine Spur, aber das hat sich als Irrtum erwiesen.«

»Viel mehr Irrtümer können wir uns nicht erlauben«, fauchte Gravenhorst. »Die Leute gewöhnen sich an solche Zusammenkünfte und ich will nicht, dass sich in Ostfriesland ein jährliches Festival für Hohlköpfe etabliert.« Er rauschte wieder ab.

Kira atmete tief durch.

»Geduld«, grummelte Baer, »so etwas braucht eben seine Zeit.«

Kira bemühte sich trotzdem um einen konstruktiven Ansatz. »Die Liste, die Hajo Rutkat verbrannt hat, war doch länger als der Schnipsel, den wir gefunden haben«, sagte sie. »Hajo Rutkat hatte am Mittwoch ein Notizbuch bei sich. Was hat er vor halb zwölf gemacht? Und an den Tagen davor?«

»Wie sollen wir das denn herausfinden?«

Kira trommelte auf die Schreibtischplatte. »Eigentlich geht es doch gar nicht um Hajo Rutkat. Eigentlich geht es um die Person, hinter der er her war.« Sie wandte sich erneut ihrem Computer zu. Welche andere Möglichkeit hatten sie denn? »Was für ein Auto fuhr Hajo Rutkat?«, fragte sie Baer.

»Einen weißen Kleintransporter«, antwortete er. »Sehr praktisch für solch ein Geschäft. Ich glaube, es war ein Citroën. Und auf der Motorhaube war das Bild einer Mühle.«

Kira ließ sich das Video der Kamera anzeigen, die die Ausfahrt vom Parkplatz zeigte. Sie filmte die Autos von oben und leider war die Bildqualität schlechter als bei den anderen Kameras. Man konnte die Automarken nicht erkennen, aber den Typ und die Farbe eines Wagens.

»Hier.« Kira hielt das Video an. »Das hier könnte Rutkats Transporter sein. Er ist weiß und auf der Motorhaube ist ein dunkler Fleck, der durchaus eine Mühle darstellen könnte.«

»Nehmen wir an, er ist es«, sagte Baer. »Warum ist er dann nicht in den Markt gegangen?«

»Vielleicht ist die Person, die er beobachtet hat, außerhalb des Marktes geblieben, in einem Bereich, in dem es keine Überwachungskamera gibt. Oder er ist im Auto sitzen geblieben und hat darauf gewartet, dass die Person wieder rauskommt.«

»Warum sollte er das tun?«

»Weil er weiß, was diese Person im Markt macht. Hajo Rutkat wartet draußen, bis sie wieder herauskommt, und fährt ihr hinterher.«

»Dann muss sich diese Person in einem Auto befinden, das vor ihm den Parkplatz verlassen hat«, folgerte Baer.

Kira spielte erneut das Video von der Ausfahrt ab. »Die Autos, die vor Hajo Rutkat den Parkplatz verlassen haben, sind ein heller Kleinwagen, ein dunkles Cabriolet, ein weißer Kombi und ein heller SUV. Leider kann man bei keinem dieser Autos erkennen, wer drinsitzt.«

»Außer beim Cabriolet.« Baer kniff die Augen zusammen. »Aber auch das wird schwierig. Man kann nicht mal sehen, ob es sich um eine Frau oder einen Mann handelt. Nur dass die Person helle Haare hat. Oder eine Glatze.«

»Oder es ist eine Frau, die eine Mütze oder ein Kopftuch trägt«, ergänzte Kira.

Das brachte sie allerdings auch nicht weiter. Sie hatten den ganzen Tag nichts herausgefunden. Kira war entmutigt und nicht nur ihr Hirn war müde.

Baer sah genauso erschöpft aus.

»Der Täter hat es geschafft, alle seine Spuren zu verwischen«, sagte Kira.

»Sagen Sie das nicht, Jensen.« Baer schaute sie ernst an. »Wissen Sie, was einen guten Ermittler wirklich auszeichnet?«

Kira schüttelte den Kopf.

»Dass er niemals den Glauben verliert, dass sich ein Fall lösen lässt.«

So wie Baer das sagte, klang es ein bisschen so, als ob er diesen Satz mal von jemand anderem gehört hatte und sich nun selbst daran erinnerte.

»Zeit, nach Hause zu gehen, Jensen. Morgen ist ein neuer Tag mit neuen Möglichkeiten.«

* * *

Kino gehörte zu den Dingen, die mehr Spaß machten, wenn man sie nicht alleine erlebte. Das Lichtspielhaus in Aurich war ein moderner Bau mit einer tollen Atmosphäre. Der Parkplatz war bis zur letzten Ecke gefüllt, genauso wie das Foyer. Eilika verspürte ein wohliges Großstadtgefühl. Sie hatte sich extra hübsch gemacht für den Abend und auch Sandra hatte ihren farbenfrohen Surferlook gegen ein enges Glitzerkleid getauscht.

»Du siehst toll aus«, sagte Eilika beeindruckt.

»Danke, gleichfalls. Wie war der Mädelsnachmittag?«

»Sehr schön. Meine Schuhe sind neu und ich bin immer noch satt von der Buttercremetorte.«

»Popcorn geht trotzdem rein«, prophezeite Sandra, »besonders mit Prosecco.«

Die Filmauswahl war limitiert, aber sie konnten sich trotzdem einigen. Die Beschreibung der Agentenkomödie bot zwar nichts Besonderes, aber zumindest einen Schauspieler, den beide mochten. Sie amüsierten sich prächtig, vor allem bei Szenen, die eigentlich nicht lustig waren, aber es gab zu wenig andere.

»Jetzt seid aber mal endlich ruhig, sonst hole ich den Filmvorführer!«, ermahnte ein Mann sie bitterernst, als wohnte er einem cineastischen Meisterwerk bei. Eilika und Sandra verkrümelten sich in eine andere Reihe, wo sie ungestört gackern konnten.

Sie lachten immer noch, als sie den Kinosaal verließen.

»Sieh mal, dort.« Sandra zeigte auf den Mann, der während des Filmes mit ihnen geschimpft hatte. »Er beschwert sich tatsächlich bei einem Kinoangestellten über uns.«

»Jetzt bekommen wir Hausverbot«, unkte Eilika.

»In meinem Hotel in der Dominikanischen Republik hatten wir mal einen Stammgast, der genauso pedantisch war«, erzählte Sandra. »Diese Frau hat dort jedes Jahr drei Monate verbracht, keine Ahnung, woher sie die Kohle hatte. Jedenfalls hat sie in dieser Zeit alle Angestellten verrückt gemacht. Sie kannte jeden mit Namen und hat sie auf jeden Fehler hingewiesen: wie die Uniform sitzen muss, wie man den Fisch besser kocht, welche Hygieneregeln am Büfett gelten oder wenn irgendein Gast Essen aus dem Restaurant mitgenommen hat. Sie war strenger als der Direktor und selbst der hat Reißaus genommen, sobald er sie gesehen hat. Und wenn sie mit den deutschsprachigen Reiseleitern gesprochen hat, wurde immer irgendwas kritisiert. ›Das geht so aber nicht‹, hat sie gesagt.« Sandra hob empört den Zeigefinger und Eilika lachte.

»Wollen wir noch irgendwo einen Cocktail trinken?«, fragte Sandra.

»Gerne. Direkt nebenan ist eine gemütliche Bar.«

Sie schlenderten den gepflasterten Weg entlang zu dem italienischen Restaurant, das abends in den Barbetrieb überging. Vor dem Eingang brannten Feuerschalen und wärmten die Raucher. Eine Klapptafel wies darauf hin, dass heute Abend Karaoke veranstaltet wurde.

»Vielleicht sollten wir doch woanders hingehen«, schlug Eilika vor.

»Nein, nein, Karaoke ist super«, entgegnete Sandra. »Ich war lange nicht mehr bei so was.«

Sie öffneten die Tür und bekamen sofort eine schiefe Version vom Titanic-Titellied um die Ohren geknallt. Die Gäste jubelten trotzdem und applaudierten der stolzen Sängerin.

»Schöne Stimmung«, sagte Sandra beeindruckt. »Findet man selten in Deutschland. In meinen Hotels haben in der Regel auch nur die Briten am Karaoke teilgenommen.«

Sie setzten sich an einen Tisch in der Ecke, von dem aus man das gesamte Lokal gut im Blick hatte. Es dauerte auch nicht lange, bis sie ihre Bestellung aufgeben konnten.

Ein Mann im Anzug trat ans Mikrofon. Er zog sein Jackett aus und alleine das brachte die Menge zum Grölen. Als er die Krawatte abnahm und sie sich um den Kopf wickelte, gab es Pfiffe, die noch mehr forderten. Der Mann öffnete den obersten Hemdknopf und klappte den Kragen hoch. Die Musik begann und er röhrte Bon Jovis »Livin' On A Prayer«, beim Refrain stimmten die meisten Gäste mit ein.

»Hast du auch schon mal bei so was mitgemacht?«, fragte Eilika.

»Ab und zu.« Sandras Augen leuchteten. »Früher habe ich eine Menge gemacht, was ich heute nicht mehr tue.«

»Was denn noch?«

Der Kellner brachte ihnen die Cocktails.

»Ich habe keine Liebesromane gelesen, sondern Mangas. War richtig verrückt danach.«

»Solch eine Phase hatte ich auch mal«, gab Eilika zu. »Irgendwo müssten sie noch in einer Kiste auf dem Dachboden stehen. Ich sollte sie mal wieder hervorkramen, um zu sehen, ob sie mich immer noch so packen.«

»Gute Idee. Sollte ich auch machen.« Sandra nippte an ihrem Getränk.

»Und du solltest wieder Karaoke singen«, forderte Eilika sie auf. »Heute ist die beste Gelegenheit dazu.«

»Nein, auf keinen Fall«, wehrte Sandra ab.

»Bitte!«, flehte Eilika. »Ich will hören, wie du singst!«

»Du willst nur sehen, wie ich mich zum Affen mache.«

»Das stimmt nicht! Du siehst doch, wie nett das Publikum ist. Hier macht sich niemand zum Affen.« Eilika glaubte kurz, dass Sandra das Naheliegende tun würde und nur unter der Bedingung einwilligte, dass auch sie selbst auf die Bühne gehen müsste, aber sie täuschte sich.

»Okay.« Sandra stand auf, ging zum DJ und meldete sich an.

Eilika konnte nicht fassen, dass sie das tatsächlich machte. Hoffentlich war das Publikum wirklich nett zu ihr! Aufgeregt schlürfte Eilika ihren kompletten Cocktail weg.

Die Frau vor Sandra gab Roxette mit »The Look« zum Besten. Für welches Lied hatte sich wohl Sandra entschieden?

Sie trat mit einer erstaunlichen Souveränität ans Mikrofon und die Gäste wurden unwillkürlich leise, so als wären sie in einem Konzertsaal. Eilika begriff, dass sie etwas Besonderem beiwohnte, und die Härchen an ihren Armen richteten sich auf.

Die ersten Akkorde erklangen und Eilika erkannte das Lied. Es handelte sich um »Ankerschmerz« von Maybrit Decker. Der Gesang setzte im richtigen Moment ein und erklang auch in der richtigen Höhe. Kein schiefer Ton, sondern glockenklar, gefühlvoll und intensiv. Sandra besaß eine perfekt ausgebildete Gesangsstimme! Eilika hatte jetzt richtig Gänsehaut.

Der Applaus war voller Respekt und Anerkennung und Sandra saugte ihn auf wie ein ausgetrockneter Schwamm. Ihre Augen glänzten feucht und es schien Eilika, als ob Sandra einen Schatz wiederentdeckt hatte, der tief in ihr verschüttet gewesen war. Eilika gönnte es ihr von ganzem Herzen.

Sandra kam glücklich zurück zum Tisch.

»Wow.« Eilika stierte sie immer noch bewundernd an. »Das war großartig! Noch besser als das Original.«

»Danke.« Sandra widmete sich ihrem Cocktail.

»Wo hast du gelernt, so wunderschön zu singen?«, fragte Eilika.

»Ich bin staatlich anerkannte Musicaldarstellerin«, antwortete Sandra, »das ist mein eigentlicher Beruf.«

Eilika hatte tausend Fragen, aber bevor sie eine davon stellen konnte, erzählte Sandra bereits von sich aus. »Ich hatte schon als Kind viel Spaß am Singen und meine Gesangslehrerin hat mir auch mein Talent bestätigt. Gegen den Willen meiner Eltern habe ich mich bei einer Musicalakademie in Hamburg beworben. Sie wollten immer, dass ich mir einen sicheren Job suche, und haben geglaubt, dass sie das dadurch erreichen, indem sie mir einreden, ich wäre nicht gut genug. Als ich die Musicalausbildung angefangen habe, kam es endgültig zum Bruch mit ihnen. Ich musste mir alles selbst finanzieren, aber ich war mir sicher, dass ich es schaffen kann.« Sandra nibbelte an der Orangenscheibe, die das Einzige war, was vom Cocktail übrig war. »Leider habe ich es nicht geschafft. Talent und Engagement ist das, was alle Schülerinnen dort auszeichnet. Ich war sehr gut, aber im Musicalbereich reicht es nicht aus, Nummer drei zu sein, dazu gibt es zu wenig Jobs. Das erzeugt schon während der Ausbildung einen ungeheuren Konkurrenzdruck, jeder ist gegen jeden und man freut sich offen, wenn sich jemand verletzt. Es war unmöglich, einen Freund zu finden, und um dünner zu bleiben als die anderen, kamen alte Ernährungsgewohnheiten zurück. Irgendwann hatte ich keine Freude mehr an dem Ganzen, so viel konnte mir eine kleine Nebenrolle nicht zurückgeben, selbst wenn ich dadurch auf der Bühne stehen würde. Da war nur noch das Gefühl bitterer Enttäuschung, weil ich alles versucht, mich über meine Grenzen hinaus angestrengt und verbogen hatte, aber es trotzdem nicht ausreichte. Und dazu kam noch die Erkenntnis, dass meine Eltern recht gehabt hatten.«

Eilika schluckte.

Sandra schaute durch sie hindurch. »In solch einer Situation muss man sein Leben radikal verändern. Ich habe mich vollkommen neu orientiert und bin Reiseleiterin geworden.« Sie lächelte erschöpft, so als ob ihr die Vergangenheit immer noch schwer auf dem Herzen lag.

Eilika bewunderte Sandra für ihren Mut und die Stärke, nach diesen Erfahrungen wieder aufgestanden zu sein. Trotzdem machte es sie traurig, dass eine Künstlerin, die gerade das ganze Lokal mit ihrem Gesang verzaubert hatte, den Durchbruch nicht geschafft hatte.

»Es ist okay, glaube ich.« Sandra zuckte mit den Schultern. »Die wenigsten Menschen können mit ihrer Leidenschaft Geld verdienen, das ist ein Privileg. Mir hat einfach das i-Tüpfelchen gefehlt, das es braucht. Und im Rückblick bezweifele ich auch, dass ich auf der großen Bühne glücklich gewesen wäre. Eigentlich habe ich niemals wirklich gewusst, was ich wollte. Ich habe immer nur gewusst, was ich nicht wollte.«

»Und was wolltest du nicht?«

»Ein Leben, in dem ich nicht frei bin. Als Reiseleiterin bin ich wenigstens wieder Herrin über mich selbst und kann wieder tun und essen, was ich will.«

Eilika empfand es als Privileg, mit Sandra zusammen zu sein. Dass sie jemanden getroffen hatte, mit dem sie auf einer Wellenlänge war, jemanden, bei dem auch nicht alles glattgelaufen war, aber die sich trotz allem noch ein schönes Leben aufgebaut hatte.

18. Hoffnung

Am Samstag erwachte Kira in schweißgetränkter Kleidung. Sie hatte nicht erholsam geschlafen und schlecht geträumt. Sie versuchte, sich an den Inhalt des Traumes zu erinnern, aber das Einzige, was ihr in den Sinn kam, waren stumme Schwarz-Weiß-Bilder von irgendwelchen geisterhaften Gestalten. Das waren offensichtlich noch die Nachwirkungen von ihrem exzessiven Studium der Überwachungskameravideos.

Bei der ersten Kaffeetasse und dem Biss in den Marmeladentoast drängte sich eine andere Erinnerung in den Vordergrund, diesmal in Farbe. Sie stammte von Mittwochabend, als sie das Mühlenrestaurant observiert hatte. Mit dieser Aktion verband sie nichts Gutes mehr, denn sie hatte den Mord an Hajo Rutkat nicht verhindert und dazu noch den Streit mit Baer herbeigeführt, deshalb wollte sie die Gedanken daran beiseiteschieben. Allerdings fanden sie immer wieder einen Weg zurück, so als gehörten sie zu diesem Frühstück. Eine Erinnerung hielt sich besonders hartnäckig. Es war der dunkelgrüne Porsche Cabriolet, der auf den Innenhof gefahren war. Eine dunkelhaarige Frau hatte darin gesessen und war in den Biergarten gegangen. Eine Stunde später war sie zurückgekommen, hatte wieder ihr Kopftuch umgebunden und war weggefahren. Könnte es etwa sein, dass …

Kira schlang den Rest des Frühstücks runter, schnappte sich ihre Sachen und fuhr aufgeregt ins Büro.

Natürlich saß Baer an seinem Schreibtisch, aber diesmal ignorierte sie ihn und setzte sich direkt vor ihren Computer. Sie schaute sich erneut die Kameraaufnahmen von den Autos an, die vor Hajo Rutkat herausfuhren. In dem Cabriolet saß eine einzelne Person mit hellen Haaren und Kira glaubte zu erkennen, dass es sich dabei um eine Frau handelte. Sie druckte das Bild aus und reichte es an Baer weiter. »Wenn Sie sagen müssten, um welches Automodell es sich dabei handelt, was würden Sie schätzen?«

Baer kniff die Augen zusammen. »Einen Porsche.«

Kira lächelte. »Ich glaube, ich habe das Auto mit dieser Frau am Mittwochabend im Mühlenrestaurant gesehen. Das wäre nur schwerlich ein Zufall, oder? Hajo Rutkat könnte sie beobachtet haben.«

Baer massierte sich nachdenklich das Kinn. »Dann sollten wir noch mal versuchen, mit Ragnar Pagels zu sprechen. Vielleicht weiß er, um wen es sich dabei handelt.«

»Oder …«, Kira drehte ihren Monitor zu Baer, »… wir holen uns diese Information woanders.« Sie spielte ein weiteres Überwachungsvideo ab. Es zeigte eine dunkelhaarige Frau im Eingangsbereich des Verbrauchermarktes.

Nun lächelte der Hauptkommissar ebenfalls. »Sie geht nicht einkaufen – sondern zum Geldautomaten.«

* * *

Eilika war mit einem leichten Kater erwacht, aber er verschwand schon zu Beginn ihrer Joggingrunde. Dafür begleitete sie das Lied, das Sandra gestern gesungen hatte.

Sie hatte sich wieder mit ihr in Neuharlingersiel verabredet. Zuerst zum Frühstück in demselben Restaurant wie gestern, falls Vanessa Verdandi in ihrem Lieblingscafé erscheinen würde. Eilika glaubte allerdings gar nicht mehr daran und freute sich schon auf den Tagesausflug nach Spiekeroog, den sie danach geplant hatten.

Sie konnte immer noch nicht fassen, dass sie Sandra kennengelernt hatte. Es war schön gewesen, wie sie gesagt hatte, dass das Wichtigste die Freiheit war. In den letzten Jahren war Eilika nicht mehr frei gewesen und hatte nur noch vorgetäuscht, glücklich zu sein. Auch als es mit dem Café längst schon bergab ging, hatte sie Fotos mit strahlendem Licht und breitem Lächeln auf Instagram gepostet. Auf einmal fühlte es sich gut an, dass diese Belastung weg war, und obwohl sie noch nicht genau wusste, wie ihre Zukunft aussehen würde, so hatte sie dennoch die Zuversicht, sich etwas aufbauen zu können.

Zu Hause drückte ihre Mutter sie heute besonders lange.

»Was ist los, Mama?«

»Nichts. Ich freue mich nur, dass du da bist. Und dass es dir besser geht als nach deiner Ankunft. Du bist schon viel entspannter.«

Eilika musste lächeln.

»Was hast du heute vor?«, fragte ihre Mutter.

»Ich fahre mit Sandra nach Spiekeroog.«

»Sehr schön.«

Eilika setzte sich neben ihre Großmutter und genoss das warme Lächeln der alten Frau. Sie schnitt sich gerade ein Mehrkornbrötchen auf, da hörte sie, wie ihr Smartphone im Flur klingelte. »Entschuldigt mich kurz.« Eilika stand auf, um zu sehen, ob es Sandra war, die sich meldete.

Es war allerdings nicht sie, sondern Onkel Stinus. »Moin, Stinus.«

»Moin, Eilika, gut, dass du rangehst.« Seine Stimme war aufgeregt. »Wie du weißt, öffne ich gleich meinen Laden, und du wirst nicht glauben, wer bereits draußen vor der Tür steht.«

Eilika musste nicht lange überlegen. »Wie bitte? Vanessa Verdandi?«

»Ja! Soweit ich es von hier aus sehen kann, hat sie wieder ein Gemälde dabei und noch irgendwas anderes. Mannomann, in dem Porsche würde ich gerne mal mitfahren.«

Wie war das möglich? Dann hatte Vanessa Verdandi offenbar doch keine Verbindung von ihrer Verfolgerin zu Stinus gezogen, wahrscheinlich war ihr der Peugeot erst kurz vor Neuharlingersiel aufgefallen. Jedenfalls war es großartig, eine zweite Chance zur Verfolgung zu bekommen. »Ich fahre sofort los, Stinus. Halt sie hin, solange es geht. Diesmal werde ich dich nicht enttäuschen.«

* * *

Der Geldautomat im Combi-Supermarkt gehörte der Volksbank Esens, die ihren Sitz am Marktplatz hatte. Kira und Baer ließen sich zum Büro des Filialleiters bringen.

Florian Kampnagel wirkte noch ziemlich jung für seine Position. Sein Haar war soldatisch kurz geschnitten, die Seidenkrawatte saß korrekt und das weiße Hemd hatte keine Falte. Die Armbanduhr hatte wahrscheinlich das Jahresgehalt seiner Putzfrau gekostet. Er war gewiss ein smarter Mensch, doch Kira glaubte nicht, dass er zu einem tieferen Gespräch in der Lage war als zu einer Diskussion der Börsenkurse. Alles in allem besaß er die Frische eines Aufbackbrötchens.

»Also?«, fragte Kampnagel. »Was kann ich für Sie tun?« Der Satz »Zeit ist Geld« lag unausgesprochen in der Luft.

»Wir ermitteln in einem Mordfall«, sagte Baer. »Wir vermuten, dass der Hauptverdächtige am Mittwoch gegen Mittag an Ihrem Geldautomaten im Combi-Markt Geld abgehoben hat, und brauchen deshalb Zugang zu den entsprechenden Daten.«

»Sie ›vermuten‹«, wiederholte Kampnagel Baers Formulierung in einer Tonlage, die klang, als wäre das Wort radioaktiv. »Der Datenschutz ist ein hohes Gut und Ihnen dürfte bekannt sein, dass wir solche personenbezogenen Daten nur in einem begründeten Bedarfsfall auswerten dürfen. Deshalb brauche ich mehr als eine ›Vermutung‹.«

Baer zog eine Mappe mit den wichtigsten Ausdrucken von Standbildern aus den Überwachungsvideos aus seiner Tasche. »Hier sieht man genau, wie die dunkelhaarige Frau um 11.28 Uhr vor dem Geldautomaten steht.«

Kampnagel sah wenig überzeugt aus. »Man sieht nur, wie eine dunkelhaarige Frau vor dem Geldautomaten steht, aber man kann nun wirklich nicht erkennen, um wen es sich dabei genau handelt.«

Baer konnte nicht glauben, was er da hörte. »Was wollen Sie denn noch von uns?«

»Ich brauche irgendetwas Offizielles, was ich abheften kann«, antwortete Kampnagel. »Am besten von einem Staatsanwalt unterschrieben.«

Baer war unglücklich mit dieser Antwort, aber er akzeptierte sie. Kira allerdings nicht. »Es geht hier auch um eine zeitliche Komponente«, sagte sie. »Wir sind dabei, den Sternzeichenmörder zu jagen.«

Kampnagel hatte den Ausdruck offenbar schon gehört, aber im Gegensatz zum Supermarktchef löste das keinen Enthusiasmus bei ihm aus. »Eile ist immer ein schlechter Ratgeber«, antwortete er.

Kira konnte verstehen, dass der Filialleiter es nicht auf die leichte Schulter nehmen wollte. Er musste sich seinen Vorgesetzten gegenüber verantworten und dazu musste er sich irgendwie absichern. »Natürlich können wir warten. Aber dieser Fall hat mittlerweile auch großes gesellschaftliches Interesse auf sich gezogen und ich bin mir sicher, dass Ihre Vorgesetzten es lieber sehen würden, wenn Ihre Bank positive Schlagzeilen schreibt, statt als Ermittlungsbremse dazustehen.«

Kampnagel schien ein wenig nervös zu werden. Nicht unbedingt, weil er bereit war, von seiner Position abzurücken, sondern weil er Widerworte bekam. Daran war er offensichtlich nicht gewöhnt.

»Hören Sie«, sagte Kira versöhnlicher, »alles, was wir wollen, ist, dass Sie sich schon einmal die Daten ansehen. Mittwoch gegen Mittag. Bitte überprüfen Sie, ob Ihnen bei diesen Transaktionen etwas Ungewöhnliches auffällt.«

Kampnagel schaute Kira mit zusammengekniffenen Augen an und sie legte ein warmes Lächeln auf, um ihm die Entscheidung zu erleichtern.

»Okay. Ich schaue mir die Transaktionen zu diesem Zeitpunkt an. Auch wenn ich nicht weiß, was man dort Seltsames entdecken sollte.« Kampnagel tippte etwas in seinen Computer ein und klickte mehrfach auf seiner Maus herum. Er seufzte, weil die Sache sich wohl doch als komplizierter erwies, als er zunächst gedacht hatte. Trotzdem hielt er durch, wahrscheinlich interessierte ihn auch selbst, ob an der Sache etwas dran war.

Kira wollte ihre Ungeduld nicht zeigen und tat so, als ob sie alle Zeit der Welt hatte. Baer dagegen wippte leicht mit dem rechten Bein.

»Da haben wir es.« Kampnagel schaute hoch konzentriert auf den Bildschirm. Zwischen 11.25 Uhr und 11.45 Uhr gab es zwei Transaktionen. Bei der ersten Bargeldabhebung ist nichts auffällig.«

Kira bereitete sich bereits auf eine Enttäuschung vor.

»Bei der zweiten Abhebung – hm, das ist zumindest bemerkenswert.« Kampnagel sprach mehr zu sich selbst als zu den

Ermittlern und beugte den Kopf dichter zum Bildschirm, um besser sehen zu können.

»Was ist los?«, fragte Baer.

Kampnagel ließ sich nicht vom gewissenhaften Studium des Bildschirminhalts abhalten. Erst als er sich wirklich sicher schien, wandte er sich an die Kommissare. »Die zweite Abhebung entspricht genau dem Höchstbetrag, den man in einer Woche am Automaten abheben darf. Das kann ja durchaus mal vorkommen. Das Problem ist allerdings, dass eine Frau das Geld abhebt, der Inhaber des Kontos ist jedoch ein Mann.«

»Was ist mit dem Mittwoch eine Woche vorher?«, fragte Kira aufgeregt. »Hat die Frau dort auch das Wochenlimit abgehoben?«

Kampnagel klickte ein paarmal auf die Maus, fluchte und tippte wieder etwas ein. »Ja«, bestätigte er endlich. »Eine Woche davor und davor die Woche ebenfalls. Beide Male ebenfalls gegen halb zwölf.«

»Auf jeden Fall liegt hier Kartenmissbrauch vor«, sagte Baer. »Entweder wurde die Geheimnummer illegalerweise weitergegeben oder die Karte wurde gestohlen. Wollen Sie diese Person anzeigen? Dann müssten Sie uns das belastende Material aushändigen.«

Kampnagel nickte. »In Ordnung, so können wir das machen.« Er schickte den Drucker an die Arbeit und reichte Baer zwei DIN-A4-Seiten. »Bitte klären Sie das auf, Herr Hauptkommissar.«

Kira strahlte innerlich, es fühlte sich an, als ob sie gerade einen großen Schritt weitergekommen waren.

»Der Kontoinhaber heißt Thomas Adelmann.« Baer blickte fragend zu Kira, ob ihr das vielleicht irgendwas sagte.

Tat es aber nicht. Kira starrte auf das Bild der dunkelhaarigen Frau, das die Sicherheitskamera des Geldautomaten aufgenommen hatte. Eine Frau im mittleren Alter, sie wirkte sehr gepflegt. Kira bildete sich ein, starke Entschlossenheit in den Augen zu erkennen. Das war also ihre Hauptverdächtige.

* * *

Eilika hatte sich das Auto ihrer Mutter geliehen, denn das kannte Vanessa Verdandi nicht. Der postgelbe VW Caddy machte zwar großflächig Werbung für das Hotel Seemöwe, aber dadurch war sie vielleicht sogar noch weniger verdächtig. Eilika stand am selben Platz, von dem aus sie schon am Mittwoch den Eingang des Trödelladens beobachtet hatte, und schaute durch ihr Fernglas. Der grüne Porsche Cabriolet parkte noch im Innenhof.

Sie roch ihren eigenen Schweiß, denn sie hatte natürlich aufs Duschen verzichtet und sich nur eine Jacke übergezogen. Hier im Auto war sie die Einzige, die sich daran störte. Eilika legte das Binokular beiseite und nahm ihr Smartphone in die Hand. Sie musste unbedingt Sandra Bescheid sagen, dass Verdandi wieder bei ihrem Onkel aufgetaucht war. Es war aufregend, aber zugleich ärgerlich, denn eigentlich würde sie den Tag gerne mit Sandra verbringen. Am idealsten wäre natürlich, wenn sie jetzt auch hier wäre.

Eilika suchte Sandras Telefonnummer und drückte die grüne Hörertaste, als sie ein Impuls erneut zum Fernglas greifen ließ. Vanessa Verdandi stieg gerade in den Porsche und fuhr los. Aufgeregt warf Eilika das Fernglas auf den Beifahrersitz und machte sich für ihre Mission bereit.

»Eilika? Bist du das?«, klang es aus ihrem Smartphone.

»Sandra!«, antwortete Eilika hastig. »Vanessa Verdandi war gerade im Geschäft meines Onkels! Ich fahre ihr jetzt hinterher.«

»Was? Das ist ja super.«

»Ja, nur schade, dass du nicht hier bist. Ich weiß nicht, wie lange es dauert, aber ich hoffe natürlich, dass wir uns noch sehen können.« Während Eilika redete, beobachtete sie genau, wo Verdandi langfuhr.

»Vielleicht fährt sie ja wieder nach Neuharlingersiel«, sagte Sandra hoffnungsvoll. »Dann kann ich zu dir stoßen.«

»Ich habe nach dem Joggen noch nicht geduscht«, gestand Eilika. »Und ich muss jetzt los. Ich werde dich auf dem Laufenden halten.«

»Alles klar. Viel Glück!«

19. Konfrontation

Laut Melderegister war Thomas Adelmann fünfundsechzig Jahre alt, nie verheiratet gewesen und wohnte in Westeraccum. Kira war gespannt, in welchem Verhältnis er zu der dunkelhaarigen Frau stand. War sie mit ihm zusammen? Das wäre die naheliegendste Erklärung, wie sie an seine Kontokarte inklusive Geheimzahl gekommen war.

Adelmanns Haus befand sich am Ortsrand auf einem großen Grundstück. Es war ein eindrückliches, älteres Gutshaus, das von einem schmiedeeisernen Zaun umgeben war. Direkt daneben war eine Pferdekoppel, die zu einem Reiterhof gehörte.

Baer parkte am Straßenrand neben einer Reihe von alten Bäumen. Kira konnte auf ihrer Seite die Tür nicht richtig öffnen und musste sich herausquetschen.

»Nun kommen Sie schon«, beschwerte sich Baer, als ob es ihre eigene Schuld war.

Die Pferde standen bestimmt hundert Meter entfernt, trotzdem hatte Kira den Eindruck, dass sie aufmerksam zu den Polizisten herüberschauten und sich sehr dafür interessierten, was sie vorhatten. Besonders das bernsteinfarbene Tier machte Eindruck auf Kira.

Sie gingen zum Hauseingang.

»Ziemlich groß für eine Person«, sagte Kira.

»An den Platz gewöhnt man sich.« Baer drückte den Klingelknopf.

Nichts passierte.

Kira klingelte.

Wieder gab es keine Reaktion. Nichts am Haus deutete darauf hin, dass jemand da war.

»Der Carport ist leer«, stellte Baer fest.

»Was für ein Auto fährt Adelmann denn?«, fragte Kira.

Baer rief in der Zentrale an und erkundigte sich. »Danke.« Er legte auf.

»Und?«

»Dreimal dürfen Sie raten.«

»Einen Porsche Cabriolet, dunkelgrün.«

»Richtig«, antwortete Baer, als hätte es gar keine andere Möglichkeit gegeben.

»Was machen wir nun?«

»Wir müssen mehr über Adelmann in Erfahrung bringen und herausfinden, in welchem Zusammenhang er zu diesem Fall steht«, sagte Kira. »Westeraccum gehört zu Dornum. Vielleicht hat Joost Bookmeyer deshalb im Burghotel übernachtet, weil er vorhatte, Thomas Adelmann zu besuchen.«

»Gute Idee«, sagte Baer. »Wir brauchen aber eine echte Bestätigung dafür, dass die beiden sich kennen.«

»Die könnten wir vielleicht von Marlies Bookmeyer oder Ragnar Pagels bekommen.« Kira suchte die Telefonnummer von Marlies Bookmeyer in ihrem Smartphone und rief sie an.

Nach drei Freizeichen meldete sich der Anrufbeantworter. Kira wartete ungeduldig auf den Piepton. »Moin, Frau Bookmeyer, hier ist Kira Jensen, Kriminalpolizei Aurich. Bitte rufen Sie uns so schnell wie möglich zurück, wir müssen Sie dringend etwas fragen. Vielen Dank.« Sie legte auf.

»Also bleibt uns noch Ragnar Pagels.« Baer schien nicht besonders begeistert davon, ins Revier zurückzufahren.

»Wenn wir schon mal hier sind, können wir auch erst die Nachbarn befragen, vielleicht wissen die etwas über Thomas Adelmann.«

Baer schaute sich um. »Welche Nachbarn?«

»Die Leute vom Reiterhof.«

»Gut, probieren wir das.« Sie schlenderten an ihrem Auto vorbei zum Nachbargrundstück. Das bernsteinfarbene Pferd galoppierte los, so als wollte es Kira begrüßen, und sie freute sich sehr über die Aufmerksamkeit des Tieres.

»Das Pferd könnte uns bestimmt etwas erzählen«, mutmaßte Baer. »Leider können wir es nicht verstehen.«

Kira streichelte sanft den Hals des Pferdes. Es tat gut, den warmen Atem zu spüren und seinen Duft einzuatmen. Es war eine schöne Begegnung, mit der sie niemals gerechnet hätte.

Das Knallen von Hufen drang zu ihr und Kira drehte sich um. Eine junge Frau in Reiterkleidung führte ein gesatteltes Friesenpferd aus dem Stall. »Moin. Kann ich Ihnen weiterhelfen?«

»Wir sind von der Kriminalpolizei.« Baer zeigte ihr seinen Ausweis. »Wir möchten eigentlich zu Herrn Adelmann, aber er ist nicht zu Hause. Wissen Sie zufällig, wo wir ihn finden können?«

»Nein. Ich habe ihn lange nicht mehr gesehen. Er lebt sehr zurückgezogen. Aber wenn man ihn mal trifft, ist er stets sehr freundlich und nett.«

»Wo haben Sie ihn denn das letzte Mal getroffen?«

Die Frau überlegte. »Beim Ritterfest in Dornum. Das ist ein großes Mittelalterspektakel, da sieht man alle Nachbarn.«

»Das ist nun auch schon einen Monat her«, sagte Baer. »Seitdem haben Sie nichts mehr von Adelmann mitbekommen?«

»Nun, seinen Porsche sieht man immer mal wieder. Gerade bei gutem Wetter ist er damit viel unterwegs.«

* * *

Der grüne Porsche befand sich etwa drei Autolängen vor ihr, Vanessa Verdandis Kopftuch flatterte im Wind. Sie fuhr denselben Weg wie vor drei Tagen. Alles fühlte sich genauso an wie am Mittwoch. Der einzige Unterschied bestand darin, dass Eilika diesmal keine Angst hatte, dass ihr eigenes Auto auseinanderfallen würde, auch wenn der Caddy einige wenig vertrauenerweckende Geräusche von sich gab. Links lag der Deich, rechts die Felder, vor ihnen der weite blaue Himmel.

Es wäre großartig, wenn Verdandi nach Neuharlingersiel fahren würde und sie dort Sandra treffen könnte. Das hier war ein Abenteuer, von dem Sandra längst ein Teil war. Je länger sie sich auf der Küstenstraße befanden, desto mehr wuchs Eilikas Zuversicht, dass es wirklich so sein würde. Sie wollte schon nach dem Handy greifen und Sandra anrufen, da sah sie, wie der Porsche plötzlich nach rechts abbog. Eilika beschleunigte, um dichter heranzukommen. Wo wollte Verdandi hin? Hoffentlich fuhr sie diesmal wirklich zu sich nach Hause!

Die Straße führte nach Dornum. Verdandi fuhr durch den Ort hindurch, am Wasserschloss vorbei nach Westeraccum. Auch hier blieb sie auf der Hauptstraße, doch an der Kreuzung in Richtung Westeraccumersiel bog Verdandi ab. Der Porsche ließ noch mal kurz den Motor aufheulen, dann wurde er langsamer, blinkte rechts und hielt vor einer Grundstückseinfahrt. Eilikas Herz puckerte. Sie zwang sich, ihre Geschwindigkeit gleichmäßig zu halten und so zu tun, als ob das ihre ganz normale Strecke war, sie wollte auf keinen Fall Verdacht erregen. Beim Vorbeifahren erhaschte sie einen genaueren Blick auf das eindrückliche Landhaus, das von einem schmiedeeisernen

Zaun umgeben war, dessen Einfahrtstor gerade zur Seite rollte. Daneben befand sich eine Pferdeweide und unter einer Reihe von Bäumen parkte ein schwarzer SUV.

* * *

Kira und Baer kamen gerade vom Reiterhof, als sie die Motorengeräusche hörten. War das wirklich möglich? Kira blickte ihren Vorgesetzten fassungslos an.

»Der Porsche steht vor der Einfahrt«, sagte Baer. »Kommen Sie, Jensen!« Er beschleunigte seine Schritte und Kira folgte ihm.

Ein gelbes Auto fuhr an ihnen vorbei, dann war die Straße frei. Trotz der Entfernung fühlte es sich an, als ob sie der schwarzhaarigen Frau direkt in die Augen schauten und sie sich wie zwei duellierende Gegner gegenüberstanden. Es war, als ob ein Countdown gestartet worden war und die entscheidenden Sekunden angebrochen waren.

Baer zog seine Dienstwaffe und begann zu rennen, Kira tat es ihm gleich. »Polizei! Stehen bleiben!«

Der Porsche röhrte auf und setzte zurück. Baer blieb auf der Straße stehen und zielte auf die Fahrerin, doch selbst wenn er sie erschießen würde – das Fahrzeug würde ihn treffen. Kira riss Baer beiseite und der Luftzug des beschleunigenden Sportwagens peitschte in ihre Gesichter.

»Hinterher!«, brüllte Kira.

Baer sprang auf und entriegelte die Türen seines Tiguan. Kira drückte sich schlangenhaft durch den engen Türspalt auf den Beifahrersitz und Baer stieg so stark aufs Gaspedal, dass die Reifen durchdrehten.

* * *

Eilika hielt gerade in der Einfahrt zum Reiterhof, als Vanessa Verdandi hinter ihr langbretterte, der Fahrtwind brachte den Kleintransporter ins Schwanken und kurz darauf raste der schwarze SUV hinterher.

Was war geschehen? Wieso wurde Vanessa Verdandi verfolgt? Erst jetzt hallte das Wort »Polizei« in ihr nach, das jemand geschrien hatte.

Eilika musste sich erst mal wieder beruhigen, um einen klaren Gedanken fassen zu können. Sie stieg aus und ging ein paar Schritte. Schließlich wurde ihr klar, dass es gut war, was sie gerade erlebt hatte. Vanessa Verdandi wurde offensichtlich von der Polizei gesucht und das war genau die Art von Information, die Stinus brauchte. Das musste ihn zu der klaren Entscheidung bringen, keine weiteren Geschäfte mit dieser Frau zu machen.

Eilika lächelte. Sie hatte diese Mission erfolgreich abgeschlossen! Sie wusste jetzt nicht nur, dass man Vanessa Verdandi nicht vertrauen durfte, sondern sie hatte auch herausgefunden, wo sie wohnte. Und an ihrem Klingelschild würde wahrscheinlich auch ihr richtiger Name stehen.

Stinus würde große Augen machen, wenn er das alles erfuhr. Aber Eilika freute sich noch mehr darauf, Sandra davon zu erzählen.

* * *

Glücklicherweise befanden sie sich auf dem flachen Land und nicht in einer Großstadt, so holten sie zwar nicht auf, konnten aber erkennen, wo der Porsche entlangfuhr.

Kira bediente das Funkgerät. »An alle Einheiten: flüchtiger Porsche Cabriolet bei Dornumersiel. Fahrerin ist Hauptverdächtige im Fall Sternzeichenmorde.«

»Verstanden«, rauschte es zurück, »wir sind auf dem Weg.« Kira meinte, dass es sich dabei um Jan Haselbachs Stimme gehandelt hatte.

»Danke«, murmelte Baer. »Fürs Von-der-Straße-Ziehen, meine ich. Sie haben mir das Leben gerettet.«

Kira lächelte. »Dafür sind Teampartner da.«

Der Porsche bog auf die Küstenstraße ab und sie folgten ihm.

Das Funkgerät rauschte auf. »Ich sehe euch«, sagte Haselbach, »ich fahre direkt auf euch zu.«

Kira sah in der Ferne eine Sirene leuchten. Es gab allerdings noch eine Querstraße und der Porsche bog rechts ab. Baer und Haselbach nahmen die enge Kurve gleichzeitig, ihre Stoßstangen berührten sich fast.

Der Sportwagen entfernte sich weiter, dennoch war Baer zuversichtlich. »Das Netz zieht sich zu, sie kann uns nicht entkommen.«

Zwei weitere Streifenwagen funkten, dass sie sich in der Nähe befanden und jederzeit die Straße blockieren konnten.

»Achtung!« Kira zeigte nach vorne.

Der Porsche bremste scharf, fuhr auf einen Bauernhof und hielt neben der Scheune. Baer hielt daneben, dicht gefolgt von Haselbachs Polizeiauto. Die Polizisten stiegen aus und zogen ihre Pistolen.

»Sie ist in die Scheune gerannt!«, rief Kira.

»Du läufst nach hinten, Jan!«, wies Baer Haselbach an, »wir kommen von vorne.« Vorsichtig näherten sie sich dem Eingang der Scheune.

Es war ein altes Gebäude, der ganze Hof wirkte so, als ob er nicht mehr bewirtschaftet wurde. Auf dem Betonboden lag eine Menge Sand und in der Scheune stapelte sich Gerümpel. Man konnte allerdings nicht weit hineinsehen, denn das Tageslicht beleuchtete nur den Eingangsbereich.

»Sie sitzen in der Falle!« Baers Stimme hallte zurück. »Kommen Sie mit erhobenen Armen heraus!«

Je weiter sie sich nach vorne bewegten, desto mehr konnten sie erkennen. Im Schatten stand ein Sportmotorrad und die Person darauf trug einen Helm mit Wikingerhörnern. Der Motor wurde gestartet, und bevor Kira oder Baer irgendwas tun konnten, knatterte die Maschine davon.

20. Erleuchtung

Eilika wollte endlich aus ihren Joggingklamotten raus, aber der Wunsch, ihrem Onkel Bericht zu erstatten, überwog. Sie betrat den Trödelladen und fand Stinus in seinem Büro. Eigentlich hatte sie ihm schon alles am Telefon erzählt, aber sie wollte ihm noch die Fotos zeigen, die sie geschossen hatte.

»Das hier ist das Landhaus.« Sie wischte auf dem Smartphone nach rechts. »Und das hier ist das Klingelschild mit ihrem richtigen Namen. ›T. Adelmann‹. Wofür steht wohl das ›T‹?«

Stinus zuckte mit den Schultern. Er war offensichtlich enttäuscht und hatte keine Lust auf Ratespiele. Wahrscheinlich war er wirklich ein bisschen verliebt in diese Frau und wollte sich noch nicht von der Vorstellung trennen, neben ihr im Porsche zu sitzen.

Eilika überlegte trotzdem. »Tanja? Theresa? Allzu viele weibliche Vornamen mit diesem Buchstaben gibt es nicht.«

»In Ostfriesland schon«, widersprach Stinus. »Tomke, Theda, Talea.« Er seufzte. »Ist aber letztlich auch egal. Wichtig ist, dass dir nichts passiert ist. Wenn diese Frau von der Polizei gesucht wird, ist mit ihr nicht zu spaßen. Ich hätte dich niemals bitten sollen, ihr zu folgen.«

»Sag das nicht. Es hat mir wirklich Freude gemacht. Und wenn ich Vanessa Verdandi nicht gefolgt wäre, hätte ich niemals Sandra kennengelernt.«

»Wer ist Sandra?«

Eilika zögerte. Sollte sie es tatsächlich aussprechen? »Eine neue Freundin.«

Stinus lächelte.

»Hier hast du dein Fernglas zurück.« Eilika reichte ihm den Lederköcher, aber er wehrte ab.

»Lass gut sein, davon habe ich genug.«

Eilika sah ihn mitleidig an. »Tut mir leid, dass da nichts für dich rausgekommen ist.«

»Ach, ich bin froh, dass das Ergebnis so eindeutig ist.«

»Gehst du jetzt zur Polizei?«

»Warum denn? Wenn sie bereits gesucht wird, werde ich denen nichts erzählen können, was sie nicht schon wissen.« Er setzte eine betont heitere Miene auf. »Was machst du jetzt?«

»Mama das Auto zurückgeben und duschen. Und danach treffe ich mich mit Sandra.«

»Genieß deinen Tag, das hast du dir verdient.«

* * *

Im Revier erwartete sie bereits Ralf Gravenhorst.

»Und?«, fragte der Dienststellenleiter aufgeregt.

»Sie ist uns leider entkommen«, antwortete Baer. »Auf dem Motorrad konnte sie andere Wege nehmen als wir.« Der Hauptkommissar klang trotzdem alles andere als entmutigt. »Wenigstens wissen wir jetzt, nach wem wir suchen.« Baer zeigte ihm das Foto, das die Kamera im Geldautomaten geschossen hatte.

Gravenhorst schaute es sich so fasziniert an, als hätte er das fehlende Bild einer Fußballaufkleber-Sammelserie bekommen. »Was wissen wir über sie?«

»Noch nichts.« Kira konzentrierte sich ebenfalls auf das Positive. »Und mit Thomas Adelmann haben wir einen weiteren Ermittlungsansatz. Das Bild vervollständigt sich.«

»Sehr gut. Kann ich irgendwas tun?«

Baer nickte. »Wir brauchen einen Durchsuchungsbeschluss für Thomas Adelmanns Haus.«

»Das werde ich in die Wege leiten«, sagte Gravenhorst. »Dazu muss ich allerdings genau wissen, in welchem Zusammenhang er zu den Morden steht.«

»Die Hauptverdächtige fährt sein Auto und hat Zugang zu seinem Haus. Ist das nicht genug?«

»Ich fürchte nicht. Bisher reicht die Faktenlage nur aus, um Adelmanns Konto zu sperren. Was genau werfen wir ihm denn vor? Welche Verbindung gibt es zwischen ihm und einem der Opfer?«

»Wir sind gerade dabei, das herauszufinden.«

Die Kommissare gingen in ihr Büro, um sich mit Kaffee zu stärken. Für die Vernehmung von Ragnar Pagels brauchten sie möglichst gute Nerven.

Der Weg zu den Arrestzellen weckte gemischte Erinnerungen bei Kira. Wenn eine Zelle besetzt war, standen die Schuhe des Insassen davor, damit er nicht versehentlich vergessen wurde. Ragnar Pagels saß in derselben, die sie von innen kennengelernt hatte. Baer schloss die schwere Metalltür auf, Ragnar stand bereits am Eisengitter und umschloss die Stangen. Seine Augen lechzten nach Neuigkeiten. Er strahlte immer noch unbändige Energie aus, trotzdem hatte Kira den Eindruck, dass ihm die Gefangenschaft zugesetzt hatte. Hoffentlich machte ihn das gesprächiger.

»War die Pizza in Ordnung?«, fragte Baer.

»Scheiß auf die Pizza.« Ragnar spuckte wieder auf den Boden, zumindest das hatte Kira nicht anders erwartet.

Baer zeigte ihm einen Ausdruck des Fotos, das die Geldautomaten-Überwachungskamera von der schwarzhaarigen Frau aufgenommen hatte. Dabei beobachtete er genau Ragnars Reaktion. »Kennen Sie diese Frau?«

»Vielleicht. Vielleicht auch nicht.« Er grinste provokativ.

Baer steckte das Bild wieder ein. »Sagt Ihnen der Name ›Thomas Adelmann‹ etwas?«

Eine kurze Bestätigung huschte über Ragnars Gesicht, auch wenn er versuchte, regungslos zu bleiben.

»Gehört er zu den Erleuchteten?«, bohrte Baer. »Unterstützt er die Aldebaraner?«

»Vielleicht. Vielleicht auch nicht.«

Wenn das seine Standardantwort war, dann besaß er wahrscheinlich keinen Schulabschluss.

»Erzählen Sie uns von Thomas Adelmann«, versuchte Baer erneut sein Glück. »Woher kennen Sie ihn?«

Ragnar grinste überheblich. »Ich sage euch gar nichts. Ihr dient einem Land, das gar nicht wirklich existiert! Ihr seid Knechte eines Systems, das untergehen wird.«

Diesmal hatte Kira Kopfschmerztabletten für Baer eingesteckt. Aber sein Blutdruck blieb seltsamerweise im Normalbereich.

»Sparen Sie sich Ihre Parolen«, sagte der Hauptkommissar ruhig. Baer schaute Ragnar eine Weile tief in die Augen und der Hilfskoch wurde zunehmend unsicherer. Schließlich trat Baer einen Schritt zurück. »Ich glaube, Sie sind nur ein Angeber. Sie blasen sich nur auf. In Wahrheit wissen Sie gar nichts.« Er steckte den Schlüssel in die Zellentür und zog das Gitter auf. »Sie sind nicht mehr interessant für uns. Gehen Sie zurück in die Bedeutungslosigkeit.«

Ragnar schluckte. Damit hatte er offensichtlich nicht gerechnet.

»Na los, verschwinden Sie. Wir haben Sinnvolleres zu tun.«

Ragnar zögerte irritiert. Wahrscheinlich fragte er sich gerade, ob er nach dem Verlust seines Märtyrerstatus noch Hoffnung auf einen Job als Flugscheibenpilot haben durfte.

Baer und Kira wandten sich ab, um den Raum zu verlassen.

»Warten Sie!«

Die Ermittler blieben stehen.

»Die Frau kenne ich nicht. Aber Thomas Adelmann.«

Baer und Kira drehten sich wieder um.

Ragnar seufzte. »Er ist einer unserer Stammgäste. Normalerweise kam er mindestens einmal die Woche, Hajo hat sich immer gut mit ihm verstanden.«

»Er ›kam‹?«

»Seit ungefähr einem Monat ist er trotz des guten Wetters nicht mehr da gewesen. Hajo hat das ziemlich persönlich genommen und sich Sorgen deswegen gemacht. In den letzten Wochen war Hajo sehr angespannt. Irgendwas hat ihn beunruhigt.«

»Sie wissen aber nicht, was?«

»Er hat mir nichts gesagt.« Ragnar klang enttäuscht, offenbar hatte er das Verhältnis zu seinem Chef als vertrauensvoller eingeschätzt. »Stattdessen hat er mit diesem Journalisten geredet.«

»Kannte Thomas Adelmann auch Joost Bookmeyer?«, fragte Baer.

»Ja«, bestätigte Ragnar. »Letztes Jahr waren sie häufig zusammen im Mühlenrestaurant essen. Die Tante des Journalisten war auch dabei. Thomas Adelmann und Marlies Bookmeyer haben sich gut verstanden.«

»Vielen Dank«, sagte Baer. »Annette Fuchs wird sich freuen, Sie zurückzuhaben.«

Die Kommissare gingen wieder in ihr Büro. Kira war immer noch beeindruckt von Baers neuer Verhörtaktik gegenüber Ragnar Pagels. Im Nachhinein ergab es Sinn, dass er ihn so behandelt hatte, als ob er unwichtig war. Das hatten sie allerdings bei ihrer ersten Vernehmung noch nicht wissen können, erst jetzt, wo die schwarzhaarige Frau ganz oben auf der Fahndungsliste stand, konnte Ragnar vernachlässigt werden.

Baer lehnte sich auf seinem ächzenden Bürostuhl zurück. »Jetzt brauchen wir nur noch die Bestätigung von Ragnar Pagels Angaben durch Marlies Bookmeyer.«

Wie auf Bestellung klingelte sein Telefon. »Hauptkommissar Tilmann Baer? Hier spricht Marlies Bookmeyer, ich sollte Sie so schnell wie möglich zurückrufen.«

»Vielen Dank.« Baer stellte auf Lautsprecher, sodass Kira besser zuhören konnte. »Wir wollten Sie fragen, ob Ihnen der Name ›Thomas Adelmann‹ etwas sagt.«

Marlies Bookmeyer seufzte. »Ja, ich kenne Thomas. Was ist mit ihm?«

»Wie genau ist Ihr Verhältnis zu ihm? Wann haben Sie ihn das letzte Mal gesehen?«

»Ich kannte ihn schon, als mein Mann Wolfgang noch lebte, und er war mir nach Wolfgangs Tod eine Stütze. Wir sind öfter essen gegangen, auch zu Konzerten und anderen Veranstaltungen, durch ihn habe ich auch das Mühlenrestaurant kennengelernt.« Marlies Bookmeyer zögerte einen Augenblick, redete dann aber doch weiter. »Es war nett, mit Thomas Sachen zu unternehmen, aber mehr auch nicht. Doch dann hat er mir gesagt, dass ich für ihn mehr sei als nur eine gute Freundin. Ich habe seine Avancen abgewehrt, denn ich denke immer noch an meinen Wolfgang. Seitdem meide ich auch das Mühlenrestaurant, denn es wäre mir unangenehm, dort auf Thomas zu treffen. Er war dort zum Schluss immer öfter und hat sich immer besser mit Hajo Rutkat verstanden.«

Baer schaute zu Kira. Bisher passte alles zur Aussage von Ragnar Pagels.

»Und Ihr Neffe Joost kannte Thomas Adelmann ebenfalls?«, fragte Baer.

»Ja. Wir waren häufig zusammen im Mühlenrestaurant, als Joost noch bei den ›Ostfriesischen Nachrichten‹ gearbeitet hat.«

»Danke, Frau Bookmeyer. Wir sind bei unseren Ermittlungen außerdem auf eine Frau mit langen dunklen Haaren gestoßen. Sagt Ihnen diese Beschreibung etwas? Haben Sie solch eine Person schon einmal im Umkreis von Thomas Adelmann gesehen?«

»Hm, spontan fällt mir dazu nichts ein. Aber ich weiß natürlich nicht, mit wem sich Thomas getröstet hat, nachdem ich ihn habe abblitzen lassen.«

»In Ordnung. Falls Ihnen dazu doch noch etwas einfällt, melden Sie sich bitte wieder. Vielen Dank noch einmal für Ihre Auskunft.«

Marlies Bookmeyer atmete tief ein, so als ob sie um ihre Fassung kämpfte. »Bitte finden Sie Joosts Mörder.« Sie legte auf.

Kira schaute Baer ernst an. »Was bedeutet das jetzt? Mittlerweile dürften die Fakten ausreichen, um eine Theorie aufzustellen, oder?«

Baer nickte. »Für mich sieht es so aus, als hätte sich Hajo Rutkat Sorgen um Thomas Adelmann gemacht. Anscheinend hat er öfter die dunkelhaarige Frau in Adelmanns Porsche gesehen, aber nicht mehr Adelmann selbst. Weil er der Polizei nicht vertraute, hat er sich an Joost Bookmeyer gewandt und ihn darum gebeten, sich die Sache anzuschauen. Wahrscheinlich hat er sich mit der dunkelhaarigen Frau getroffen und sie nach Adelmann gefragt. Sie hat ihn ermordet, und als sie herausfand, dass er seine Informationen von Hajo Rutkat hatte, musste auch er sterben.«

Kira fühlte einen dicken Kloß im Hals. »Bleibt die große Frage, was mit Thomas Adelmann passiert ist.«

»Das werden wir herausfinden, wenn wir uns in seinem Haus umsehen. Hoffentlich müssen wir nicht allzu lange auf den Durchsuchungsbeschluss warten.« Baer wandte sich dem Schrank mit seinem Haferflockenvorrat zu. »Bis dahin machen wir Mittagspause.«

21. ALUHÜTE

Kira und Baer fuhren nach Westeraccum, der Van mit den Kriminaltechnikern folgte ihnen. Bei der Baumreihe parkte bereits ein Streifenwagen, denn Jan Haselbach hatte das Grundstück in der Zwischenzeit im Auge behalten. Kira freute sich, ihn zu sehen. Außerdem war da ein Mann vom Schlüsseldienst. Er saß in seinem Auto und hörte Radio, die Fahrertür war geöffnet. Die Pferde standen am Zaun und beobachteten aufmerksam das Geschehen.

Bei den Kriminaltechnikern war auch Laura Becker. Sie grüßte Kira kurz und ging dann zu Jan Haselbach. So herzlich, wie sie miteinander klönten, kannten sie sich offenbar. Kira merkte, dass sie das störte, und über diesen Umstand ärgerte sie sich noch mehr.

Der Türöffnungsexperte stellte das Radio aus, nahm seinen Werkzeugkoffer und stieg aus dem Auto. Baer zeigte ihm den Durchsuchungsbeschluss, den sich dieser nur halbherzig anschaute. »Gehen wir an die Arbeit.«

Die Eingangspforte stellte für den Spezialisten kein Problem dar, bei der Haustür musste er sich mehr anstrengen. Trotz Gemaule hatte er offenbar seinen Spaß an der Herausforderung. Kira versuchte sich währenddessen darauf einzustellen, was sie drinnen erwarten würde.

»Bitte sehr.« Die Tür schwang auf und der Mann trat zur Seite.

Baer und Kira gingen hinein. Im Eingangsbereich war nichts Auffälliges, außer dem Staub, der in der Luft hing, so als hätte hier lange niemand mehr geputzt. Eine Treppe mit einem alten, schönen Holzgeländer führte ins Obergeschoss, doch die Kommissare gingen zunächst daran vorbei in den Salon.

Was immer Kira erwartet hatte, das war es auf jeden Fall nicht. In dem hohen Saal hing ein großes Banner über dem Marmorkamin, auf das das Aldebaran-Symbol gemalt war. Außerdem stand da ein Tisch mit einem thronähnlichen Stuhl am Kopfende. Insgesamt war für sieben Personen gedeckt.

»Was ist das?«, fragte Kira erstaunt. »Gibt es etwa wirklich einen Freundeskreis der Aldebaraner?«

* * *

Eilika traf Sandra am Großen Meer. Dabei handelte es sich um den größten Binnensee in Ostfriesland, an dessen angrenzenden Kanälen sich Wochenendhäuschen wie Perlen an einer Schnur aneinanderreihten. Außerdem gab es in dem Erholungsgebiet einen Campingplatz, der in diesen Tagen zum Zentrum derjenigen geworden war, die wegen des Sternzeichensymbols zum Upstalsboom pilgerten. Eilika war hier ein paarmal als Jugendliche gewesen, doch jetzt erkannte sie den Ort kaum wieder.

Es war ein seltsamer Jahrmarkt mit Elementen von Woodstock und einem alten Wanderzirkus. Ein Didgeridoospieler verzückte seine bekifften Fans, daneben übte sich jemand im Jonglieren. Einige trugen Uniformen von Raumschiff Enterprise, andere Steampunk-Accessoires und ein fantasievoll mittelalterlich gekleidetes Pärchen schob einen Kinderwagen mit Baby-Yoda vor sich her.

Außerdem gab es einige Händler. Man konnte Regenschirme kaufen, die man im Norden immer brauchte, aber auch allen möglichen esoterischen Firlefanz. An einem Gestell baumelten unterschiedliche Ufo-Modelle wie an einem Weihnachtsbaum. Es gab sogar original Plastik-Ufos, in denen McDonald's in den Achtzigerjahren seine Kindermenüs verkauft hatte. Ein findiger Unternehmer druckte das Symbol, das der Sternzeichenmörder benutzt hatte, auf T-Shirts, Baseballkappen und Umhängetaschen.

»Fehlt nur noch, dass man es sich auf die nackte Brust tätowieren kann«, sagte Eilika. Zwei Stände weiter gab es tatsächlich einen Tisch mit Tattoovorlagen und einem Sonderangebot für das Symbol. Jemand drückte ihnen Werbeflyer für ein Zeitreiseseminar in die Hand.

»Ich hoffe, es ist okay, dass wir hier sind«, sagte Sandra. »Ich habe davon in der Zeitung gelesen und wollte es mir unbedingt selbst ansehen.«

»Natürlich ist das in Ordnung. So etwas erlebt man schließlich nur einmal.« Für Eilika war eigentlich egal, was sie heute unternahmen, die Hauptsache war, dass sie den Rest des Tages mit Sandra verbringen konnte. Morgen wollten sie noch mal zum Abschied in Neuharlingersiel frühstücken, aber danach würde Sandra zu ihrer Familie nach Bonn fahren. Sie waren erwachsen und es würde kein Abschied für immer sein, trotzdem fühlte es sich für Eilika so an.

* * *

»Sieben Stühle«, sagte Kira. »Sieben Mitglieder in einem Geheimbund. Eine neue Vril-Gesellschaft.«

»Das ist doch Mumpitz«, widersprach Baer.

»Sehen Sie sich doch um. Was soll das sonst bedeuten?«

»Dass die schwarzhaarige Frau Schneewittchen ist«, erwiderte Baer genervt. »Sie lebt bei den sieben Zwergen hinter den sieben Bergen.«

Einen Moment lang ließ Kira diese Erklärung gelten und stellte sich die Walt-Disney-Zwerge an dem Tisch vor.

»Wir sind hier, weil wir mehr über Thomas Adelmann erfahren wollen, darauf müssen wir uns konzentrieren und alles andere ausblenden.«

»Aber vielleicht macht genau das hier Thomas Adelmann aus«, sagte Kira. »Ragnar Pagels hat uns doch erzählt, dass Adelmann sich immer besser mit Hajo Rutkat verstanden hat. Vielleicht wurde Adelmann noch radikaler als beide zusammen.«

»Und was würde daraus folgen?«, fragte Baer. »Was würde das zur Aufklärung dieses Falles beitragen? Glauben Sie etwa, Thomas Adelmann ist deshalb nicht hier, weil er in Ostfriesland den Eingang zur Hohlwelt entdeckt hat und sich gerade mit einer Gruppe Aldebaraner auf dem Weg zum Mittelpunkt der Erde befindet?«

Es klopfte an der Tür. »Darf ich stören?« Laura Becker kam herein. Die Kriminaltechnikerin hatte eine Sprühflasche in der Hand.

»Was gibt's?«, fragten Baer und Kira gleichzeitig.

»Wir haben etwas gefunden, das Sie interessieren dürfte.«

Sie folgten ihr die Treppe hinauf in Adelmanns Arbeitszimmer. Die Einrichtung war in diesem Moment unwichtig, es zählten nur die bläulich schimmernden Flecken auf dem Teppich. Kira wusste, worum es sich dabei handelte. Diese Färbung beruhte auf einer chemischen Reaktion von Luminol und Eisen, durch die man Blutspuren nachweisen konnte.

»Wurde hier Joost Bookmeyer erschlagen?«, fragte Kira. »War er am Montagabend in diesem Haus, in diesem Raum?«

»Gut möglich«, antwortete Baer.

»Die Blutspur geht noch weiter.« Becker wies auf kaum sichtbare Flecken neben dem Teppich und hob auffordernd ihre Sprühflasche. »Darf ich?«

»Bitte«, sagte Baer.

Becker sprühte das Luminol auf den Boden und die Kommissare folgten den bläulichen Flecken. Sie führten aus dem Zimmer heraus und die Treppe hinunter. Das war auch verständlich, wenn man bedachte, dass der Täter die Leiche in Joost Bookmeyers Jeep wegtransportiert hatte. Zu Kiras Überraschung führte die Blutspur aber nicht bis zum Hauseingang, sondern zur Kellertür.

»Was hat das denn zu bedeuten?«, fragte Kira.

Baer schaltete das Kellerlicht ein und die Kommissare folgten den Flecken die Stufen hinab, der muffige Duft wurde mit jedem Schritt intensiver. Unten standen sie zunächst vor einem Weinregal, von dem aus es nach rechts zu einem großen Raum mit Stellagen voller eingestaubtem Krempel ging. Aus dem linken Raum hörte man ein Brummen wie von einem Kühlschrankkondensator. Das Luminol führte sie nach links.

Das Brummen kam von einer Tiefkühltruhe und in den Regalen an der Wand standen Konservendosen und Kisten mit Geschirr und anderen Küchenutensilien, außerdem gab es zwei Stehklapptische.

Laura Becker hatte aufgehört zu sprühen und stand wieder aufrecht. »Sehen Sie.«

Der Kondensator der Tiefkühltruhe verstummte, so als wäre sie selbst betroffen über die blauen Spuren, die zu ihr führten. Das weiße Metall war mit Sprenkeln übersät und der Griff fast vollständig blau.

Baer zog sich Einweghandschuhe über und öffnete die Truhe. Auf den ersten Blick sah man nichts Auffälliges, nur Tiefkühlgemüse, Pizzakartons und eine Schwarzwälder

Kirschtorte von Coppenrath und Wiese, außerdem waren die Ränder der Truhe übermäßig vereist.

Der Hauptkommissar nahm das Kaisergemüse und die Erbsen heraus. Zum Vorschein kam ein menschliches Gesicht. Baer schaute Kira an. »Ich glaube, wir haben Thomas Adelmann gefunden.«

22. WELSPER

Baer und Kira befanden sich wieder im Salon. Sie hatten einen Notarzt und einen Bestattungsunternehmer angefordert, unten im Keller ging die Spurensicherung ihrer Arbeit nach. Anhand von Fotos aus dem Arbeitszimmer konnte man eindeutig sagen, dass es sich bei dem Toten um Thomas Adelmann handelte.

Kira fiel es immer noch schwer, den Anblick der tiefgefrorenen Leiche zu verarbeiten. »Er war bekleidet«, sagte sie. »Also befindet sich auf seiner Brust auch nicht das Symbol?«

»Ich glaube nicht, dass wir es dort sehen werden«, sagte Baer zuversichtlich. »Meiner Ansicht nach hat die Täterin das Symbol erst erfunden, nachdem sie Joost Bookmeyer ermordet hatte. Sie wollte damit von dem Verbrechen ablenken, um das es eigentlich geht.«

Kira schaute unsicher zu dem großen Banner über dem Kamin. Obwohl sie die Antwort eigentlich kannte, wollte sie sie dennoch von Baer ausgesprochen hören.

»Es geht um Identitätsdiebstahl.« Baer nahm am Kopf der Tafel Platz. »Wahrscheinlich hat sich Thomas Adelmann wirklich auf andere Frauen eingelassen, nachdem er von Marlies Bookmeyer abgelehnt worden war. Darunter befand sich auch die schwarzhaarige Schönheit. Diese merkt, dass es sich bei Thomas Adelmann um einen alleinstehenden, zurückgezogen lebenden Herrn handelt, den so schnell niemand vermissen wird. Sie ermordet ihn, nistet sich in seinem Haus ein und kassiert monatlich seine Rente. Hajo Rutkat hat herausgefunden, dass etwas nicht stimmt, und bittet Joost Bookmeyer, sich die Sache anzusehen. Er spricht mit der Frau, aber fragt sie nicht sofort nach Thomas Adelmann. Erst erzählt er ihr von seinem Buch über Verschwörungsmythen. Später konfrontiert er sie mit seinen Fragen nach Thomas Adelmann, und um nicht aufzufliegen, ermordet die Unbekannte Joost Bookmeyer und später auch Hajo Rutkat.«

»Aber zwischen den beiden Morden liegen zwei Tage«, sagte Kira. »Warum hat sie Hajo Rutkat nicht schon am Dienstag getötet?«

»Vielleicht hat sie zunächst geglaubt, Rutkat könnte am Leben bleiben, weil er nicht begriffen hat, dass es um ein Verbrechen ging. Oder sie wusste erst mal gar nicht, dass Joost Bookmeyer seine Informationen von Hajo Rutkat hat, und erfuhr das erst durch die Unterlagen, die sie aus seinem Hotelzimmer entwendet hatte. Vielleicht war sie auch erst nach dem Mord an Joost Bookmeyer so aufmerksam, dass sie am Mittwoch bemerkt hatte, wie Hajo Rutkat sie verfolgte. Hinzu kam wahrscheinlich, dass Hajo Rutkat sehr nervös war, als er ihr am Mittwoch gefolgt ist, weil er sich Sorgen um seinen Freund Joost gemacht hat. Allerdings konnte die Mörderin am Mittwochabend noch nicht zuschlagen, weil Rutkat die ganze Zeit im Restaurant zu tun hatte, und deshalb hat sie ihn am nächsten Morgen umgebracht.«

Kira hielt die letzte Version für die wahrscheinlichste. Aus dem Hotelzimmer hatte sie schließlich einzig Joost Bookmeyers Laptop entwendet und normalerweise war es schwierig, die Passwortsperre zu umgehen. Aber wie normal war diese Frau?

»Wir wissen nichts über die Mörderin«, sagte Kira. »Wie hat Thomas Adelmann sie kennengelernt? Wie können wir sie finden? Alles, was wir haben, ist das Foto von einer Sicherheitskamera eines Geldautomaten und das hat nicht die beste Qualität.«

Baer wirkte ein wenig zuversichtlicher als sie. »Schauen Sie sich um, Jensen.«

Kira blickte sich in dem Salon um. Was meinte Baer? Sie konnte immer wieder nur auf das übergroße Banner sehen.

»Lassen Sie sich davon nicht ablenken, denken Sie sich das Banner weg«, sagte Baer. »Fällt Ihnen etwas an der Einrichtung auf?«

»Es wirkt nicht sonderlich gemütlich. Irgendwas fehlt.«

»Was fehlt?«

»Alles ist merkwürdig steril. Es gibt keine Dekorationsgegenstände. An den Wänden fehlen die Bilder.«

»Exakt.« Baer lächelte. »Offenbar hat die dunkelhaarige Frau nicht nur Thomas Adelmanns Konto geplündert, sondern auch noch seine Einrichtung in Geld umgewandelt. Und wenn es darum geht, so etwas zu verkaufen, gibt es in Ostfriesland eigentlich nur eine Adresse.«

* * *

Eilika und Sandra schleckten blaue Eiskugeln und schlenderten weiter über das Festival für Durchgeknallte. Sie hatten sich von jemandem, der außerirdisch stank, Aluhüte basteln lassen und Sandra hatte ein T-Shirt mit der Aufschrift »Willst du viel, suche Vril« erstanden.

»Sieh mal dort!« Sandra zeigte begeistert auf einen Verkaufsstand für Stofftiere. »Das ist doch Welsper!«

Eilika brauchte einen Moment, um zu begreifen, was sie meinte, schließlich gab es dort alle Star-Wars-Charaktere in Plüschform, Einhörner, Alienkissen und alles, was halbwegs mystisch aussah. Welsper war eine schwarze Katze, die einen sternförmigen Diamanten auf der Stirn trug. Eilika konnte sich daran erinnern, den Manga, in dem sie vorkam, gelesen zu haben, aber das war schon länger her. Bestimmt handelte es sich hierbei auch nicht genau um diese Figur, denn die meisten Plüschtiere auf dem Verkaufstisch hatten irgendwelche Glitzeranteile, aber sie erinnerte schon stark daran.

»Welsper, stimmt.« Eilika nahm das Tier in die Hand. »Wie hieß der Manga noch gleich? Ich weiß nur noch, dass es um einen Studenten geht, der sich etwas zu essen bestellen will, aber aus Versehen beim Göttinnen-Notdienst landet.«

Sandra schien kurz nachzudenken. »Ich hab's auch vergessen, ist aber auch egal. Was machen wir jetzt noch? Mir ist hier zu viel los. Du kannst entscheiden.«

Eilika lächelte. »Dann schauen wir uns noch den Sonnenuntergang am Pilsumer Leuchtturm an und trinken einen Cocktail in Greetsiel.«

* * *

Baer und Kira fuhren auf den Innenhof des Trödelfriesen in Norddeich. Die Türglocke schellte, als sie die Scheune betraten. Kira blickte sich staunend um. Einerseits war der Anblick der aufgetürmten alten Dinge faszinierend, andererseits fragte sie sich, ob das ganze Zeug wirklich jemand kaufen würde.

»Sehen Sie mal.« Baer nahm einen weißen Helm aus dem Regal. »Ein Einsatzhelm der niedersächsischen Polizei. Den kenne ich noch aus der Ausbildung. Die waren viel schwerer als heute.«

»Moin.« Der bullige Mann hatte eine kräftige Stimme. »Suchen Sie etwas Bestimmtes?«

»Den Inhaber«, antwortete Baer. »Sind Sie das?«

Der Mann nickte stolz. »Stinus Helmerich. Und Sie sind?«

»Hauptkommissar Tilmann Baer und Kommissarin Kira Jensen.« Sie zeigten ihm gleichzeitig die Dienstausweise.

Stinus Helmerich blickte sie betrübt an und Kira hatte fast den Eindruck, als wüsste er bereits, was sie von ihm wollten.

Baer zeigte ihm das Geldautomatenfoto von der schwarzhaarigen Frau. »War diese Frau in letzter Zeit bei Ihnen im Geschäft? Hat Sie Ihnen etwas verkauft?«

Helmerich seufzte. »Ja, sie war mehrmals hier.«

Kiras Puls beschleunigte sich. Sie hatte nicht erwartet, dass das so einfach werden würde. »Was wissen Sie über sie?«

»Nicht viel. Sie heißt Vanessa Verdandi, fährt einen dunkelgrünen Porsche Cabriolet und ist ausgesprochen attraktiv. Es war sehr angenehm, mit ihr Geschäfte zu machen.«

»Vanessa Verdandi«, wiederholte Baer und notierte sich den Namen. »Hat sie sonst noch etwas über sich erzählt? Bitte denken Sie genau nach.«

»Nein, sie war nicht sonderlich gesprächig und auf Diskretion bedacht.«

»Was hat sie Ihnen verkauft?«

»Verschiedene Einrichtungsgegenstände und Gemälde.«

»Sie haben sie doch bestimmt gefragt, wo sie diese Gegenstände herhat.«

»Sie hat angegeben, dass es Erbstücke sind.«

Baer seufzte. »Haben Sie die Sachen noch?«

»Wieso, was ist damit?«

Baer schaute den Händler ernst an. »Alles, was Ihnen Vanessa Verdandi verkauft hat, ist gestohlen und wir müssen es beschlagnahmen.«

»Wie bitte? Wie kommt das?«

»Vanessa Verdandi hat mutmaßlich drei Menschen ermordet.«

»Was?« Damit hatte Helmerich definitiv nicht gerechnet. »Der Zeitungsartikel – diese Sternzeichenmorde –, das war sie?«

Baer nickte. »Augenblicklich befindet sie sich auf der Flucht. Deshalb überlegen Sie noch einmal: Hat Vanessa Verdandi irgendetwas erwähnt, was uns dabei helfen kann, sie zu finden?«

Helmerich war tief betrübt, die Neuigkeiten hatten ihn sehr getroffen. »Ich weiß wirklich nicht mehr über sie. Aber wenn mir noch etwas einfällt, werde ich es Ihnen mitteilen.«

Baer schien zu begreifen, dass sie nicht mehr von dem Trödelhändler erfahren konnten. Natürlich hatte sich Vanessa Verdandi sehr bedeckt gehalten und Stinus Helmerichs Hauptaugenmerk hatte darauf gelegen, ein gutes Geschäft zu machen. Davon hatte er jetzt allerdings nichts mehr, denn alles, was er schon weiterverkauft hatte, musste er wieder zurückholen.

»Erstellen Sie uns bitte eine genaue Liste aller Gegenstände, die Ihnen Vanessa Verdandi verkauft hat. Wir werden Ihnen jemanden vorbeischicken, der die Sachen abholt.«

Stinus seufzte. »In Ordnung. Ich setze mich gleich an die Arbeit.«

Die Ermittler verließen den Laden wieder und Baer gab den Namen der Verdächtigen an die Zentrale durch. Nun wurde bundesweit nach Vanessa Verdandi gefahndet.

Kira ließ die Ereignisse des Tages Revue passieren. Sie hatten heute unglaublich viel erreicht, aber trotzdem konnte sie sich nicht wirklich freuen. Die Zusammenhänge waren zwar geklärt – doch solange die Mörderin frei herumlief, war der Fall noch nicht abgeschlossen.

23. ABSCHIED

Am Sonntagmorgen wollte Eilika nicht joggen. Das würde sie später tun, wenn Sandra nicht mehr da war. Dann würde sie die Trauer über den Abschied herauslassen und sich darauf vorbereiten müssen, mit ihren Eltern zu sprechen.

Heute musste sie ihr Leben in Ordnung bringen, sie konnte sich nicht weiter ablenken. Sie sollte nicht traurig sein, weil Sandra ging, sondern sich darüber freuen, dass sie in den letzten Tagen da gewesen war. Dank Sandra hatte Eilika gemerkt, dass sie einen Wert besaß. Und sie hatte von ihr gelernt, dass man sich im Leben neu orientieren konnte. Durch ihre Erlebnisse hatte sie neuen Mut gewonnen und jetzt war Eilika bereit, mit ihren Eltern zu reden, jetzt fühlte sie, dass sie es schaffen konnte.

Gestern war noch einmal ein richtig schöner Abend gewesen, Eilika spürte immer noch die Nachwirkungen der Cocktails. Lächelnd erinnerte sie sich auch an das Ufologen-Festival am Großen Meer. Es war eine skurrile Erfahrung gewesen und sie würde diesen Tag immer mit Sandra verbinden.

Eilika öffnete ihren Rucksack und zog den schwarzen Stoffkater heraus. Bevor sie den Campingplatz verlassen hatten, war sie noch einmal unter einem Vorwand zurückgegangen, um das Plüschtier als Abschiedsgeschenk für Sandra zu kaufen.

Der Kater war wirklich süß. Wie konnte sie ihn am besten einpacken? Sie hatte kein Geschenkpapier hier, aber ein Karton würde sowieso besser passen, denn Katzen liebten Kartons.

Welsper, dachte Eilika und wollte unbedingt wissen, wie der Manga hieß, in dem er eine Rolle spielte. Sie hatte noch genug Zeit, um es herauszufinden. Die Kisten mit ihren alten Sachen mussten sich auf dem Dachboden befinden.

Eilika nahm ihr Smartphone als Taschenlampe mit, ging in den Flur und zog die Dachbodentreppe hinunter. Die Stufen knarrten, als sie hinaufstieg, aber sie musste sich keine Sorgen machen, dass sie jemanden wecken würde. Ihre ganze Familie bestand aus notorischen Frühaufstehern.

Die Luft hier oben war dick, aber Eilika mochte die Atmosphäre zwischen den Holzbalken. Durch ein trübes Fenster schien etwas Sonnenlicht. Gebückt ging Eilika zu den Kisten mit den Sachen aus ihrer Jugend.

Zunächst fand sie ihre Fanartikel von Tokio Hotel, die sie direkt in eine andere Zeit katapultierten. Dann entdeckte sie, dass sie alle Kisten beschriftet hatte, und zog diejenige mit den Mangas hervor. Beim Anblick der zahlreichen bunten Buchrücken fiel ihr sofort der Name der Serie ein, die sie suchte. »Oh! My Goddess.« Eilika nahm den ersten Band in die Hand und öffnete ihn ganz selbstverständlich auf der hintersten Seite, da die Leserichtung von Mangas genau andersherum als die westliche war.

Schon bei den ersten Bildern kamen immer mehr Erinnerungen an die ganze Geschichte zurück. Am Anfang war es noch nicht so witzig wie in den späteren Teilen. Der Manga war an die unterschiedlichen Götter und Dämonen der nordischen Mythologie angelehnt. Die Hauptfiguren waren neben dem Studenten Keiichi die Göttin Belldandy mit ihren Schwestern Urd und Skuld.

Belldandy? Eilika stutzte. Früher hatte sie diesen Namen nicht infrage gestellt, aber nun kam er ihr ziemlich seltsam vor. Besaß er nicht eine auffällige Ähnlichkeit zu »Verdandi«?

Eilika nahm ihr Smartphone und tippte den Namen in die Suchmaschine ein. Als sie sich die Ergebnisse durchlas, konnte sie nicht glauben, was dort stand.

* * *

Kira kam heute etwas später im Revier an. Die Anspannung der letzten Tage war auch bei den Kollegen abgefallen, alle aus der Mordkommission arbeiteten nur noch mit halber Energie. Es herrschte das Gefühl vor, dass sie ihren Teil getan hatten und jetzt andere ihren Beitrag leisten mussten, indem sie Vanessa Verdandi festnahmen.

Baer genoss es sichtlich, wieder seinen üblichen Alltag zu haben. Er las eine dicke Sonntagszeitung und biss dabei in seinen knackigen Apfel. Kira goss sich eine Tasse seines Wunderkaffees ein, vielleicht konnte das ihre Stimmung heben.

»Haben Sie die Fotos in der Onlineausgabe der ›Ostfriesischen Nachrichten‹ gesehen, Jensen?«, fragte Baer amüsiert. »Von dem Ufologen-Camp am Großen Meer? Irre. Wie wohl so ein Stück Aldebarantorte schmeckt?«

Kira setzte sich an ihren Schreibtisch und blätterte durch die Aktenmappen. »Noch kein Obduktionsbericht für Thomas Adelmann?«, fragte sie.

»Für eine Obduktion muss die Leiche erst auftauen, das dauert seine Zeit. Ist ja kein Tiefkühlhähnchen, das man über Nacht rauslegt, sondern ein neunzig Kilo schwerer Körper.«

Kira wollte sich das nicht so detailliert vorstellen. Sie schaute sich lieber an, was die Kriminaltechniker noch in Thomas Adelmanns Haus entdeckt hatten. Doch auch das war eine Enttäuschung. »Thomas Adelmanns Blutspuren sind die einzigen in dem Haus. Bisher gibt es keinen Hinweis darauf, dass Joost Bookmeyer dort gewesen ist. Also ist noch völlig offen, wo er ermordet wurde.« Sie schlug eine weitere Seite um. »Und es gibt keinerlei Hinweis darauf, dass Vanessa Verdandi in dem Haus gewohnt hat. Kein benutztes Bett, keine Zahnbürste im Bad.« Verwundert schaute Kira zu Baer. »Geht unsere Theorie nicht davon aus, dass sich die Mörderin bei ihm eingenistet hat?«

»Vielleicht war es ihr nicht geheuer, in einem Haus zu wohnen, in dessen Keller eine Leiche liegt«, antwortete Baer. »Vanessa Verdandi hat ihr normales Leben weitergeführt und ist nur ab und zu in dem Haus gewesen. Um Geld abzuheben und Porsche zu fahren.«

»Was ist Vanessa Verdandis ›normales Leben‹?«, fragte Kira.

Baer legte seine Zeitung beiseite und goss sich neuen Kaffee ein. Währenddessen schaute sich Kira die Fotos an, die die Spurensicherung in Adelmanns Haus geschossen hatte. Den Bildern vom Salon widmete sie besondere Aufmerksamkeit. Warum hing dort dieses große Banner mit dem Sternzeichensymbol? Wieso hatte Vanessa Verdandi eine Tafel für sieben Personen gedeckt? Wer sollte das sehen? Oder hatte es Verdandi für sich selbst gemacht?

»Die Täterin scheint einen Hang zur Theatralik zu haben«, sagte Baer. »Das Symbol, die nackten Leichen, der Salon in dem Haus – das alles wirkt auf mich fast wie eine Show. Aber keine fröhliche Inszenierung, sondern eher eine Tragödie, bei der es kein gutes Ende geben kann. Ein letzter großer Auftritt mit einem Knall, bevor man die Bühne verlässt.«

Kira trommelte ungeduldig auf der Schreibtischplatte herum. »Wenn wir Vanessa Verdandi finden wollen, müssen wir mehr über sie herausfinden. Wie genau hat Thomas Adelmann sie kennengelernt? Über eine andere Person? Über eine Dating-App? Er muss doch irgendwie mit ihr Kontakt aufgenommen haben, um sich mit ihr zu verabreden.«

Baer nickte. »Gut. Ich würde sagen, wir fahren noch mal zu Adelmanns Haus und sehen uns dort ganz genau um.«

* * *

Auf dem Weg nach Neuharlingersiel ging Eilika immer wieder alle Möglichkeiten durch. Konnte es sich nicht einfach um einen Zufall handeln? Sie wünschte sich, dass es so war, und sie hoffte darauf, dass sich ihr furchtbarer Verdacht während des Frühstücks in Luft auflösen würde.

Der Hafenparkplatz war ziemlich voll, Eilika musste fast bis zur Helling fahren. Sie stieg aus und atmete die Seeluft ein. Die Sonne schien und der Wind hielt sich in Grenzen. Den Karton mit Welsper ließ Eilika auf der Rückbank ihres Autos.

Sandra saß bereits an einem Außentisch ihres Lieblingscafés. Als Eilika kam, stand sie auf, um sie mit einer Umarmung zu begrüßen. Die Kellnerin kam und die Freundinnen bestellten einvernehmlich Waffeln.

»Alles okay bei dir, Eilika?«

»Ja, ja«, wiegelte sie ab. »Ich bin nur traurig, dass du fährst.«

»Wir werden uns bestimmt wiedersehen.«

Eilika zwang sich zu einem Lächeln. »Hast du mir nicht erzählt, dass du dich gar nicht so gut mit deiner Familie verstehst? Warum fährst du trotzdem dorthin?«

»Ein runder Geburtstag ist halt was Besonderes. Und wenn ich schon mal in Deutschland bin, habe ich meiner Mutter versprochen zu kommen.«

Eilika nahm ihren Milchkaffee von der Kellnerin in Empfang. Wie sollte sie mit ihren Zweifeln umgehen? Welche Fragen konnte sie Sandra stellen, um sichergehen zu können, dass alles so war, wie sie es sich wünschte? Ihr fielen keine ein.

Vielleicht war es auch am besten, sich einfach am guten Wetter zu freuen und das Frühstück zu genießen.

Auch Sandra war nicht sonderlich gesprächig und so aßen sie den Großteil der Waffeln schweigend. Eilika hatte das Gefühl, dass auch Sandra angespannt war. Irgendwann schaute Sandra auf ihre Armbanduhr und sagte: »Ich muss dann los, sonst wird alles zu knapp.« Sie bezahlten und überließen ihren Tisch einem ungeduldigen Pärchen mit bayerischem Dialekt.

An Sandras Auto verabschiedeten sie sich voneinander.

»Viel Spaß beim Geburtstag deiner Mutter«, sagte Eilika.

»Und dir alles Gute, wenn du mit deinen Eltern über deine Situation sprichst. Das wird schon, Eilika. Du bist ein toller Mensch und du wirst wieder ein großartiges Café eröffnen.« Sandra lächelte bittersüß. »Ich wünschte, ich hätte solch eine Familie wie du. Ich wünschte, ich hätte zu ihnen zurückkehren können.«

Eilika blickte sie fragend an. »Was soll das bedeuten?«

Sandra seufzte. »Nichts. Es bedeutet nichts.« Sie wandte sich ab und stieg in ihr Auto. »Ich habe deine Telefonnummer, Eilika, ich melde mich bei dir.«

Eilika stand wie gelähmt da und sah zu, wie Sandra die Tür schloss und den Motor startete. Der BMW fuhr los und plötzlich begriff Eilika, dass sie sie nicht einfach so ziehen lassen konnte. *Ich muss es wissen*, dachte sie verzweifelt, *ich muss wissen, ob es stimmt.* Hastig lief sie zu ihrem eigenen Auto.

Sandra fuhr durch den Deichschart und bog nach rechts ab. Eilika folgte ihr in einigem Abstand. Zwischen ihnen befanden sich mehrere Autos. Das reichte hoffentlich aus, damit Sandra nichts merkte.

Um in den Süden zu kommen, musste sie nach Leer fahren. Eilika entschied, dass es ihr als Beweis ausreichen würde, wenn Sandra diese Route nahm. *Ich hätte mit ihr reden sollen*, warf sich Eilika vor. *Ich hätte ihr erzählen sollen, was ich heute Morgen entdeckt habe. Dann hätte sie mir erklären können, dass das alles nur ein dummer Zufall war.*

Sandra fuhr nach Esens. Das war nicht die beste Route nach Leer, aber vielleicht hatte sie noch nicht ihr Navi eingestellt. Jetzt befanden sich nur noch zwei Fahrzeuge zwischen ihnen. Ein großer Teil von Eilikas Verstand forderte sie auf anzuhalten, doch ihr Fuß blieb auf dem Gaspedal.

An der nächsten Kreuzung schlug der Fahrer vor ihr eine andere Richtung ein und Eilika rückte dichter an Sandra heran. Hinter Esens folgte Sandra dem Hinweisschild nach Dornum, wodurch sie weiter an der Küste blieben, anstatt nach Süden zu fahren. Nun war kein Auto mehr zwischen ihnen, aber Eilika versuchte, ausreichend Abstand zu halten. *Jetzt wäre ein guter Zeitpunkt für mein Auto, um kaputtzugehen,* dachte Eilika. *Es soll einfach irgendein Teil zerbrechen, damit ich nicht mehr weiterfahren kann.* Aber offensichtlich war es dem Leben scheißegal, was ein guter Zeitpunkt war.

Sandra irrlichterte weiter über die Landstraße und bog schließlich wirklich nach Norden ab. Kurze Zeit später fuhr sie allerdings auf einen alten Bauernhof neben der Straße und stieg aus dem Wagen. Eilika realisierte, dass Sandra ihre Verfolgerin erkannt hatte. Sie selbst hatte auch keine Lust mehr auf diese Verfolgungsjagd. Sie parkte neben dem BMW und stieg ebenfalls aus.

»Warum folgst du mir?«, rief Sandra. »Hör auf damit! Hör einfach auf. Lass es gut sein.«

»Bist du Vanessa Verdandi?«

»Nein.«

»Lüg mich nicht an! Ich weiß, wie du auf diesen Namen gekommen bist. Verdandi ist neben Urd und Skuld eine der drei Schicksalsgöttinnen in der nordischen Mythologie. Durch eine Rückübersetzung der japanischen Lautumschrift wird in der deutschen Ausgabe von ›Oh! My Goddess‹ daraus der Name

Belldandy. Du hast dir den Namen Verdandi gegeben, weil du an diesen Manga gedacht hast.« Eilikas Herz raste. »Ich habe dich nicht zufällig am Donnerstag in dem Café getroffen. Du warst dort jeden Tag, um deine Waffeln zu essen, und dieser Angewohnheit bist du auch am Mittwoch in deiner Verkleidung als Vanessa Verdandi treu geblieben.« Eilika erkannte an Sandras Augen, dass sie recht hatte. Sie hatte Verdandis Gesicht niemals lange gesehen, trotzdem meinte sie nun, die Ähnlichkeit zwischen beiden Personen zu erkennen. Der größte Unterschied war die Augenfarbe, aber dafür gab es Kontaktlinsen. Das lange glatte Haar stammte natürlich von einer Perücke und hatte auch die Gesichtsform verändert. Größe und Körperbau waren gleich gewesen, aber die Haltung hatte sich unterschieden. Vanessa Verdandi hatte auf Eilika sehr viel entspannter und freier gewirkt.

»Warum hast du das getan?«, fragte Eilika. »Warum hast du diese beiden Menschen ermordet?«

»Ich wollte das doch gar nicht! Aber ich hatte keine andere Wahl, sonst wäre alles aufgeflogen.« Sandra senkte den Blick. »Ich hatte mir das alles viel leichter vorgestellt. Thomas Adelmann war doch ganz alleine. Aber dieser verfluchte Koch wollte einfach keine Ruhe geben.«

»Wer ist Thomas Adelmann?«, fragte Eilika.

»Er gehörte zu meinem dritten Leben«, antwortete Sandra. »Ich bin nicht nur einmal gescheitert, sondern zweimal.«

Eilika dachte nach. »Ich dachte, du bist zufrieden mit deinem Beruf als Reiseleiterin. Du hast doch gesagt, du hättest ein gutes Leben.«

»Das ist ein Beruf ohne Zukunft, Eilika! Alle Leistungen werden immer weiter gekürzt und es gibt immer weniger Jobs. Die Touren werden hauptsächlich online gebucht. Ich wollte in der Dominikanischen Republik leben, aber ich wurde dort immer einsamer. Man wird von allen als die reiche Ausländerin gesehen, obwohl man es nicht ist. Vielleicht hätte ich das noch zwei oder drei Jahre durchhalten können, aber irgendwann wäre Schluss gewesen. Ich war in einer Sackgasse, Eilika! Aber ich musste trotzdem freundlich bleiben und lächeln, wenn sich ein Tourist mal wieder darüber beschwerte, dass ihm das Büfett nicht schmeckte. Allen Gästen in meinen Hotels ging es so gut! Sie hatten so ein gutes Leben und ich wollte wie sie sein.«

Eilika versuchte zu begreifen, was Sandra ihr da erzählte. Was genau hatte sie getan?

»Ich hatte geglaubt, ich bräuchte einfach nur viel Geld, um glücklich zu sein«, fuhr Sandra fort. »Aber in den letzten Tagen habe ich gemerkt, dass das gar nicht das Wichtigste ist. Du hattest immer eine beste Freundin, Eilika – ich nicht. In der Musicalakademie war ich einsam und als Reiseleiterin war ich es noch mehr. Durch dich habe ich wieder erfahren, wie schön es ist, mit jemandem zusammen etwas zu erleben. Ich habe wieder ein Gefühl dafür bekommen, wer ich eigentlich bin und was ich mag. Wenn du mich nicht gebeten hättest, Karaoke zu singen, hätte ich nie wieder das getan, was ich eigentlich liebe.«

Eilika schluckte.

Sandras Augen begannen wieder ein kleines bisschen zu leuchten. »Du musst mich nicht verraten, Eilika! Tu dich mit mir zusammen! Wir können gemeinsam etwas Neues aufbauen! Ich habe Geld! Das reicht auch, um deine Schulden zu bezahlen. Wir können ein neues Café aufmachen, genau so, wie du es willst. Aber diesmal mit einer Bühne, damit wir auch Karaokeabende veranstalten können.«

Das war eine wunderschöne Vorstellung, trotzdem wich Eilika einen Schritt zurück. »Du hast mehrere Menschen ermordet, Sandra!«

»Und ich hasse mich dafür! An den meisten Tagen wache ich auf und will am liebsten tot sein. Ich würde die Zeit gerne zurückdrehen. Aber mit dir kann alles besser werden.«

Eilikas Gesicht war nass von Tränen. »Nein, Sandra, das kann ich nicht. Es tut mir leid, aber ich kann kein Leben leben, für das jemand anders sterben musste.«

Das Leuchten in Sandras Augen verschwand. »Mir tut es leid, Eilika. Du lässt mir keine andere Wahl.«

* * *

Die untergehende Sonne tauchte den Himmel in ein feuriges Rot, doch dieser schöne Anblick war Kira egal. Nach einem langen Tag fuhr sie müde und frustriert nach Hause. Alle Anstrengungen waren umsonst gewesen.

In Thomas Adelmanns Haus hatten sie keinen brauchbaren Hinweis auf Vanessa Verdandi entdeckt. Keine Visitenkarte irgendeiner Escortagentur, keine handschriftliche Notiz, keinen Eintrag im Kalender, selbst der Anrufbeantworter seines Festnetztelefons war leer. Und auf die wichtigsten Quellen besaßen sie keinen Zugriff, denn Adelmanns Smartphone war unauffindbar, und einen Computer gab es auch nicht. Kira hatte sich den Kopf darüber zerbrochen, was es noch für Möglichkeiten gab, etwas über Vanessa Verdandi herauszufinden, aber ihr fiel nichts weiter ein. Es wurmte sie, dass es außerhalb ihrer Macht liegen sollte, die Mörderin zu finden.

Was war, wenn Vanessa Verdandi niemals gefasst werden würde? Kira hatte sich noch keine Gedanken darüber gemacht, wie man damit umging, wenn man zwar einen Fall gelöst hatte, aber der Mörder ungeschoren davonkam. Das Ziel ihrer Arbeit lag doch darin, einen Verbrecher aus dem Verkehr zu ziehen. Wenn ihnen das nicht gelang, dann war alles sinnlos.

24. Ultraskop

Am Montagmorgen ging Stinus Helmerich früh in seinen Trödelladen. Er blickte auf die vollen Regale und was er darin über die Jahre angesammelt hatte und schwelgte in Nostalgie. Manche Gegenstände hatte er schon von Anfang an gehabt und er würde wohl auch niemals einen Käufer dafür finden. Trotzdem mochte er sie und hätte sie jederzeit wieder bei sich aufgenommen.

Er machte sich nur Gedanken über Menschen, die er mochte, und über Vanessa Verdandi hatte er sich viel zu viele Gedanken gemacht. Diese Frau hatte bei ihm Eindruck hinterlassen. Dafür hatte er nun buchstäblich einen hohen Preis bezahlt, denn alles, was er von ihr erstanden hatte, waren zunächst seine Verluste. Nur wenn die Polizei Vanessa Verdandi geschnappt hatte, konnte er vielleicht einen Teil des Geldes zurückbekommen, darauf hoffte er zumindest.

Saß sie denn bereits hinter Gittern? Die Polizisten hatten ihm erzählt, dass sie für die Sternzeichenmorde verantwortlich gemacht wurde, von denen er in der Zeitung gelesen hatte. Diese Frau hatte stark und selbstbewusst auf ihn gewirkt, aber das war wirklich furchtbar. Auch Eilika war schockiert, als er ihr davon erzählt hatte.

Davon, dass er alles abgeben musste, was er Verdandi abgekauft hatte, hatte er Eilika nichts gesagt, denn damit wollte er niemanden belasten. Er hatte überlegt, auch der Polizei gegenüber einige Dinge zu verschweigen, um seine Verluste gering zu halten, aber das war ihm schließlich doch zu riskant gewesen. Er wusste schließlich nicht, wie detailliert die Polizei darüber Bescheid wusste, was Verdandi gestohlen hatte.

Stinus setzte sich auf einen mit rotem Samt bezogenen alten Kinosessel und versuchte sich vorzustellen, welche Filme die Menschen darauf gesehen hatten. In seiner Halle stand sogar ein alter Kinoprojektor, der aus einer Zeit stammte, in der die 35-Millimeter-Filme noch einmal die Woche von Hand aufgezogen werden mussten. Er liebte es, sich in alte Zeiten zu träumen, weil er trotz aller neuen Entwicklungen irgendwie daran glaubte, dass früher alles besser gewesen war.

Es klopfte an der Ladentür. Wer kam denn so früh hierher? Stinus hatte keine Lust nachzusehen.

Das Klopfen wurde lauter und Stinus bekam Angst, dass die Scheibe zerbrechen würde. »Moment! Ich komme ja.«

Zuerst glaubte Stinus, es wäre wieder die Kriminalpolizei, aber dann erkannte er die Frau und beeilte sich, die Tür aufzuschließen. »Was ist denn los?«

»Ist sie bei dir?«, fragte seine Schwester. Ihre Augen waren voller Sorge.

»Wen meinst du?«

»Eilika natürlich! Sie ist die ganze Nacht nicht nach Hause gekommen.«

Stinus fühlte sich an früher erinnert und musste schmunzeln. »Eilika ist kein Teenager mehr! Du musst dir keine Sorgen machen, wenn sie nicht nach Hause kommt.«

»Ich mache mir aber Sorgen. Die letzten Tage war sie immer morgens bei uns. Außerdem habe ich sie mehrmals angerufen, aber sie geht nicht an ihr Handy.«

»Weil es noch so früh ist!« Stinus überlegte trotzdem, ob er irgendeine Idee hatte, wo Eilika sein könnte. »Sie war bestimmt wieder mit dieser Sandra unterwegs. Vielleicht haben sie zwei nette Kerle kennengelernt.«

»Sandra wollte gestern nach Bonn zu ihrer Familie fahren. Sie wollten nur noch zusammen frühstücken und danach wollte Eilika zurückkommen. Sie hatte angekündigt, dass sie mit uns reden wollte. Seitdem haben wir nichts mehr von ihr gehört.«

Stinus massierte sich das Kinn. »Das sieht ihr eigentlich gar nicht ähnlich. Wirklich seltsam.«

»Ich hatte erst befürchtet, dass sie einfach abgereist ist, aber ihre Sachen sind noch in ihrem Zimmer.«

Stinus sah die Verzweiflung in den Augen seiner Schwester. Was konnte passiert sein? Ein Unfall mit ihrem Schrottauto? Aber wenn Eilika im Krankenhaus lag, dann hätte man doch bestimmt schon ihre Familie informiert, oder? Plötzlich traf es Stinus wie ein Blitz. Eilika hatte Vanessa Verdandi beschattet – konnte es etwa sein, dass diese Frau der Polizei entkommen war und sich an Eilika gerächt hatte?

»Wieso bist du plötzlich so bleich, Stinus? Woran denkst du?«

»Ich … mir fällt gerade ein, dass man jedes Smartphone orten kann, wenn die Standortbestimmung aktiviert ist. Lass uns das mal versuchen. Komm mit in mein Büro.«

Sie gingen in Stinus' Büro und er schaltete seinen Computer ein. Nach seiner Suchanfrage wurden ihm mehrere Dienste angeboten, die den Standort einer beliebigen Handynummer ermitteln konnten. Die meisten davon waren kostenpflichtig, aber das war nun auch egal.

Eilikas Mutter diktierte ihm die Telefonnummer ihrer Tochter und nach wenigen Sekunden bestätigte die Internetseite, dass sie einen Standort gefunden hatte.

»Das ist in der Nähe von Dornum.« Stinus schaltete die Satellitenansicht ein und vergrößerte den Maßstab. »Das sieht mir aus wie ein Bauernhof.« Er markierte die Stelle auf seinem eigenen Smartphone und stand auf. »Komm, wir fahren dorthin.«

Sie nahmen seinen Mercedes, denn Eilikas Mutter war zu nervös zum Fahren, und Stinus war froh, etwas tun zu können, das ihn von seinen dunklen Gedanken ablenkte. Sollten sie nicht lieber die Polizei einschalten? Vielleicht zählte jede Sekunde!

Stinus fuhr schneller als erlaubt und so erreichten sie ihr Ziel bereits nach zwanzig Minuten. Sie stiegen aus und blickten sich um. Wo auf diesem Gelände konnte sich Eilika aufhalten? Der Bauernhof schien nicht mehr bewirtschaftet zu sein.

»Eilika!«, rief seine Schwester. »Bist du hier irgendwo?«

Stinus standen Schweißtropfen auf der Stirn. Er betete, dass Eilika nichts passiert sein möge, doch er befürchtete das Schlimmste.

Stinus ging auf das offene Scheunentor zu. Er wollte nicht, dass seine Schwester ihn begleitete, aber natürlich konnte er es ihr nicht verbieten.

»Eilika!«, schrie sie erneut. »Wo bist du?«

In der Scheune war es düster. Stinus zog sein Smartphone und wählte die Nummer seiner Nichte. Wenig später hörte er den Klingelton nicht weit von sich entfernt. Schnell gingen sie in die Richtung, aus der die Melodie kam. Dann sahen sie Eilika.

* * *

Kira saß im Büro vor ihrem Computer. Mittlerweile bestand ihre Arbeit wieder daraus, mehr Berichte zu schreiben als zu lesen.

»Machen Sie sich keine Sorgen, Jensen.« Baer drehte sich zu ihr. »Früher oder später wird man Vanessa Verdandi erwischen. In der heutigen computergesteuerten Welt dauerhaft unterzutauchen ist viel schwieriger, als man denkt. Verdandi hat zwar das Bargeld vom Verkauf der Kunstgegenstände Adelmanns, aber das wird auch nur für eine begrenzte Zeit reichen.«

»Und wenn sie Unterstützer hat? Was, wenn sie bei einem Freund untertaucht?«

»Jemand, auf dessen Ergreifung eine hohe Belohnung ausgesetzt ist, hat keine Freunde mehr.«

Kira blickte ihn an. »Wie können Sie das so locker nehmen?«

»Ich nehme es nicht locker«, antwortete Baer. »Ich versuche nur, es nicht an mich heranzulassen. Wenn Sie das nicht lernen, halten Sie in diesem Job nicht lange durch. Wir behandeln keine Kavaliersdelikte, sondern werden mit menschlichen Abgründen konfrontiert. Und die Realität ist, dass wir nur einen ganz begrenzten Teil an Gerechtigkeit schaffen können.«

Kira seufzte. Baer hatte recht. Wenn jemand bereit war, einen anderen Menschen zu ermorden, war vorher schon eine Menge schiefgelaufen.

»Ich habe übrigens gestern Abend noch eine sehr unterhaltsame Kurzgeschichte gelesen«, sagte Baer. »Christian Kroll hat mich darauf gebracht, weil er sie in einem seiner Zeitungsartikel erwähnt hat. Sie stammt von Stanislaw Lem und heißt ›Invasion vom Aldebaran‹. Sehr originell, ich habe mich lange nicht mehr so amüsiert.«

Kira fand es nett, dass Baer sie offensichtlich ablenken wollte. »Erzählen Sie.«

Ein süffisantes Grinsen breitete sich auf Baers Gesicht aus. »Zwei Aldebaraner landen auf der Erde und wollen sie unauffällig erkunden. Dazu erstellen sie mit einem sogenannten Ultraskop das Abbild eines Erdbewohners, das sie sich überstreifen. In diesen Kostümen wollen sie mit einem echten Menschen kommunizieren. Der Mann, den sie ansprechen, ist allerdings ein übler Bursche, der sich vorher heftig mit seinem Kumpan gestritten hat. Als er nun die beiden Aldebaraner trifft, glaubt er, zwei Schlägern gegenüberzustehen, die sein Kumpan auf ihn angesetzt hat, und haut sie tot.«

Kira hob die Augenbrauen. »Das war's? So endet die Geschichte?«

»Ich habe doch gesagt, sie ist sehr originell. Das erklärt nämlich bestens, warum sich keine Außerirdischen auf die Erde verirren.«

Kiras Stimmung hob das nicht. Sie musste allerdings an ihre Lektüre von Joost Bookmeyers Manuskript denken. Unter allen Versatzstücken von Verschwörungsmythen war es ein wiederkehrendes Motiv, dass Menschen durch Außerirdische ausgetauscht wurden, die dann unerkannt auf der Erde lebten.

Jemand klopfte an der Tür, also konnte es sich nicht um Ralf Gravenhorst handeln.

»Herein!«

Jan Haselbach betrat den Raum, zusammen mit Stinus Helmerich und zwei Frauen. Haselbach stellte ihnen die jüngere von beiden vor, die ziemlich mitgenommen aussah. »Das ist Eilika Helmerich. Sie hat wichtige Informationen über Vanessa Verdandi.«

Die Ermittler schauten Eilika Helmerich gespannt an, während sie sich setzte. Die junge Frau rang nach Luft und Fassung. »Sie heißt nicht Vanessa Verdandi. Ihr echter Name ist Sandra Göbel und sie kommt aus Bonn.« Sie entsperrte ihr Smartphone und zeigte ihnen das Foto einer blonden Frau.

Kira nahm das Fahndungsfoto von Vanessa Verdandi in die Hand, aber es hatte eine zu schlechte Qualität, um erkennen zu können, ob es sich um dieselbe Person handelte.

»Woher wissen Sie das?«, fragte Baer. »Oder besser: Wie kommen Sie darauf?«

»Mein Onkel hat mich darum gebeten, Vanessa Verdandi zu beschatten, nachdem sie ihm etwas verkauft hatte. Er war misstrauisch, ob bei diesen Geschäften alles mit rechten Dingen zuging.«

Die ältere Frau blickte den Trödelhändler fassungslos an. Kira begriff, dass es sich offenbar um Eilika Helmerichs Mutter handelte und somit um Stinus Helmerichs Schwester. »Stimmt das?«, fragte die Frau entsetzt. »Hast du wirklich Eilika darum gebeten, eine Mörderin zu verfolgen?«

»Ich … ich habe nicht geglaubt, dass es gefährlich sein könnte.«

»Bitte«, schaltete sich Kira ein, »wir müssen genau verstehen, worum es hier geht.« Sie blickte zu Haselbach. »Bitte bring uns noch einen Stuhl.«

Wenig später konnte die ganze Familie sitzen und Eilika Helmerich erzählte ihnen, was sie in den letzten Tagen erlebt hatte. Bis zu dem Punkt, als Sandra sie niedergeschlagen und gefesselt und geknebelt in der alten Scheune zurückgelassen hatte. »Erst heute Morgen haben mich Mama und Onkel Stinus gefunden.«

»Wo war das genau?«, fragte Baer.

Stinus Helmerich zeigte ihm die Ortsmarkierung auf seinem Smartphone.

Baer wandte sich an Kira. »Das ist der alte Bauernhof, in dem Vanessa Verdandi auch das Motorrad von Ragnar Pagels versteckt hat und uns am Samstag entkommen ist.« Der Hauptkommissar wandte sich wieder den Zeugen zu. »Vielen Dank, dass Sie sofort zu uns gekommen sind, Ihre Angaben sind äußerst hilfreich. Bitte stellen Sie uns Ihre Fotos zur Verfügung, Frau Helmerich. Wir werden sofort nach Sandra Göbel fahnden lassen und prüfen, was wir noch über sie herausfinden können. Bitte fahren Sie jetzt zur Untersuchung in ein Krankenhaus und lassen Sie Ihre Wunden dokumentieren. Und bleiben Sie für uns erreichbar, falls wir noch weitere Fragen haben.«

Eilika Helmerich nickte und ihre Mutter blickte Baer dankbar an, weil er ihr einen möglichen nächsten Schritt vorgegeben hatte. Die ganze Familie musste unglaublich durcheinander sein. Zum Glück war Eilika mit dem Leben davongekommen!

25. Hasch mich

Die Ermittler mussten sich erst mal sortieren. Kira verspürte wieder neue Zuversicht. Jetzt, wo sie Vanessa Verdandis wahre Identität kannten, müsste man sie doch finden können! Sie instruierten sofort die übrigen Kollegen von der Mordkommission, damit diese alles über Sandra Göbel herausfinden konnten. Im Anschluss diskutierten die Kommissare die Neuigkeiten.

Baer blickte Kira sorgenvoll an. »Wir kennen nun die wahre Identität der Mörderin. Aber hat sich die Wahrscheinlichkeit, sie zu finden, dadurch erhöht oder ist sie gesunken?«

»Wie meinen Sie das?«

»Wir wissen jetzt, dass Sandra jede Identität annehmen kann. Das bedeutet, dass sie sich ein neues Opfer suchen und in eine andere Rolle schlüpfen könnte. Das macht die Sache sehr viel schwieriger.«

Was für eine furchtbare Vorstellung. Das war ein Grund mehr, warum sie jede Anstrengung unternehmen mussten, um sie zu finden.

Es klopfte und Baer rief ungeduldig: »Herein!«

Ein Kollege betrat den Raum. »Die Ortung von Sandra Göbels Smartphone führt zu keinem Ergebnis, offenbar hat sie die SIM-Karte zerstört.« Er reichte den Ermittlern mehrere Computerausdrucke. »Das ist die erweiterte Meldeauskunft von Sandra Göbel. Offiziell ist sie bei ihren Eltern in Bonn gemeldet. Wir haben dort angerufen und ihnen die Fotos von Eilika Helmerichs Smartphone zugemailt. Herr und Frau Göbel waren tief betroffen und haben die Identität ihrer Tochter anhand der Fotos bestätigt. Allerdings hat Frau Göbel erst in zwei Monaten Geburtstag, aber keinen runden. Sie wussten auch nichts davon, dass ihre Tochter sich gerade in Deutschland aufhält. Nach ihrem Kenntnisstand lebt Sandra Göbel in der Dominikanischen Republik und arbeitet dort als Reiseleiterin.«

Baer blickte Kira fragend an.

»Ich glaube nicht, dass Sandra Göbels Eltern lügen«, sagte sie. »Laut Eilikas Erzählung hatte Sandra keine Beziehung mehr zu ihnen. Sie hat Eilika dafür beneidet, dass sie zu ihren Eltern zurückkehren konnte, das war für sie selbst keine Möglichkeit. Wahrscheinlich hat Sandra das mit dem Geburtstag ihrer Mutter nur erfunden, um Eilika gegenüber eine plausible Begründung dafür zu haben, dass sie einfach verschwindet.«

Baer nickte. »Wir müssen alle alten Kontakte von Sandra Göbel zusammentragen. Aus ihrer Zeit als Reiseleiterin, aus ihrer Musicalausbildung und aus ihrer Schulzeit. Wir müssen mit jedem sprechen, der irgendetwas über sie wissen kann.« Baers Stimme klang, als hätte er wenig Hoffnung, etwas Entscheidendes zu erfahren.

Kira verdrängte das Gefühl, verloren zu haben. Sie wollte daran glauben, dass sie eine Chance hatten, Sandra Göbel zu schnappen. Aber welche realistischen Möglichkeiten besaßen sie denn?

Der Kollege verließ den Raum.

»Wo hat Sandra hier in Ostfriesland gewohnt?«, fragte Kira. »In einem Hotel? In einer Ferienwohnung?«

»Das wusste selbst Eilika Helmerich nicht, die beiden haben sich immer an öffentlichen Orten getroffen. Logisch wäre eigentlich, dass sie in Thomas Adelmanns Haus gewohnt hat, aber dort haben wir ja keine Anzeichen für eine Übernachtung gefunden.«

Damit waren sie wieder bei ihrem alten Problem angelangt. Welcher Natur war die Beziehung zwischen Sandra Göbel und Thomas Adelmann? »Wie hat Sandra Göbel Thomas Adelmann kennengelernt?«, fragte Kira. »Wieso hat sie ausgerechnet ihn als Opfer für ihren Identitätsdiebstahl ausgewählt?«

»Er war wohlhabend«, antwortete Baer. »Vielleicht hat sie ihn in seinem Porsche Cabriolet gesehen und ist ihm gefolgt. Oder sie ist gezielt zu großen Häusern gefahren und hat sie beobachtet. Und dann hat sie Thomas Adelmann bezirzt.«

Das war natürlich eine Möglichkeit. Aber war Sandra Göbel tatsächlich so geplant vorgegangen? Musste man dafür nicht eine Menge Vorbereitungszeit investieren, um auf diese Weise ein passendes Opfer zu finden? Und für welchen Ertrag? Selbst wenn erst nach einem Jahr jemandem auffiel, dass Thomas Adelmann verschwunden war und sie zwölfmal das monatliche Limit von seinen Geldkarten abheben konnte, ergäbe das doch keine riesige Summe, oder? Oder war die Welt schon so kaputt, dass eine Frau zur eiskalten Mörderin wurde, nur um sich über zwölf Monate hinweg hunderttausend Euro zu ergaunern?

Nein, dachte Kira, *solch ein Verbrechen führt man nicht aus, wenn man mehrere Wochen darüber nachdenken kann. So etwas tut man, wenn sich die Gelegenheit dazu ergibt, wenn es in dem Augenblick verführerisch aussieht. Es ist eine impulsive Handlung, auf die man sich einlässt, ohne die Folgen abzuschätzen.*

Dazu drängte sich Kira ein weiteres Argument auf. Wäre es für Sandra Göbel nicht viel sinnvoller gewesen, sich eine Frau als Opfer zu wählen? Sie hatte die Rolle von Vanessa Verdandi überzeugend gespielt, hätte sie dann nicht auch in die Rolle ihres Opfers schlüpfen können? Das wäre nur den Menschen aufgefallen, die wirklich eine enge Beziehung zu dem Opfer gehabt hatten.

»Sandra Göbel ist nicht so skrupellos, wie wir ihr unterstellen«, sagte Kira überzeugt. »Nach Eilika Helmerichs Aussage hat Sandra Göbel behauptet, die Morde würden sie quälen und ihr Albträume bereiten. Sie ist keine eiskalte Killerin, sie hat sich nicht daran gewöhnt zu morden. Sie hat die Rolle der Vanessa Verdandi nicht aus Spaß erfunden, sondern um sich selbst zu schützen. Es war ein kluger Schachzug, gegenüber dem Trödelhändler nicht ihre wahre Identität preiszugeben. Sie tötet nur, um ihre Maskerade aufrechtzuerhalten. Warum hat sie denn Eilika Helmerich am Leben gelassen? Weil sie sich wirklich mit ihr angefreundet hat und sie ihr wirklich etwas bedeutet. All diese Erlebnisse zehren an ihr und sie muss erst mal zur Ruhe kommen.«

»Aber wo?«, fragte Baer mit geballten Fäusten. »Wo kommt sie zur Ruhe?«

»An einem Platz, den sie kennt und an dem sie sich sicher fühlt.« Kira seufzte. Das war natürlich keine besonders befriedigende Antwort. Obwohl sie auf eine Sache hinauslief: Was Sandra Göbel in ihrer Vergangenheit getan hatte, dürfte weniger interessant sein, vielmehr mussten sie herausfinden, wie sie ihr Leben in den letzten Monaten verbracht hatte.

Kira beschloss, sich einen Moment Pause von ihrer Gehirnakrobatik zu gönnen. Ein Schluck Kaffee würde ihr sicher guttun. Doch wo war ihre Tasse? Ihr Blick streifte über die Papiere auf ihrem Schreibtisch und blieb an der Liste hängen, die ihnen Stinus Helmerich gegeben hatte. Die Liste mit allen Gegenständen, die Sandra Göbel ihm als Vanessa Verdandi verkauft hatte. Gemälde »Alte Fischer«, Gemälde »Arbeitende Frauen«, Gemälde »Wasserschloss in Dornum«, goldene Kaminuhr neunzehntes Jahrhundert, Diamantcollier ca. 1950, Herrentaschenuhr 750 Karat Schweizer Fabrikat …«
Kira stutzte. Sie hatte das Gefühl, dass ein Gegenstand nicht zu den anderen passte.

Sie fand ihre Tasse und ging zur Kaffeemaschine. Während sie sich eingoss, wurde ihr klar, welcher Gegenstand auf der Liste ihre Aufmerksamkeit erregt hatte. *Das Diamantcollier.* Alle anderen Gegenstände passten in Thomas Adelmanns Haus, aber ein Diamantcollier war ein Accessoire für Damen.

Ihr Gehirn fühlte sich an wie ein Oktopus, der sich mit seinen acht Armen gleichzeitig alle möglichen Informationen zusammenklaubte. Darunter auch die Kurzgeschichte mit den Invasoren vom Aldebaran, die ihr Baer vorhin erzählt hatte. Und sie dachte an Hajo Rutkat, dessen Denkweise vollständig von Verschwörungsideologien geprägt war. Er hatte Joost Bookmeyer immer wieder versprochen, ihm Beweise für seine Anschauungen zu liefern. Was, wenn er plötzlich tatsächlich einen vermeintlichen Beweis gefunden hatte, der gerade für Joost Bookmeyer überzeugend sein würde?

Kira blickte Baer mit funkelnden Augen an. »Ich glaube, dass sich Sandra Göbel immer noch in Ostfriesland aufhält.«

»Wie meinen Sie das, Jensen?«

»Ich möchte gerne etwas mit Ihnen überprüfen. Und dabei sollte uns auch Eilika Helmerich begleiten.«

* * *

Eine Stunde später stand Kira vor dem Haus in Esens und atmete tief durch. Eigentlich sollte ihre Theorie stimmen. Wenn nicht, würde diese Sache schlimmstenfalls in einem Herzinfarkt enden. Sie lockerte noch mal kurz ihre Finger und drückte den Klingelknopf.

Zunächst geschah gar nichts, dann glaubte Kira, dass sich eine Gardine bewegt hatte. Sie wollte gerade erneut läuten, da öffnete sich die Haustür.

»Wer ist da?«, fragte Marlies Bookmeyer. »Was wollen Sie von mir?«

»Ich bin's, Kira Jensen, Kriminalpolizei. Erinnern Sie sich an mich?«

»Natürlich.«

»Darf ich reinkommen?«

»Ich habe keinen Kuchen.«

»Tee reicht vollkommen.«

»Also gut. Kommen Sie herein.«

Kira schaute zu ihrem Auto, das am Straßenrand parkte. Die Beifahrertür öffnete sich und Baer zwängte sich aus dem Kleinwagen heraus. Hinten stieg Eilika Helmerich aus dem Auto.

»Hauptkommissar Tilmann Baer kennen Sie ja bereits«, sagte Kira zu Marlies Bookmeyer. »Und das ist Eilika Helmerich.«

Die Frau nickte ihren Gästen nur kurz zu und ging dann ins Haus. Kira folgte ihr ins Wohnzimmer. Die Terrassentür stand offen und man hörte die Vögel zwitschern.

»Sie brauchen für uns nicht extra Tee zu kochen«, sagte Baer. »Wir wollen Ihnen keine großen Umstände bereiten.«

»Wenn Sie meinen.« Marlies Bookmeyer setzte sich an den Wohnzimmertisch, Baer und Eilika Helmerich leisteten ihr Gesellschaft. Nur Kira blieb noch kurz beim Flügel stehen und nahm das Foto in die Hand, das Marlies Bookmeyer und ihren Wolfgang am Palmenstrand zeigte.

»Wo ist das?«, fragte die Kommissarin. »In der Karibik?«

»Richtig.« Bookmeyer seufzte. »In der Dominikanischen Republik. Es war ein wundervoller Urlaub.«

Kira stellte das Foto wieder ab und nahm neben Baer Platz.

»Ich nehme an, dass Sie Neuigkeiten haben«, sagte Bookmeyer. »Haben Sie inzwischen herausgefunden, wer Joost ermordet hat?«

»Das haben wir. Es war eine Frau mit Namen Sandra Göbel.«

»Eine Frau?« Bookmeyer war schockiert. »Ich dachte immer, zu so etwas wären nur Männer in der Lage. Die Welt wird immer schlimmer.«

Kira antwortete nicht. Stattdessen beobachtete sie, wie sich Schweißtropfen auf der Stirn ihrer Gastgeberin bildeten. Marlies Bookmeyer hingegen vermied es, sie anzusehen.

»Haben Sie die Mörderin denn gefasst?«, fragte Bookmeyer mit brüchiger Stimme.

»Noch nicht. Sandra Göbel ist uns gestern entkommen. Allerdings glauben wir, dass sie sich immer noch in Ostfriesland aufhält.«

»Wieso sollte sie das tun? Das wäre doch ziemlich dumm von ihr, oder nicht?«

»Nun, wenn man flüchtet, muss man sich erst einen sicheren Ort suchen«, erklärte Kira. »Da ist es doch viel leichter, wenn man bereits einen Platz hat, den man kennt und der einem ein regelmäßiges Auskommen ermöglicht. Außerdem muss Sandra Göbel noch eine bestimmte Rolle spielen, weil es den Nachbarn irgendwann auffallen würde, wenn diese Person plötzlich verschwindet.« Kira blickte zu Eilika. Die junge Frau hatte Tränen in den Augen und rang mit ihrer Fassung.

Plötzlich sprang Marlies Bookmeyer auf und flüchtete durch die Terrassentür in den Garten. Sie rannte bis zum Ende der Wiese und hüpfte behänd wie ein Reh über den Zaun.

26. Stammgast

Kira und Baer blieben seelenruhig sitzen. Eine Tasse Tee wäre jetzt doch angenehm.

»Wollen Sie ihr denn nicht hinterherrennen?«, fragte Eilika.

»Nein«, antwortete Baer. »Das machen andere.«

Kurze Zeit später raschelte es in einem Busch und Marlies Bookmeyer tauchte wieder auf. Jan Haselbach hielt sie am Schlafittchen und führte sie um das Grundstück herum zurück ins Haus.

Baer grinste. »Wie hat man früher so schön gesagt? ›Hasch mich, ich bin der Frühling.‹«

»Was soll das denn bitte schön bedeuten?«, fragte Marlies Bookmeyer.

»Wenn Sie wirklich so alt wie ich wären, wüssten Sie das.« Baer fasste ihr ins Haar und riss ihr die Perücke vom Kopf.

Kira war beeindruckt. Die Verkleidung war echt gut gemacht. Die Krähenfüße unter den Augen, die Falten im Gesicht, die Altersflecken auf den Händen. Sandra Göbel hatte Talent. »Haben Sie wirklich geglaubt, wir würden hier unvorbereitet auftauchen, Frau Göbel? Natürlich haben wir das Grundstück umstellt. Und wenn Sie uns nicht die Tür geöffnet hätten, wäre sie von uns gewaltsam geöffnet worden. Die Vorstellung ist zu Ende und es gibt keine Zugabe mehr.«

Baer zeigte sich immer noch beeindruckt von Sandra Göbels Verwandlung. »Sie sahen wirklich zehn Jahre älter aus. Wie macht man die Falten?«

»Man spannt die Haut, trägt etwas Latex auf, schminkt es, und wenn man die Haut loslässt, bilden sich Falten. Man darf auch die Hände nicht vergessen. Die sind normalerweise am schwierigsten, aber ich habe leider schon immer älter gewirkt, als ich in Wirklichkeit war.«

Die Täuschung war ihr auch gelungen, weil sie an alle Details gedacht hatte. Vor allem weil hier drinnen wenig Licht herrschte, und überhaupt passte die Umgebung zu einer älteren Frau, sodass sie bei ihrem ersten Besuch nicht stutzig geworden waren.

Sandra Göbel setzte sich wieder und wandte sich an Kira. »Wie sind Sie auf mich gekommen?«, fragte sie mit ihrer normalen Stimme.

»Weil Sie nicht nur Kunstgegenstände von Thomas Adelmann verkauft haben, sondern auch ein Collier. Ich nehme an, dass das mal ein Geschenk von Wolfgang an die echte Marlies Bookmeyer war. Und auf einmal erschien es mir viel logischer, dass Joost Bookmeyer aus Sorge um seine Tante nach Ostfriesland gekommen ist anstatt aus Sorge um Thomas Adelmann.«

Sandra Göbel funkelte Kira wütend an.

»Aber der Reihe nach«, fuhr Kira fort. »Beginnen wir mit Ihrer Arbeit als Reiseleiterin in der Dominikanischen Republik. Dort lernen Sie Marlies Bookmeyer kennen, eine allein reisende Frau, die ziemlich anstrengend sein kann. Marlies Bookmeyer macht dort Urlaub, um sich an die gemeinsame Reise mit ihrem verstorbenen Ehemann Wolfgang zu erinnern. Sie selbst sind mit Ihrem eigenen Leben unzufrieden und glauben, dass Marlies Bookmeyer ein sorgenfreies Leben führt. Von der

Gestalt her sind Sie ein ähnlicher Typ, und da zur Ausbildung als Musicaldarstellerin auch Schauspielunterricht gehört und Sie wahrscheinlich schon in verschiedenen Nebenrollen im Theater und Film mitgewirkt haben, erscheint es Ihnen möglich, Marlies Bookmeyers Identität anzunehmen. Sie hat Ihnen bereits viel aus ihrem Leben erzählt, sodass Sie glauben, alles Wesentliche darüber zu wissen. Also ermorden Sie Marlies Bookmeyer und ziehen in ihr Haus ein. Natürlich müssen Sie nicht jeden Tag in diese Rolle schlüpfen, einmal in der Woche reicht aus, um sich den Nachbarn zu zeigen und Geld vom Automaten in der Innenstadt abzuheben, den Rest der Zeit können Sie unbeschwert als Sandra Göbel verbringen.

Doch obwohl Marlies Bookmeyer sehr zurückgezogen gelebt hat und nicht sonderlich beliebt war, hatte sie mit mehr Leuten persönlichen Kontakt gehabt, als Sie vorher wussten. Sie war nämlich Stammgast im Mühlenrestaurant von Hajo Rutkat gewesen, wo sie regelmäßig mit ihrem Kavalier Thomas Adelmann gegessen hatte. Wahrscheinlich hat Hajo Rutkat Sie einmal zufällig in Esens getroffen, als Sie dort gerade in Ihrer Verkleidung als Marlies Bookmeyer unterwegs waren. Natürlich hat er Sie angesprochen und gefragt, warum Sie nicht mehr zum ihm ins Restaurant kommen. Sie haben ihn natürlich nicht erkannt und das hat Hajo Rutkat persönlich genommen. Rutkat lebt in einer Welt voller Verschwörungsideologien und er glaubt daran, dass Außerirdische unerkannt unter den Menschen leben, weil sie jede Gestalt annehmen und Menschen austauschen können. Also wird er misstrauisch und spricht mit Thomas Adelmann darüber. Thomas Adelmann hat selbst Fragen, denn auch bei ihm haben Sie sich nicht mehr gemeldet, seit Sie aus dem Urlaub zurückgekehrt sind. Da Thomas Adelmann Gefühle für Sie hegt, stellt er Ihnen so hartnäckig nach, dass Sie sich dazu entschließen, auch ihn zu ermorden. Damit haben

Sie sich sogar eine zweite Einnahmequelle erschlossen, denn Thomas Adelmann bezieht eine höhere Altersversorgung als Marlies Bookmeyer und besitzt mehrere Kunstgegenstände, die Sie zu Geld machen können.

Um Ihre wahre Identität zu schützen, haben Sie eine zusätzliche Person erfunden, die die Kunstgegenstände beim Trödelhändler verkauft, nämlich Vanessa Verdandi. Das war sehr klug, denn wenn Vanessa Verdandi angezeigt wird und der Mord an Thomas Adelmann auffliegt, bringt Sie das selbst nicht in Gefahr. Der Trödelhändler hat Sie allerdings nicht angezeigt, sondern Ihnen bereitwillig die Kunstgegenstände abgekauft, weil das auch für ihn ein gutes Geschäft war.

Hajo Rutkat wird erneut zum Problem. Der stellt nämlich fest, dass sich nicht nur Marlies Bookmeyer verändert hat, sondern auch noch Thomas Adelmann verschwunden ist. Er wollte schon seit längerer Zeit dem Journalisten Joost Bookmeyer Beweise für seine Verschwörungstheorien liefern und sieht nun die Gelegenheit dafür gekommen. Über mehrere Wochen hinweg beobachtet er die ausgetauschte Marlies Bookmeyer und die rätselhafte Frau, die plötzlich in Thomas Adelmanns Porsche unterwegs ist. Er notiert sich, wo sie sich regelmäßig aufhalten und was sie dort tun. Und er stellt fest, dass er Marlies Bookmeyer immer am Montagnachmittag sieht und Vanessa Verdandi am Mittwochvormittag. Mit diesen Erkenntnissen wendet er sich an Joost Bookmeyer und bittet ihn, am Montag nach Ostfriesland zu kommen. Hier teilt er ihm mit, dass seine Tante in Wahrheit eine Außerirdische ist und er sich am Nachmittag selbst davon überzeugen kann.

Genau das tut Joost Bookmeyer. Sie haben sich gar nicht mit ihm am Nachmittag getroffen, sondern erst am Abend. Joost hat Sie vor diesem Haus abgepasst, sodass Sie keine andere Wahl hatten, als ihn hineinzubitten. Er hat sich zunächst ganz normal mit Ihnen unterhalten und Ihnen von seinem Buchprojekt erzählt. Er wollte herausfinden, ob Sie wirklich seine Tante sind, und Sie hatten keine Chance, diesen Test zu bestehen. Noch bevor er Sie zur Rede stellen konnte, haben Sie ihn hinterrücks erschlagen. Sein Verschwinden konnten Sie allerdings nicht mehr unter den Teppich kehren, denn er kannte viel zu viele Leute. Die Polizei durfte auf keinen Fall herausfinden, dass Sie die letzte Person waren, mit der Joost zusammen gewesen ist. Also haben Sie sich überlegt, die Spur auf eine unbekannte Quelle für sein Buch über Verschwörungsmythen zu lenken. Sie haben die Leiche nach Pilsum gefahren und den Mord möglichst mysteriös inszeniert.

Im Zuge unserer Ermittlungen haben wir Sie am Mittwochnachmittag vernommen. Dort haben wir Ihnen auch von Hajo Rutkat erzählt und Sie haben begriffen, dass der verrückte Koch Ihr Hauptproblem ist. Sie haben sich als Vanessa Verdandi verkleidet und sind am Abend zum Mühlenrestaurant gefahren, um auf eine Gelegenheit zu warten, auch ihn aus dem Weg zu räumen. Allerdings haben Sie gesehen, dass ich ebenfalls dort war, um die Mühle zu observieren. Deshalb haben Sie sich entschieden, Hajo Rutkat erst am Donnerstagmorgen zu ermorden und dafür seinen Gehilfen Ragnar Pagels verantwortlich zu machen.« Kira schaute Sandra Göbel ernst an. »Habe ich das richtig zusammengefasst?«

Sandra Göbel nickte stumm.

»Wo und wie haben Sie Joost Bookmeyer ermordet? Hier im Wohnzimmer? Und wo ist die Leiche der echten Marlies Bookmeyer? Haben Sie etwa auch eine Tiefkühltruhe im Keller?«

»Marlies Bookmeyers Leiche verwest im Dschungel in der Dominikanischen Republik.« Sandra Göbel schaute an Kira vorbei, während sie erzählte. »Frau Bookmeyer war Stammgast im Hotel, ist jedes Jahr über zwei Monate dort gewesen. Sie ist allen auf die Nerven gegangen mit ihrer Art und hat sich dauernd zu mir an den Reiseleitertisch gesetzt. Irgendwie hat sie mich gemocht, keine Ahnung warum. Im Laufe der Zeit hat sie mir immer mehr von Wolfgang und ihrem Leben in Ostfriesland erzählt. Eines Nachts bin ich aufgewacht und habe die Kakerlaken im Waschbecken krabbeln gehört. Da hatte ich plötzlich die Idee, dass ich Marlies Bookmeyers Leben übernehmen wollte. Sorgenfrei, mit einem regelmäßigen monatlichen Einkommen und in der Nähe des Meeres. Der ganze Plan stand mir vor Augen und ich musste ihn nur noch ausführen. Anhand eines Fotos habe ich in Santo Domingo eine maßgeschneiderte Perücke herstellen lassen. Marlies Bookmeyer hat mir vertraut, deshalb ist sie mitgekommen, als ich ihr versprach, ihr einen wunderschönen Platz auf der Insel zu zeigen. Ich habe sie an eine Stelle geführt, zu der sonst niemand fährt, und sie im Wald erschlagen. In dem Land ist Baseball sehr populär und man bekommt überall einen Schläger.« Ein leichtes Lächeln zeigte sich auf Sandras Gesicht. »Es war leichter, als ich gedacht hatte. Vielleicht, weil man in der Dominikanischen Republik öfter mit dem Tod zu tun hat. Frühmorgens hat man ab und zu eine Leiche am Straßenrand gesehen, wenn ein übermüdeter haitianischer Arbeiter von einem überfüllten Lastwagen gefallen ist. Ich konnte mir sicher sein, dass im Dschungel niemand Marlies Bookmeyers Überreste findet. Am Abend habe ich mich das erste Mal als Marlies maskiert. Es musste nicht ganz perfekt sein. Jeder war froh, wenn er nichts mit ihr zu tun hatte, alle haben den Blick gesenkt, um nicht von ihr angesprochen zu werden. Ich bin zurück ins Hotel gefahren, habe dort die Leute an der Rezeption gegrüßt und die Nacht in ihrem Zimmer verbracht. Es war so himmlisch ruhig und es gab keine Kakerlaken und keinen Schimmel. Am nächsten Tag habe ich ausgecheckt und bin ganz normal mit dem Transfer zum Flughafen gefahren. Als Marlies Bookmeyer auszureisen habe ich mich dann doch nicht getraut, aber das war auch gar nicht nötig. An diesem Punkt hat sich niemand mehr für sie interessiert und ich konnte mich erst noch um meine persönlichen Dinge kümmern, also kündigen und meinen eigenen Koffer packen. Eine Woche später bin ich nach Deutschland geflogen und habe mein neues Leben in Ostfriesland begonnen. Am Anfang war es großartig, aber dann wurde es doch anders, als ich mir das vorgestellt hatte. Marlies Bookmeyer hatte den Großteil ihres Vermögens schon aufgebraucht und ihr Besitz bestand vor allem aus ihrem Haus. Rente und Hinterbliebenenrente kommen monatlich rein, aber man lebt ein fremdes Leben in einem Haus, das man nicht selbst eingerichtet hat.«

Sandra sagte es so, als wollte sie dafür Mitleid erfahren.

»Ich wollte mir eine eigene Wohnung mieten«, fuhr sie fort. »Doch ohne ein regelmäßiges, legales Einkommen bekommt man keine Wohnung und keinen Kredit. Ich habe das doch nicht gemacht, um weiterhin das kleinste Zimmer zu bewohnen und das billigste Auto zu fahren! Ursprünglich dachte ich, es wäre viel, wenn man jeden Monat einfach so dreitausend Euro zur Verfügung hat, aber dann musste ich feststellen, wie wenig man damit eigentlich anfangen kann. Um sich einen Sportwagen kaufen zu können, muss man trotzdem lange sparen.

Aber das war nicht das Einzige, was ich mir anders vorgestellt hatte. Plötzlich fängt mich dieser Thomas Adelmann vor meiner Tür ab und fragt mich, warum ich mich nicht mehr bei ihm gemeldet hätte. Marlies Bookmeyer hatte mir nie von ihm erzählt! Er hat mir Blumen gegeben und wollte mich zum Essen ausführen, damit ich ihm von meiner Reise erzählen kann. Ich habe eingewilligt, mit zu ihm zu kommen, und dort musste ich ihn leider töten. Dafür standen mir dann ein doppeltes Einkommen und ein Porsche zur Verfügung. Ich konnte

244

seine Gemälde verkaufen, aber trotzdem reichte mir das Geld nicht. Da mir der Trödelhändler etwas windig vorkam, habe ich ihn gefragt, ob er Leute kennt, die mir einen Kredit vermitteln könnten. Wahrscheinlich war das ziemlich naiv von mir, aber ich kenne mich halt bei so etwas nicht aus!« Sandra ballte die Fäuste. »Und dann hat mir Joost Bookmeyer vor meiner Tür aufgelauert. Von ihm hatte mir seine Tante erzählt und normalerweise hätte ich ihn abgewimmelt, aber so musste ich ihn ins Haus bitten. Er hat mir von seinem Buch erzählt und dabei musste ich an ein Theaterstück nach einer Kurzgeschichte denken, das wir mal während der Ausbildung inszeniert hatten: ›Invasion vom Aldebaran‹. Damals hatten wir uns dieses Symbol ausgedacht und auf die Einladungszettel gedruckt. Nachdem ich begriffen hatte, dass ich Joost Bookmeyer nicht täuschen konnte, habe ich vorgegeben, ich müsste zur Toilette. Er ist mir hinterhergeschlichen, damit ich nicht abhauen konnte. Ich habe ihm allerdings im Flur aufgelauert und mit meinem Baseballschläger gegen seinen Hinterkopf geschlagen. Leider konnte ich nicht herausfinden, wie Joost Bookmeyer auf mich gekommen ist, auch nicht, nachdem ich in seinem Hotelzimmer war. Erst als Sie beide mich nach Hajo Rutkat gefragt haben, war mir klar, dass er mein Hauptproblem ist. Marlies hatte mir von ihm und seinen Theorien erzählt, aber mir war nicht klar, dass sie für ihn so wichtig war. Er ist ein Koch, verdammt noch mal, es ist ja wohl meine Entscheidung, ob ich in sein Restaurant gehe oder nicht!« Sandra warf Kira und Baer giftige Blicke zu. »Zum Glück hat er nicht mit Ihnen zusammengearbeitet, weil er sein Hirn mit Scheiße geimpft hatte. Trotzdem durfte ich kein Risiko eingehen und musste ihn aus dem Weg räumen.« Erschöpft lehnte sich Sandra zurück.

Kira hatte den Eindruck, als wäre sie erleichtert darüber, das alles erzählen zu können – andererseits wirkte Sandra auch ein bisschen stolz auf ihre Taten.

Baer räusperte sich. »Es muss ziemlich lange dauern, sich als Marlies Bookmeyer zu kostümieren«, stellte er fest. »Am Mittwochvormittag waren Sie noch als Vanessa Verdandi unterwegs, trotzdem haben Sie uns am Mittwochnachmittag bereits zum Teetrinken empfangen. Wie konnten Sie so flexibel sein?«

Sandra lächelte. »Ich habe in diesem Haus ein modernes Telefon installiert, das alle Anrufe an mein Smartphone weiterleitet. Dadurch konnte ich immer auf Ihre Anrufe reagieren. Mittlerweile bin ich schon recht geübt darin, mich als Marlies zu verkleiden, und die Zeit hat gereicht.«

Auch Kira hatte noch etwas, das sie sich nicht logisch erklären konnte. »Als wir am Samstag in Thomas Adelmanns Haus waren, hing dort ein großes Banner mit dem Aldebaransymbol über dem Kamin und es war eine festliche Tafel für sieben Personen gedeckt. Warum? Was sollte das?«

»Dazu haben mich die Zeitungsartikel inspiriert«, antwortete Sandra. »Ich war fasziniert davon, welche Entwicklung das mit dem Symbol nahm, besonders nachdem ich es auf den Upstalsboom gesprüht hatte. Ich mochte die Vorstellung, dass es in Ostfriesland einen Geheimbund gibt, der nach dieser Vril-Energie sucht und mit Außerirdischen zusammenarbeitet. Und dann kam mir die Idee, daraus ein Abschiedsgeschenk für Eilika zu machen.« Sandra schaute zu ihr.

»Wie bitte?«, fragte Eilika. Die junge Frau war offensichtlich mit den Nerven vollkommen am Ende.

»Ja«, bekräftigte Sandra mit sanfter Stimme. »Ich wollte, dass du an unserem letzten Tag noch etwas ganz Besonderes erlebst. Ich wollte, dass du der Polizei den entscheidenden Hinweis auf Vanessa Verdandi gibst.« Sandra wandte sich wieder an Kira. »Ich habe Eilika an diesem Morgen mit Absicht zu Thomas Adelmanns Haus geführt. Sie hätte mir später erzählt, dass sie Vanessa Verdandis Adresse herausbekommen hat. Und dann hätte ich sie dazu überredet, mit mir zusammen in das

Haus einzubrechen. Eilika hätte das große Banner gesehen, und weil sie ein guter Mensch ist, hätte sie der Polizei Bescheid gesagt. Ich hatte gehofft, dass sie sich über dieses Abenteuer freuen und vielleicht sogar eine Belohnung dafür erhalten würde. Aber leider ist ja alles anders gekommen.«

27. VRIL

Am Dienstagmorgen joggte Eilika noch länger als sonst. Das Laufen war für sie wie ein Sieb für ihre Emotionen, so viele Eindrücke und Gefühle mussten an die richtige Stelle rücken. Sie hatte gestern noch mit ihren Eltern über ihre finanzielle Situation geredet, die viel Verständnis gezeigt und ihr versprochen hatten, ihr bei allem zu helfen. Eilika war ihnen unendlich dankbar dafür, trotzdem fühlte sie sich verlorener als vor einer Woche.

Auch wenn Sandra sie niedergeschlagen hatte und sie mit Abscheu an ihr Geständnis dachte, so spürte sie immer noch Sandras Verzweiflung. Es kam ihr so unendlich schwer vor, sich in dieser Welt etwas Eigenes aufzubauen. Aber sie würde das schon schaffen – irgendwie, irgendwann.

* * *

Bevor Kira zur Arbeit fuhr, wollte sie unbedingt noch etwas anderes erledigen. Sie hätte es auch danach tun können, doch sie befürchtete, dass sie es dann in die Unendlichkeit aufschieben würde.

Es war bewölkt und sah nach Regen aus, trotzdem war Kira begeistert von der Landschaft. In den letzten Tagen waren sie diese Strecke mehrmals gefahren, aber sie hatte nichts von der Umgebung mitbekommen. Es war alles viel zu stressig gewesen, das Leben hatte sich nur noch in ihrem Kopf abgespielt. Aber jetzt war dieser Fall gelöst und die Mörderin gefasst, nun konnte sie sich hoffentlich ein paar Tage entspannen.

Das Haus von Thomas Adelmann war noch polizeilich versiegelt, aber dort wollte sie gar nicht hin, auch wenn sie wieder unter der Baumreihe parkte. Die Erinnerung an den Moment, als sie die Tiefkühltruhe öffneten und die Tüte mit dem Gemüse hochhoben, drängte sich in ihr Bewusstsein. *Der Kavalier unter den Erbsen*, dachte sie in Anlehnung an das Märchen.

Das Wiehern eines Pferdes holte sie zurück in die Gegenwart. Am Zaun stand das bernsteinfarbene Tier. Genau deshalb war sie hier.

Kira stieg aus und ging zu dem Reiterhof. Ein riesiger grauschwarzer Hund döste unter einem Pferdeanhänger. Im Stall fand sie die junge Frau, mit der sie am Samstag über Thomas Adelmann gesprochen hatten.

»Moin.« Die Frau schien sich ebenfalls an sie zu erinnern. »Kriminalpolizei, nicht wahr?«

Kira nickte.

»Stimmt es, dass Thomas Adelmann tot ist?«, fragte sie. »Und dass der Sternzeichenmörder ihn umgebracht hat?«

»Ja, das ist korrekt. Aber deswegen bin ich nicht hier. Ich bin gerade nicht im Dienst, sondern privat unterwegs.«

Die junge Frau legte den Kopf schief.

»Ich würde gerne Reitstunden nehmen«, sagte Kira. »Das kann man hier doch, oder?«

»Natürlich, gerne.« Sie reichte Kira die Hand. »Ich bin Nicole und kann dir alles zeigen.«

»Mein Name ist Kira.« Sie lächelte. »Leider muss ich noch zur Arbeit, ich wollte erst mal einen Termin ausmachen. Wie wäre es morgen Nachmittag?«

Zufrieden ging Kira zu ihrem Auto zurück. Sie war froh, dass sie hergekommen war. Als sie losfuhr, musste sie an das Plakat in Doktor Sternbergs Praxis denken, auf dem die demonstrierende Menschenmenge zu sehen war. *»Wenn die äußere Freiheit kleiner ist als die innere Freiheit, begehrt man auf. Was tut man, wenn die äußere Freiheit größer ist als die innere Freiheit?«* Mittlerweile hatte Kira ihre Antwort auf diese Frage gefunden: »Man wächst«, flüsterte sie, »so lange, bis es wieder andersrum ist.«

Als Kira eine halbe Stunde später das Revier erreichte, traf zu ihrer Überraschung auch Baer gerade erst ein.

»Haben Sie etwa verschlafen?«, fragte Kira.

»Natürlich nicht«, antwortete Baer. »Ich war noch am Großen Meer und habe mir den Beklopptenjahrmarkt angesehen, bevor er sich endgültig auflöst. Für Ralf habe ich ein Stück Aldebarantorte mitgebracht und für Sie gibt's das.« Er reichte ihr ein T-Shirt.

»›Willst du viel, suche Vril‹«, las sie vor.

»Nicht, dass Sie das nötig hätten, Jensen. Sie haben eine Menge Energie.«

Kira lächelte innerlich.

»Ich habe übrigens überlegt, mich wieder aktiv für die Teddy-Stiftung einzusetzen. Wie Sie wissen, ist mein Engagement dafür eingeschlafen.«

»Sind Sie sicher, dass das eine gute Idee ist? Wenn Sie mit den Kindern reden, dann werden sie erst recht traumatisiert.«

»Dann wäre es wahrscheinlich besser, wenn Sie die Stiftungsarbeit übernehmen. So könnten Sie auch die restlichen Teddybären mit nach Hause nehmen.«

Kira merkte, dass sie rot wurde. »Das haben Sie mitbekommen?«

»Ab und zu zähle ich die Dinger.«

Kira wusste nicht mehr, was sie sagen sollte. Dafür sprach Baer weiter.

»Von mir aus können wir das mit dem ›Sie‹ übrigens sein lassen. Ihre Probezeit ist vorbei, Jensen.«

Diesmal lächelte Kira ihn offen an.

Made in the USA
Middletown, DE
16 October 2021